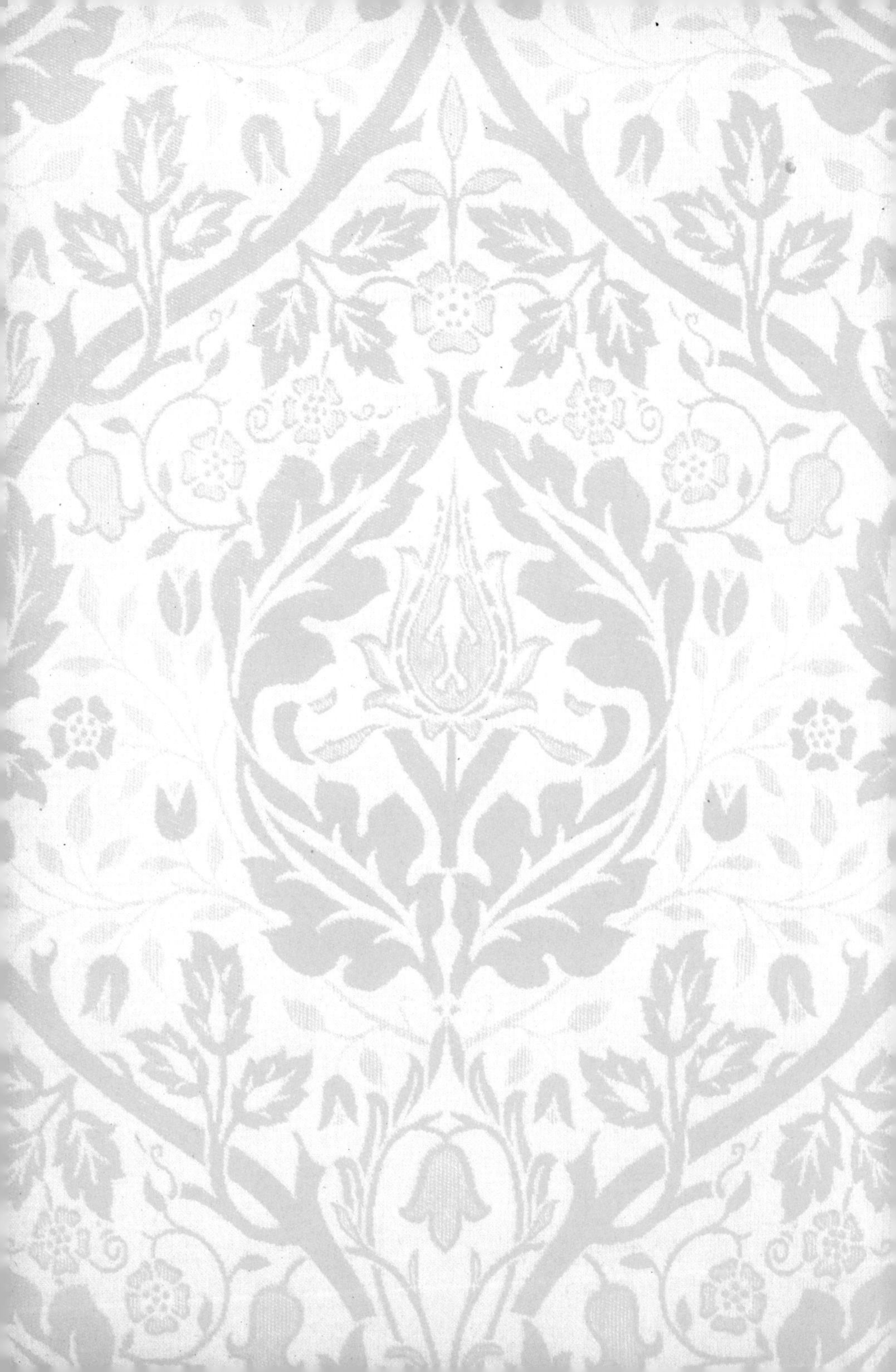

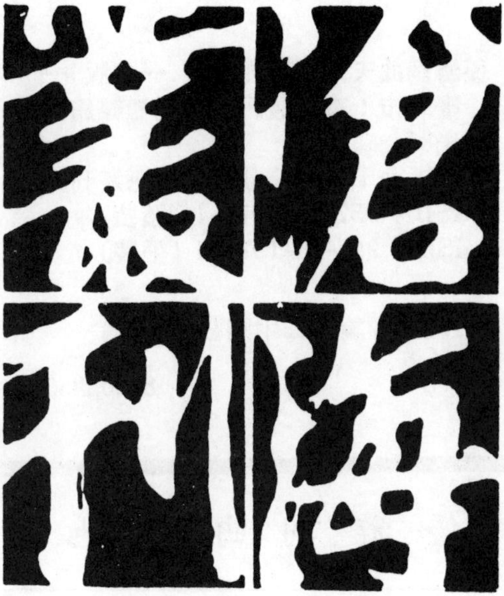

優游詞曲天地

王熙元 著

東大圖書公司 印行

國立中央圖書館出版品預行編目資料

優游詞曲天地／王熙元著.--初版.--
臺北市：東大發行：三民總經銷，
民85
面；　公分.--(滄海叢刊)
ISBN 957-19-1976-4 (精裝)
ISBN 957-19-1970-5 (平裝)

1.詞-評論　2.中國戲曲-評論

823.8　　　85003255

著作人　王熙元
發行人　劉仲文
著作財產權人　東大圖書股份有限公司
臺北市復興北路三八六號
發行所　東大圖書股份有限公司
地　址／臺北市復興北路三八六號
郵　撥／〇一〇七一七五──〇號
印刷所　東大圖書股份有限公司
總經銷　三民書局股份有限公司
門市部　復北店／臺北市復興北路三八六號
重南店／臺北市重慶南路一段六十一號
初　版　中華民國八十五年五月
編　號　E 82079
基本定價　伍元貳角
行政院新聞局登記證局版臺業字第〇一九七號

ISBN 957-19-1970-5 (平裝)

自序

中國古典文學作品中，詞曲是中古時代最優美的韻文文類，兩者的性質有些相近，而實質則不盡相同。詞曲都是可以配樂歌唱的音樂文學，都依一定的調譜填詞譜曲，詞人與曲家將他們對生活的感受或寄託，對生命的體認或感悟，對天地美感的嚮往，對人間美好的熱愛，透過他們的感性醞釀，鑄造成一首首詞曲精品，構成唐、宋、元各代的文學風華，不僅豐富了中古文學史，也豐富了數百年來愛好詞曲的讀者的心靈。

每一闋詞或一首曲，本身都是一種獨立的藝術品，而且是自具生命的有機體，它的有機生命是詞人或曲家所賦與的，因為每一首作品，都有一個自足的精神境界，如前後文字的聯絡照應，整體結構的經營設計，修辭造句的巧妙安排，寫作技巧的匠心獨運，處處都是作者獨特才華的具體顯露，人生經驗的真實呈現，令人咀嚼玩味，欣賞不厭。

詞曲作品堪稱是作者文學心靈的結晶，一旦寫成便成為人類永恆的藝術品，也成為世界共同的精神財富，其價值與一幅繪畫、一件書法、一座雕塑、一段音樂，同樣具有觀賞或聆賞的美感趣味，只是觀賞字畫、雕塑往往先訴之於視覺，而聆賞音樂則訴之於聽覺，詞曲之美除視覺之外，還要藉助心靈的想像，將文辭組成的意象加以重構，比其他藝術成品需要更多主觀與自動的條件。

其實一闋詞、一首曲的結構，包含了繪畫、書法與雕塑的美感，有時甚至也涵蓋了音樂的美感，只是透過靜態的文字形象，以營構一種心靈的意象，兩者合組成一種耐人尋味的美、繫人心神的美。平常我便習慣以這種欣賞態度來進入詞曲的美感世界，來評論與解析詞曲作品豐富而多層次的美。

收集在這本書中的九篇文章，是個人多年來優游詞曲天地所留下的雪泥鴻爪，包括六篇詞與三篇曲，大體是透過理性與感性交融後的產物。從事學術研究與欣賞藝術作品，兩者可以相融為一體，以一種清新流暢而可讀性比較高的文筆寫學術文章，則學術文章便不至於枯燥乏味，讀來必然輕鬆而有趣味，所以我一直主張學術文章與文學性靈間的相互融合，而產生一種相輔相濟的功用，這本書當是這一主張的具體實踐。

唐、五代詞是宋詞的先聲，在詞的盛世出現之前，唐、五代是不可或缺的醞釀階段，然後才有「百花齊放，百鳥齊鳴」的詞的鼎盛局面來臨，這是歷代文學發展必經的途徑。〈唐五代詞的發展〉一文，原是七十三年七月在「文學研究班」三次演講的紀錄，後來收入巨流圖書公司印行的《中國文學講話》第六輯中，題目已略加改動。

北宋初年的詞人，范仲淹是一個特殊的例子，他的武將性格給了他豐富的作戰經驗，而他的中國讀書人「先天下之憂而憂，後天下之樂而樂」的仁者懷抱，更塑造了他一代儒將的典型，當年他戍守西夏時所創作的幾首作品，在詞壇早已成為膾炙人口、流傳不朽的傑作。民國七十八年適逢范氏一千年誕辰，文建會在圓山大飯店舉辦紀念性學術研討會，會中我提出〈范沖淹詞析論〉一文，對他傳世的幾首作品，作細微而清晰的解析與評論。會後印成論文集，由文建會出版。

中國詩詞擁有久遠的抒情傳統，而抒情技巧的高度表現，莫過於美學上所謂「移情作用」，這是詞中最動人而扣人心弦的地方，我結合修辭學上的詮釋，從抒情主流的發展脈絡，漸次引述詞中運用「移情作用」的若干實例，一一剖析歸納，並作解說，最後分析「移情作用」產生的文學效果，原發表於八十一年一月出版的《國文天地》第十卷第八期。

一個作家的文學作品，風格之形成原因多端，宋詞風格的派別，據歷來學者的評論，大體可以歸納為「婉約」與「豪放」二派，〈論婉約與豪放詞風的形成〉一文，先述分派的由來，以及後世的三種異說，並各舉代表作家，比較二派不同的原因，一是作者性格不同，二是抒情態度不同，三是寫作立場不同，四是寫作題材不同，五是用詞取向不同，六是常用詞調不同，七是表現美感不同，八是文學境界不同，末論正宗與別派，原發表於師大《國文學報》第五期，六十五年六月出版。

中國傳統文學批評，對詩詞有一種特殊的批評方式，那便是以即興式的、印象式的、摘句式的批評。先有詩話，不久便產生詞話，於是詞話乃成為詞的傳統批評之一大特色。八十二年四月下旬，中央研究院舉辦「第一屆詞學國際研討會」，當時我在會中發表〈歷代詞話的論詞特色〉一文，先回溯詞史上詞話的產生與名義，繼而探討詞話體式的淵源，漸及於詞話論詞的各種特色，分內容與形式兩端，引據具有代表性的實例，詳加分析解說，兩年後的十一月論文集出版。

詞的發展史跡值得作一整體回顧，無論通史、斷代史或專題詞史，都具有探索研究的價值，八十四年五月中旬，中研院舉辦「詞學主題計劃研討會」，以詞的開展為副題，我當時提出的論文題目是〈詞史研究的過去與未來〉，回顧之外，再瞻望並期許未來的發展，八十三年九月先發表提要於文哲所的《中國文哲研究通訊》四卷三期，全文則於八十四年六月發表於師大《國文學報》第二十四期。

對後世影響最大的中國文學家，前有屈原，中有陶淵明，後有杜甫，而陶公是個十分特殊的典型。元散曲有如一面鏡子，希望從這面鏡子中，看看所反映的陶淵明影像如何？先從歷史源流將淵明影響散曲的情形，作一時間上縱線的陳述，再從散文作家生活的時代，作一空間上橫面的掃描，對元散曲作家何以嚮慕陶淵明的事實，作一社會環境與文化層面的探討。先詳述淵明對後世文學的影響，並縷述元散曲作家的時代背景，至於〈元散曲中所反映的陶淵明影像〉，則分四點分別舉例詳論，這是七十五年十二月底在中研院「第二屆國際漢學會議」中發表的論文，七十九年六月論文集出版，同時亦在師大《國文學報》第十九期刊出。

讀元人散曲，不但發覺他們極喜歡歌詠陶淵明，也十分偏愛漁、樵兩種人物與鷗、鷺兩種水鳥，因為在他們的眼中與心中，這兩種人物和兩種水鳥，享受最多的自由，他們的生命價值觀，便建立在自由自在的心境上。經過一千多年的演化，在元代特殊的政治與社會背景裏，一般文士樂於過逍遙自適、瀟灑自由的快樂生活。我就此一普遍而有趣的現象，寫成〈從歷史淵源論元散曲中的漁樵鷗鷺〉一文，以探討其特殊涵義，分析作品實例，歸納其內容的類型，以發掘元散曲作家心靈的寄託與曠達的人生觀。漁樵具有放曠自適、怡然自得的特質，故引起散曲作家對他們的羨慕，鷗鷺具有自由自在、無拘無束的生活天地，故引起散曲作家對它們的歌詠，乃歸納各家作品，取若干代表作家為例，一一析論，八十四年三月發表於《中國學術年刊》第十六期。

散曲之外，雜劇也是元代的代表文學，第一位雜劇大家便是關漢卿，八十二年五月初，文建會與臺大合辦「關漢卿國際學術研討會」，我在會中提出的論文是〈關漢卿雜劇的成就〉，這是本書唯一研究戲曲的論文。論文分四個單元進行，首先考辨關漢卿的生平事蹟，次則總覽關氏雜劇作品的篇目，三則分析關氏雜劇的題材與風格，四則綜論關氏雜劇各方面的成就。論文集於八十三年一月由文建會出版，臺大文學院發行。

以上九篇詞曲論文，是個人從事學術生涯以來，耕耘比較勤、用力比較多，也比較令自己滿意的成績。有的屬於斷代詞史，如第一篇；有的屬於個人詞作的分析與評論，如第二篇；有的屬於詞中特殊技巧的運用，如第三篇；有的屬於詞的風格之完整探討，如第四篇；有的專論詞話的論詞特色，如第五篇；有的全面回顧過去詞史研究的成績，並作未來展望，如第六篇；有的以元散曲為一面鏡子，觀察其中所反映的陶淵明影像，如第七篇；有的追溯歷史淵源，以詳論元散曲中漁樵的逍遙、鷗鷺的自在，如第八篇，以上兩篇構思與題材都比較特殊而有趣；有的總論元雜劇大家關漢卿在雜劇創作上各方面的成就，如最後一篇。各篇寫作的來龍去脈，與發表當時的歷史背景，整理手邊各種紀錄，一一詳載如上。

有兩個人值得提出一謝，一位是三民書局與東大圖書公司董事長劉振強先生，去年病中數次蒞臨舍下來看望我，並兩度慨允我出書，而且是我最看重的書，他的盛情特此深致真誠的感謝。另外一位是中央研究院研究員林玫儀女士，〈詞史研究的過去與未來〉一文，她是幕後的主催人，承蒙她主動提供重要資料，這篇論文才得以成形，也在此表示謝意。

王熙元　序於臺北
民國八十五年元月十七日

優游詞曲天地 目次

唐五代詞的發展

詞的興起

唐朝是中國文學史上詩歌的黃金時代，詩人之眾多，作品之豐富，作品內容與風格之多采多姿，足以超越任何一個時代。所以，詩歌在唐代，可以說到達了一個成就輝煌的巔峯時期。一種文體的發展，在這樣一個巔峯時期，常會發生蛻變，以免生機的僵化，而求得文體的新生，這是很自然的現象。

詞是由詩發展而成的一種唐代新興文學，故又名「詩餘」。基本上，詞是以長短句的文學形式表現，一方面由於增字襯詩的歌唱方法，二方面受外族音樂輸入的影響，於是文學與音樂結合，而形成一種可以稱為「音樂文學」的新體裁。這種新體裁，一方面還保留了幾許詩的質素，一方面又注入了音樂的生命，也可以說是唐代的新樂府。茲就各種重要的因素，說明詞是如何興起的。

(一)長短句的淵源

中國文學史上的詩歌體裁，從周朝的《詩經》發展到唐代的近體詩，形式上歷經演變，但總以整齊的句法為主，如《詩經》以四言為主，漢魏樂府古體中大多是五言詩，也有少數七言詩，經過六朝的醞釀，到隋唐便產生五七言絕句和律詩，至此詩體便得到穩定的成長與發展，而形成固定的類型。除了樂府及古近體詩中四言、五言、七言三種最普遍的類型之外，漢唐之間，也產生過三言、六言、八言、九言詩體，但畢竟少見，而且並不盛行。

在句法整齊的詩體流行的同時，也就是從《詩經》到唐詩，每一個階段中，都偶然會有不整齊的詩句參雜在整齊詩句之間的雜言體詩歌存在，這是詩人為求變化而作的嘗試，可以使詩體不致流於呆板。如《詩經》雖以四言為主，但其中也有雜言詩。如〈小雅・祈父〉：「祈父！予，王之爪牙。」由二言、一言、四言組成。〈召南・摽有梅〉：「摽有梅，其實七兮。」則由三言、四言構成。〈周南・卷耳〉：「我姑酌彼金罍，維以不永懷。」是由六言、五言形成。諸如此類的實例，可說不勝枚舉，由此可見所謂長短句，在中國文學中起源很早。

《詩經》之外，《楚辭》的形式，基本上是長短參差、沒有固定字數而造句自由的，短句如〈九歌・湘君〉:「石瀨兮淺淺,飛龍兮翩翩。」五字一句,前後作駢偶的句法,接下來是:「交不忠兮怨長,期不信兮告余以不閒。」前句作六言句,後句作九言句。長句如〈卜居〉:「寧昂昂若千里之駒乎?將氾氾若水中之鳧,與波上下,偷以全吾軀乎?」先作駢句,而後句多出九個字,極長句變化之能事。

漢魏六朝樂府詩中,雜言體很多,如漢樂府中的〈郊祀歌〉、梁武帝的〈江南弄〉、沈約的〈六憶詩〉等,都是有名的例子。唐人歌行,如李白的〈蜀道難〉、李賀的〈將進酒〉等,也都是句法有長有短、變化多端的雜言體。

從以上這些事實看來,詩體發展到唐朝,在一千多年的歷史中,雖然以句型整齊的詩體為主流,但長短句詩始終存在於各種不同的詩體中,只是勢力不大,不足與句法整齊的詩體相抗衡而已。因此我們可以了解,詞體以長短句為主,在文學史上承襲了一個久遠的傳統,以來源不同的各種詞調,將過去詩體中偶爾出現的長短句形式予以定型化,遂成為詞在形式上的一種特色,而獲得「長短句」的異名。

詞體雖以長短句為主,但也有句法整齊如詩的調子,如「三臺」六言四句,像一首六言絕句;「楊柳枝」、「竹枝詞」等七言四句,像一首七言絕句;小令「醉公子」五言八句,與五言律詩的形式相近,只是用仄聲韻及中途換韻而已;至於「玉樓春」七言八句,簡直就像一首七言律詩,也不過用仄聲韻罷了,何況也有仄韻詩。由此我們得到一個認識:詞大多為長短句,但也有全首句法整齊的形式；詩以句法整齊為主，但也有長短不齊的雜言體。換句話說：雖然「長短句」曾一度成為詞的別名，但句型長短參差的，不一定是詞；相反的，句法整齊的作品，也不一定是詩。

(二)增字襯詩的歌法

造成詞體以長短句的型態為主流的原因，一方面是承襲了文學史的傳統，如上節所述各類詩中的雜言體；一方面與唐詩通常加上襯字歌唱的唱法有關，由於歌詞需要情意嫵媚宛轉，音律抑揚頓挫，而長短句最適合表現這樣的情意和音律，所以，便自然成為詞體的中堅。

關於增字襯詩的情形，宋以後的筆記、語錄、詞話中常有記載，如《朱子語類》說：

古樂府只是詩，中間卻添了許多泛聲。後人怕失了那泛聲，逐一添個實字，遂成長短句，今曲子便是。

所謂「今曲子」，就是指當時流行的詞而言；所謂「泛聲」，是指歌唱的人在整齊的詩句間加添進去的聲音。

原來唐朝流行的歌詞，大多採用五七言絕句，但由於五七言絕句句法整齊，缺乏變化，而歌唱需求長短疾徐的音調變化，如非增字，便不足以造成和諧的節奏，於是唱的人便在詩句之間加上襯字、襯音作為調節。通常有兩種：一種是有聲有字，而這些字多半是形容聲音的，如賀賀賀、何何何之類，就是沈括《夢溪筆談》與《全唐詩》所說的「和聲」；一種是有聲無字，就是《朱子語類》所謂「泛聲」、吳衡照《蓮子居詞話》所謂「虛聲」、方成培《香研居詞麈》所謂「散聲」。後來詩人便根據這樣的格式填詞造句，以便歌唱，因而產生了句法長短錯落、聲調抑揚頓挫的詞體。

此外，另有一種情形，是在整齊的詩句之間，由樂工加上有意義的襯字，以便演奏或歌唱，如唐玄宗的〈好時光〉，原是一首五言八句的詩：

寶髻宜宮樣，臉嫩體紅香。眉黛不須畫，天教入鬢長。
莫倚傾國貌，嫁取有情郎。彼此當年少，莫負好時光。

樂工加上「偏」、「蓮」、「張敞」、「箇」等襯字便成為長短句：

寶髻偏宜宮樣，蓮臉嫩體紅香。眉黛不須張敞畫，天教入鬢長。
莫倚傾國貌，嫁取箇有情郎。彼此當年少，莫負好時光。

不過這些傳統意見，尤其是長短句由於「泛聲填實」的說法，近人胡雲翼的《中國詞史》認為不可信。他認為詩人們所創作的律詩絕句，用來作為歌詞，不十分協樂，樂工伶伎們依樂曲節拍所作的長短句歌詞，雖然音調和諧，但卻缺乏文采。因此，詩人們依照曲拍戲填成長短句的歌詞，一旦嘗試成功，便逐漸風行起來，於是，新的詞體便由民間而轉入詩人手中，蔚成一代風氣。關於這些事實，下面第四、第五點，我會再作較詳細的申述。

㈢外族音樂的影響

詞的興起，與音樂有密切的關係，尤其是外族音樂的輸入，影響最大。自從西晉五胡亂華以來，來自西域的外族音樂，逐漸傳入我國，根據《隋書．音樂志》、《舊唐書．音樂志》的記載，如龜茲、疏勒、西涼、天竺等胡人樂曲，隨著琵琶、箜篌等樂器，在南北朝時，由於戰爭的關係、宗教的傳布、商業的交流、婚姻的相通等等原因，而逐漸大量的輸來中國。

由於北朝君主多嗜好胡樂，所以到了隋煬帝時代，這些大多從西域傳來的外族音樂，據《隋書．音樂志》與杜佑《通典》的記載，不但在朝廷廟堂上演奏，而且廣泛流傳於民間。於是引起了中國傳統音樂與文學上很大的變化。

當時，本國傳統的樂府，音節漸漸失傳，這些新聲新樂，便大大地盛行起來。一般人不免有喜新厭舊的心理，對於外來音樂的曲調，自然感到新奇，因而產生喜悅，產生美感，但又不了解歌詞的意義，於是樂工們為迎合大家的興趣，便自作歌詞，以配合外樂的曲調，後來才引起詩人的模仿。

從當初所創的詞調名稱，如「蓬蓬花」、「異國朝」、「四國朝」、「蠻牌序」等，可以看出外來音樂的色彩。後來流行的「菩薩蠻」、「蘇幕遮」等調名，也都與西域有關。如「菩薩蠻」一調，據晚唐人蘇鶚《杜陽雜編》的記載，唐宣宗時有女蠻國入貢，這些人髮髻高聳，戴著金色的帽子，頸項圍著瓔珞，看來活像菩薩，故當時有「菩薩蠻」曲。至於「蘇幕遮」這個調名，據《白香詞譜題考》，原為胡人婦女帽子的名稱，後來用為胡樂的名稱，唐時傳入中國，遂為舞曲之一，逐漸成為詞調。

㈣由敦煌曲看民間的創作

中國文學，往往先在民間孕育流行，然後由知識分子接受，並參與創作，才漸漸形成氣候，蔚成潮流。《詩經》如此，樂府詩如此，詞也如此。如果我們仔細探討，很多新文體的產生，幾乎都是循著這個路線發展而成的。因為民間文學活潑自由，作者創作力豐盛，情感真摯，只是少有文彩，技巧比較粗略而已；而一般文人則比較保守，不敢大膽地倡行一種新文體，所以新文學大多產生於民間。小說、戲曲也都是如此發展而成。

距今九十七年以前，清光緒二十五年（西元一八九九年），甘肅敦煌千佛洞中一間密封的石室，叫做「莫高石窟」，被一位姓王的道士偶然撬開。石窟中藏有近萬卷的手寫書冊，這是一次空前的大發現！這些新發現的文獻，除了唐人寫本的佛經、道經、圖卷及許多古書的鈔本之外，文學作品有久已失傳的韋莊的一首敘事長詩——〈秦婦吟〉、白話詩人王梵志的詩集、大批民間出品、失傳了九百年的「變文」，還有一本唐人手寫的卷子本詞集——《雲謠集》，為我國文學增添了不少重大的財富。

這本《雲謠集》中的作品，全是民間的創作，因為發現於敦煌，故稱「敦煌曲」，或稱「雲謠集雜曲子」，一共有三十首。當石窟被發現時，英國人斯坦因（Mark Aural Stein）和法國漢學家伯希和（Paul Pelliot），先後帶走了不少文獻資料，這本《雲謠集》也被割裂成兩部分，一部分藏在倫敦博物院，保存了十八首；一部分藏在巴黎圖書館，保存了十四首。倫敦本民國十二、三年間先傳到我國，朱祖謀刻入《蕙風簃叢書》，羅振玉收入《敦煌零拾》；巴黎本則由劉半農抄回中國，刻入《敦煌掇瑣》中。民國二十一年，龍沐勛根據兩本，除去重複的部分，定為三十首。近年潘重規先生著有《敦煌雲謠集新書》，為這本詞集作了詳盡的解說和校箋。

過去詞史上公認的第一本詞集，是五代後蜀人趙崇祚所編的《花間集》，自從「敦煌曲」被發現以後，《雲謠集》便取代了《花間集》，而為中國最早的一本詞集了。寫本《雲謠集》中別字很多，大約是當時的習慣，或正可以表現民間的特色。作品樸拙可愛，充分反映出民間文學的風格。如《雲謠集》中的一首〈喜秋天〉：

潘郎妄語多，夜夜道來過。賺妾更深獨弄琴，彈盡相思破。
寂寂更深坐，淚滴濃煙翠。何處貪懽醉不歸？羞向鴛衾睡。

這是一首雙調詞，寫閨中少婦的怨情。上片寫潘姓郎君常說假話，說每天晚上都來看我，結果卻不見蹤影，害得我三更半夜獨自撫弄琴弦，排遣苦悶，彈盡了相思的曲調。下片寫空閨寂寞，夜深獨坐，想到傷心處，便珠淚暗滴，眼看著爐中濃濃的煙霧，帶著微微的翠綠色一縷縷裊裊上升，不知潘郎今夜在何處飲酒貪歡？酒醉不歸，只見被面上一對對鴛鴦那麼形影不離，真使我羨煞羞煞！教我如何能入睡？

又如倫敦不列顛圖書館所藏敦煌寫本〈菩薩蠻〉：

枕前發盡千般願，要休且待青山爛。水面上秤槌浮，直待黃河徹底枯。
白日參辰現，北斗迴南面。休即未能休，且待三更見日頭。

據近人任二北的《敦煌曲校錄》，說這首詞約作於唐玄宗開元年間，而寫於天寶元年。全詞寫出堅貞的愛情、不變的感情，夫妻枕邊細語，誓言絕不變心，絕不休棄對方。第二句以下，歷歷舉出所謂「千般願」（指無數的誓願）：除非青山腐爛，秤槌浮上水面，黃河徹底乾枯，參星白天出現，北斗星迴轉南天，三更時見到太陽。這些都是絕不可能發生的事，等於一一說明了女方擔心將來會被「休」的可能性是不會發生的，寫來真情流露，而且別致可愛！

(五)中唐詩人的嘗試

這些敦煌曲詞雖然代表了一個很長的時期，且時代也難以確定，寫作的時間大約在唐玄宗開元、天寶前後，而《雲謠集》抄寫的時代，據潘重規先生說，最遲在五代後梁末帝龍德二年（西元九二二年），距唐代亡國不到十五年。

由此可見，長短句的詞必然先在民間流行很久，直到中唐才有詩人依譜填詞的事，於是詞便逐漸由民間傳到一般文士的手裏。由於詩人文士的模仿與嘗試創作，不久便孕育成具有規模的詞體。

流行民間的詞，大約早已興起，確實的時間已不可考。至於詩人文士染指的詞作，如果撇開李白〈菩薩蠻〉、〈憶秦娥〉等詞的真偽爭議不論，當起於唐代宗大歷年間左右。如《尊前集》載有韋應物、王建的〈調笑〉、〈三臺〉等共十四首，劉禹錫、白居易的〈楊柳枝〉、〈竹枝詞〉、〈浪淘沙〉、〈憶江南〉等各若干首，張志和的〈漁父〉五首。《全唐詩》所載調名及數量更多。其中〈三臺〉只是六言絕句，〈楊柳枝〉、〈竹枝詞〉、〈浪淘沙〉都是七言絕句，可見當時的詞，在體製上與詩很相近，如劉禹錫的〈竹枝詞〉：

楊柳青青江水平，聞郎江上踏歌聲。東邊日出西邊雨，道是無情還有情。

這首〈竹枝詞〉的形式，與七言絕句無異，通常可當詩看待。到張志和的〈漁父〉，字句便略有更易：

西塞山前白鷺飛，桃花流水鱖魚肥。青箬笠，綠簑衣，斜風細雨不須歸。

形式仍接近七言絕句，只是第三句將七言換成三言兩句，比七絕少了一個字而已。到白居易的〈憶江南〉一調，則已純粹是長短句的形式：

江南好，風景舊曾諳。日出江花紅勝火，春來江水綠如藍，能不憶江南？

再看戴叔倫的一首〈調笑令〉：

邊草，邊草，邊草盡來兵老。山南山北雪晴，千里萬里月明。明月，明月，胡笳一聲愁絕。

全詞由二言句與六言句構成，由於前後兩度疊句，加上頂真與用詞的正反變化，使詞情格外有一種迴環宛轉的妙趣。

由於中唐詩人文士的嘗試，使詞逐漸成為一種富有文學生命的新詩體，比民間詞來得更有文彩與寫作技巧，當時嘗試創作的詩人文士有顏真卿、張松齡、張志和、陸羽、徐士衡、李成矩、顧況、戴叔倫、韋應物、王建、劉禹錫、白居易、柳宗元、南卓等十四人，其中顏真卿、陸羽、徐士衡、李成矩、柳宗元、南卓等六人的作品，都已失傳，其餘八人都有作品傳世，如張松齡只存〈漁父〉一首，張志和有〈漁父〉五首，見《尊前集》，都在歌詠漁家生活。顧況只存〈漁父引〉一首，也是詠漁家生活，「漁父引」六言三句，與「漁父」不同調。戴叔倫詞只存上述〈調笑令〉一首，韋應物詞存〈調笑令〉二首、〈三臺〉二首，王建詞存〈調笑令〉四首、〈三臺〉六首。劉禹錫詞存〈憶江南〉二首，另有〈紇那曲〉、〈蕭湘神〉、〈拋球樂〉各二首不在集內。白居易詞現存〈憶江南〉三首，寫他對江南的懷念之情，此外，據《全唐詩》所載，白氏還有〈花非花〉一首、〈長相思〉二首、〈如夢令〉三首，其中〈如夢令〉與〈長相思〉不見於集內。八人作品總共三十九首，作者全是詩人，故字句、意境都接近詩。

晚唐五代詞概述

(一)由詩人之詞到詞人之詞

中唐時代的三十九首作品，都是偶然嘗試性的創作，而八位有作品傳世的作者，大多是當時頗負盛名的詩人，他們所作的詞，一來作風接近詩，二來作者只是由詩人客串，所以我們姑且稱之為「詩人之詞」。

由中唐發展到晚唐，詞體漸漸成熟，這時，出現了一位專意填詞的溫庭筠。溫氏本來也是詩人，詩與李商隱齊名，當時並稱「溫李」，但後來他放棄做詩而專心填詞，在詞的成就上遠超過詩，因此，他可以說是中國詞史上第一位真正的詞人，是由詩人之詞發展到詞人之詞的重要關鍵性人物。

溫庭筠不但是文學史上第一位全力創作詞的詞人，而且也是第一位有詞集的詞人，據《唐書．藝文志．別集類》的記載，他有《握蘭集》、《金筌集》兩本詞集，《握蘭集》三卷，《金筌集》十卷（按：筌，當作「荃」，香草名），歐陽炯〈花間集序〉也說溫氏著有《金筌集》。這兩本詞集都沒有傳下來，近人王國維輯有《金荃詞》一卷，共七十首，以《花間集》所收的六十六首為主，再從

《草堂詩餘》與《尊前集》中各錄一首，並從詩集中錄出二首。

詞在中唐詩人奠定的基礎上，向晚唐作了更進一步的發展，這一發展是詞體的更趨成熟，以及產生了溫庭筠這樣專力於詞的詞人。並且，他的詞已有很好的成績，不但承受了中唐的影響，而且開創了五代詞發展的趨向，這些成就和貢獻，留待下一章再作探討。與溫庭筠同時的詞人，還有皇甫松、韓偓等，但他們作品不多，成就也不能與溫氏相提並論。

(二)五代詞壇概況

詞體興起以後，經過中唐詩人的初步嘗試，晚唐詞人溫庭筠的刻意經營，到五代便進入一個孕育成長的時期。長江上游的西蜀和下游的南唐，是當時的兩個文化重心，西蜀詞人的作品，有趙崇祚所編的《花間集》，連同晚唐的詞，共收錄「曲子詞」五百首，詞人十八家。所謂「曲子詞」，是詞的初期名稱，「曲子」代表音樂部分，「詞」代表文學部分，等於合樂曲與歌詞而言，後稱為「詞」，當是「曲子詞」的簡稱。

南唐詞人有中主李璟、後主李煜和馮延巳，可惜沒有人為他們結集成書，後人輯錄二李作品為《南唐二主詞》一卷（見陳振孫《直齋書錄解題》），明清以來有多種刻本，以民國二十五年排印，唐圭璋《南唐二主詞彙箋》本搜集最完整，計有「中主詞」六首、「後主詞」四十六首。馮延巳的詞稱《陽春集》（《直齋書錄解題》稱《陽春錄》），近人王鵬運《四印齋所刻詞》中所收的《陽春集》一卷，有詞一百二十首。

詞發展到五代，比晚唐更有進展，詞成為當時文壇的寵兒，整個五代幾乎就是一個詞的時代。使詞在五代造成如此盛況的原因，一方面是文體自然發展的過程中，晚唐時詞體已經成熟，這時必然會流行起來；另一方面則是得力於五代十國幾位君主的提倡，如後唐莊宗李存勗、前蜀後主王衍、後蜀後主孟昶、南唐中主李璟、後主李煜、吳越王錢俶等，都愛好音樂文學，並能度曲作詞，於是士大夫也競作新詞，相互唱和，造成一代風氣。

從晚唐到五代，詞的風格幾乎沒有多大的變化。大體來說：五代詞仍然走的是溫庭筠那種豔麗的路子，不像出自中唐詩人筆下、接近詩風的雅詞雅句，如《花間集》、《尊前集》中的作品，大多是綺歌豔曲，甚至有些不免輕靡淫俗，風格不高。但也有不少作品，寫得精巧華美。

五代十國是一個政治局勢與社會秩序非常混亂的時代，上自帝王，下至平民，莫不放縱於物質的享樂，貪圖片刻的沈醉，後唐的李存勗、前蜀的王衍、南唐的李後主，都因此而亡國。文學是時代的鏡子，也是生活的反映，因此，當時的作品便自然趨向於頹廢浮豔的途徑。

總結來說：五代十國詞以李後主作品在詞史上最具關鍵作用，也最有價值。花間詞人的作品，題材總離不開閨怨、別情，或描寫美人，抒寫相思；寫景不是玉樓、芳草，就是鴛鴦、蝴蝶，雖然詞藻豔麗，卻不免千篇一律，內容既缺乏廣度，也沒有深度可言。到了李後主亡國以後的作品，才打破了花間詞的藩籬，以純真的感情、流暢的語言、白描的手法，與高度的技巧，描寫他的身世之感、家國之痛，無論內容風格，都超越花間、南唐諸家，而大大提高了詞的文學價值，也提昇了詞的藝術境界。

三詞人之詞的結集——花間集

前面提過，《花間集》是後蜀人趙崇祚所編，收錄晚唐、五代詞人的作品十八家，分為十卷。十八家是溫庭筠、皇甫松、韋莊、薛昭蘊、牛嶠、張泌、毛文錫、牛希濟、歐陽炯、和凝、顧夐、孫光憲、魏承班、鹿虔扆、閻選、尹鶚、毛熙震、李珣。其中除溫庭筠和皇甫松是晚唐詞人之外，其餘十六家都是五代詞人。

這部詞集，以溫庭筠居首，也隱然以他為花間詞人的領袖。他的作品不但精美，而且在數量上也最多，計有六十六首，孫光憲六十一首其次，顧夐五十五首第三，韋莊四十八首第四。從創作量的豐富與詞句、風格的精美來看，溫氏足以領袖羣倫，成為一代宗匠，對五代花間詞人影響之深，可以從《花間集》各家詞所表現的風格看得出來。

中唐的詩人之詞，總共不過三十九首，都只是偶然嘗試寫成的作品，數量少得不能編成一部詞集，只是零零散散地見於幾部詞的選本，或《全唐詩》卷末，而這部《花間集》，則是彙集溫庭筠以下詞人之詞的一部總集，它所代表的意義，不但為詞人之詞作了一番創作成績的總結，所收錄的五百首「曲子詞」，是晚唐、五代詞人之詞的豐收，而且也說明了晚唐、五代在政治上雖然屬於兩個時代，但在文學上晚唐、五代詞卻是同一種風格，正如「花間集」這個書名，歐陽炯在序中形容：「裁花翦葉，奪春豔以爭鮮。」集中的詞，真如春光明媚的花圃中，紅花綠葉般鮮豔奪目。

第一位詞人——晚唐的溫庭筠

(一)溫庭筠在詞史上的地位

溫庭筠（西元八一八～八八〇？年）本名岐，後改名庭雲，又作庭筠，字飛卿，太原（今山西陽曲附近）人，唐宰相溫彥博裔孫。他曾多次參加科舉考試，都沒有錄取，後來做過幾任小官，如方城縣（在今河南南部）的縣尉、隨縣（今湖北漢口西北）的縣尉、國子助教等。因為常喜歡譏刺當時的政事，被當政的人所厭惡，於是罷官而流浪江湖，常與風塵女子來往。《舊唐書》本傳說他「士行塵雜，不修邊幅；能逐絃吹之音，為側豔之詞」。

溫氏相貌醜陋，故綽號「溫鍾馗」。鍾馗相傳是專門捉鬼的門神，鬍鬚滿面，眼球突出，青面獠牙，鬼看了都害怕，他的尊容可以想見。但他天份很高，文思敏捷，只要八次叉手的時間，就能完成一首詩，故又號「溫八叉」，真可與才高八斗的「曹七步」媲美（曹子建七步成詩），也許是造物者給了他醜陋的外形，又給他文學的天才以彌補這個缺陷吧！

溫庭筠是詞史上第一位專力填詞的詞人，在他以前，盛唐詩人李白，相傳有《菩薩蠻》（「平林漠漠」）、《憶秦蛾》（「簫聲咽」）各一首，這兩首詞的真偽，常成為詞學研究者爭論的問題，似乎至今還沒有定論。中唐張志和、王建、韋應物、戴叔倫、劉禹錫、白居易等，都是以詩人而偶然嘗試填詞，完全是客串玩票的性質，並沒有把詞當作一種藝術形式，去專心、認真而多量地創作。

晚唐時的溫庭筠，原來也是詩人，如「雞聲茅店月，人跡板橋霜」，便是他膾炙人口的名句，他的詩名與李商隱相等，當時並稱「溫李」。但唐詩演變到晚唐，精華已被前人完全發揮，而李商隱詩又文采華豔，情感深摯，雖不免意旨晦澀，卻有朦朧神祕之美。在溫庭筠想來，詩當由李商隱專美，或許也由於性之所近，於是傾力向當時新興的詞體發展，而得到很高的成就，這是溫氏聰明的地方，也是他成功的地方。

前面曾提到：溫庭筠是詞史上第一位有詞集的詞人，過去中唐詩人偶然嘗試的作品，數量極少，每人只有一兩首或三五首。到晚唐的溫庭筠，才成為專門的詞家，他的《握蘭集》和《金荃集》，是詞史上最早的兩本別集，可惜都沒有傳下來，而溫氏的詞，全靠《花間集》保存了六十六首，王國維據此輯得七十首。

從溫庭筠傳世的七十首詞來看，他創了很多前所未有的新詞調，如「訴衷情」、「酒泉子」、「玉胡蝶」、「女冠子」、「歸國謠」、「思帝鄉」、「荷葉杯」、「南歌子」等等，因為他精通音律，故能自創新調，為詞體開闢新的園地，這是他在詞史的一大貢獻。

另外，晚唐文風華豔，所以溫庭筠的詞也表現出這一風格，而且更大膽地描寫豔情，不但為詞體注入了新生命，也開拓了五代詞的道路，花間詞人大多受他的影響，甚至後人對詞的觀感，說「詞為豔科」，好像詞一定要寫得香豔才夠味兒，才是當行本色，便是由溫庭筠等花間詞人造成的印象。

(二)溫庭筠詞的特色

前人對溫庭筠詞的批評，如宋胡仔《苕溪漁隱叢話》：

> 庭筠工於造語，極為綺靡。

黃昇《唐宋諸賢絕妙詞選》：

> 溫詞極流麗，宜為《花間集》之冠。

清張惠言《詞選》：

深美閎約。

劉熙載《藝概》：

溫飛卿詞，精妙絕人。

從以上各家的評語中，我們可以看出溫庭筠詞的風格是「綺靡」、「流麗」、「深美」、「精妙」。王國維在《人間詞話》中說：「畫屏金鷓鴣，飛卿語也，其詞品似之。」「畫屏金鷓鴣」是溫氏〈菩薩蠻〉中的一句詞，王國維用溫氏自己的詞句來比喻他的風格，像華麗的屏風上金色的鷓鴣一般。

溫庭筠詞在豔麗的風格下，其特色是愛用富麗的字面，如金、玉、紅、翠、錦、繡、香、嫩之類，常寫精美的事物，如水精（今作水晶）、頗黎（今作玻璃）、寶釵、畫屏、芙蓉、牡丹、鷓鴣、鴛鴦、鶯燕、鳳凰等等，所以特別具有一種富貴氣象。無論寫女子的容貌、姿態、服飾、器用，或寫室內、室外的景物，都設色濃麗富豔，所以清周濟在《介存齋論詞雜著》一書中，以美人來比喻，說溫詞如一位嚴妝的美人。所謂「嚴妝」，就是盛妝，就像一個妝扮得珠光寶氣的貴婦人。

㈢溫庭筠代表作欣賞

雖然溫詞的風格豔麗，以富貴氣象為最大特色，但偶然也有幾首淡雅的作品，如〈憶江南〉（千萬恨、梳洗罷二首）、〈更漏子〉（梧桐樹等句）；而且也有情辭並茂的作品，如十四首〈菩薩蠻〉中「小山重疊金明滅」、「玉樓明月長相憶」、「南園滿地堆輕絮」等首，〈更漏子〉中「玉爐香」及「星斗稀」等首，並非一味以濃豔為本色。據《花間集》所載，溫庭筠一連寫了十四首〈菩薩蠻〉，可見他特別偏愛這個調子，其中寫得最精彩的一首是：

小山重疊金明滅，鬢雲欲度香腮雪。懶起畫蛾眉，弄妝梳洗遲。
照花前後鏡，花面交相映。新帖繡羅襦，雙雙金鷓鴣。

這首詞的主題是寫一個美人早晨起來梳妝，最後隱約透露出一絲怨情。唐朝的山水畫有二派：一派是王維所代表的水墨山水，一派是李思訓所代表的金碧山水，詞中第一句所寫的，就是一具雕繪金碧山水的屏風。全詞從室內景物寫起，「小山」是「小山屏」的簡稱，或作「屏山」，如別首〈菩薩蠻〉有「枕上屏山掩」之句，早晨的陽光照進窗內，屏風上小巧的山峯，層層疊疊，金光明滅，閃耀生輝，作者有意以這種富貴氣象，顯出少婦居住的富麗環境，來與末句隱約透露的怨情、少婦內心的寂寞作為反襯。接著寫她鬢髮如雲，蓬鬆散亂，幾絲秀髮，將掠過她芳香雪白的面腮，勾畫出一幅枕邊美人的形象，真是活色生香！宛如一幅美人春睡圖。三四句寫她懶洋洋地起床，輕移蓮步，走向梳妝臺前對鏡畫眉，用手指在另一手掌中調弄脂粉，她梳頭洗臉的時間比平常遲得多，只因為夫君不在家。通常一首詩中最具關鍵的字眼叫「詩眼」，一首詞中最生動傳神的字眼叫「詞眼」，「懶」與「遲」是這首詞的一對詞眼，因為它們活生生地把這位少婦懶洋洋的神態寫得逼真而動人。下片前兩句寫梳妝完畢，照鏡插花，用手鏡與妝鏡前後對照，以確定插花的位置適不適當，從鏡中發現，經過刻意妝扮後豔麗的容貌，可以與花的嬌豔比美，真是花光人面，交相輝映！最後寫換裝，當她換上一件新製的、合身的、繡花的、絲織品的短襖時，從鏡中瞥見上面繡著雙雙金光閃閃的鷓鴣鳥，以鳥雙人單來反襯出她寂寞的心情，但只是隱約地透示，而不明白地顯露，因而詞情含蓄委婉，耐人尋味。

第二首代表作是六首〈更漏子〉中的一首：

玉爐香，紅蠟淚，偏照畫堂秋思。眉翠薄，鬢雲殘，夜長衾枕寒。

梧桐樹，三更雨，不道離情正苦。一葉葉，一聲聲，空階滴到明。

這首詞的主題在第三句的「秋思」二字，寫秋風秋雨之夜，一個深閨寂寞的婦人宛轉緜長的情思。開頭兩句，也從室內景物寫起，玉製的香爐中，芳香的煙霧正在裊裊上升，燭臺上紅色的蠟燭正在燃燒，蠟油熔化，點點滴滴，好像寂寞傷感的人滴落的淚，晚唐詩人杜牧曾用蠟淚來寫深長的離情，李商隱也用蠟淚來寫纏綿的愛情，都含有豐富的象徵意義，以「淚」形容蠟油下滴，美學上稱為移情作用。溫庭筠筆下這隻紅色的蠟燭，沒有照耀人間的歡樂，卻偏偏照耀人間的哀愁——一座華麗的廳堂中，一位秋夜寂寞深思的婦人。接著寫她眉上的翠黛淺淡，如雲的鬢髮散亂，秋夜是如此漫長，被子枕頭都冷冰冰的，與白居易〈長恨歌〉中「翡翠衾寒誰與共」句，描寫楊貴妃的深閨寂寞之情，有同樣深濃的情意。下片寫窗外秋夜的雨，滴落在寬大的梧桐葉上，發出淒涼而單調的音響，卻不顧我正在苦苦地忍受離情的煎熬，一片片梧桐葉，一聲聲三更雨，在空虛寂寞的石階前，點點滴滴，一直滴落到天明。

西蜀詞人——韋莊

㈠韋莊詞的特色

韋莊(西元八三六~九一〇年),字端己,京兆杜陵(今陝西長安)人。唐宰相韋見素的後裔,到韋莊時,家境已經很窮,所以他的少年生活過得很貧苦。青年時到京師參加科舉考試,正好碰上黃巢之亂,於是陷身長安,後來才離開長安,經過洛陽,輾轉到江南遊歷,並且避難,又到兩湖、江西、安徽一帶,走遍大江南北。他一直很想做官,博取功名,因此拜訪了很多達官貴人,但是他生活浪漫,耽溺聲色,性格不適合做官,他的〈菩薩蠻〉詞:「當時年少春衫薄,騎馬倚斜橋,滿樓紅袖招。」「翠屏金屈曲,醉入花叢宿。」都是他當年生活的寫照。

後來,他又回到北方的故鄉,終於在唐昭宗乾寧元年(西元八九四年)考上進士,年已五十九,初任校書郎,曾先後兩度到四川,並依附王建,輔佐他立國,前蜀開國制度,多出韋莊之手。後來做過好幾任官,最後做到吏部尚書平章政事,卒於成都,年七十五。

韋莊的詞,《花間集》保存了四十八首,《全唐詩》合《花間》、《尊前》、《草堂詩餘》各書,共得五十四首,王國維輯為《浣花詞》一卷。韋莊詞的風格,可用「清俊」二字來概括,如周濟曾以

「初日芙蓉春月柳」句來形容韋詞，而王國維也以韋詞名句「絃上黃鶯語」來比喻他詞的風格，大體與「清俊」二字相近。

韋莊詞無論描寫人物，或抒情寫景，都很少堆砌典故，大多用白描的手法，所以自然真切，語意渾成。

(二)溫韋詞的比較

溫庭筠與韋莊，所處的時代相近，都是《花間集》裏的名家，二人在詞的成就上齊名，故詞史上常被相提並論，而合稱「溫韋」，但事實上兩家詞在風格上是迥然不同的。溫詞設色濃麗，而韋詞則設色淡雅，周濟《介存齋論詞雜著》曾以淡妝的美人比喻韋詞，以與如嚴妝美人的溫詞作區別和比較，成為一個明顯的對照。

王國維在《人間詞話》中，對溫、韋二家詞，常作比較性的評論，我們由王氏的評語，可以看出溫韋詞風格的不同。他說：「溫飛卿之詞，句秀也；韋端己之詞，骨秀也。」又說：「畫屏金鷓鴣，飛卿語也，其詞品似之；絃上黃鶯語，端己語也，其詞品似之。」並作高下的評判說：「端己詞情深語秀，雖規模不及後主、正中，要在飛卿之上。」這裏顯然以為韋詞的成就高於溫庭筠，而韋詞的佳處，在「情深語秀」四個字。韋莊詞之所以能達到「情深語秀」，而溫庭筠詞在這一方面不如韋莊，原因在溫氏的生活經歷與體驗，沒有韋莊那麼豐富，韋莊詞有自抒身世、自抒情懷的主觀性作品，而溫庭筠詞則多半是客觀的描寫，自然不容易達到「情深」的地步。

因此，溫、韋詞的風格恰好相反，溫詞濃麗，如「畫屏金鷓鴣」，金碧輝煌；韋詞清淡，如「絃上黃鶯語」，清新悅耳。就題材的表現手法來看，溫詞大多作客觀的描摩，而韋詞則大多是主觀的抒寫，換句話說：溫詞較少注入自己的情感與生命，而韋莊則較多自己的感慨與體驗。由此可以看出：文學與生活的關係十分密切，而作品的深淺，要看生活體驗的深淺程度而定。

韋莊詞雖然以清淡見長，但並非淺直，而是寓穠密於疏淡，寓沈鬱於率直，所以能勝於溫詞，誠如況周頤《蕙風詞話》評論韋詞所說：「尤能運密入疏，寓穠於淡，花間羣賢，殆鮮其匹。」這樣說來，花間詞人雖以溫氏為領袖，且溫氏於詞史上頗有開創的貢獻和關鍵性的重要地位，及影響其他花間詞人，同樣趨向濃麗一格。但從「情深」的角度來論，則溫詞不如韋詞，且濃麗的作風容易使人生「目迷五色」之感，視覺神經容易疲勞，心理容易生膩，甚至生厭，而清淡的作風則比較宜人近人，容易贏取長久的好感、美感與親切感。

(三)韋莊代表作欣賞

《花間集》中韋莊有五首〈菩薩蠻〉，其中兩首堪稱代表作：

紅樓別夜堪惆悵，香燈半掩流蘇帳。殘月出門時，美人和淚辭。

琵琶金翠羽，絃上黃鶯語。勸我早歸家，綠窗人似花。

這首詞以送別為主題。「紅樓」指婦女居住的地方，韋莊〈長安春〉詩說：「長安春色本無主，古來盡屬紅樓女。」首二句寫出離別前夕，在紅樓相處，心情十分惆悵，當時香閨中的燈光半明半滅，掩映著華麗的帳幕，「流蘇」是用五彩絲線編成的裝飾物。三四句寫第二天早晨，紅樓美人送我出門的時候，天空正懸著朦朧的殘月，她含著晶瑩的淚水向我辭別。下片續寫她手中抱著以金色與翠綠色羽毛裝飾的琵琶，彈出如黃鶯般悅耳的曲調。最後她勸我早點回家，因為綠紗窗前倚望等候你回家的人，一定美貌如花。末二句顯出這位紅樓美人的善意和人情味，十分難得！

第二首〈菩薩蠻〉是：

人人盡說江南好，遊人只合江南老。春水碧於天，畫船聽雨眠。

壚邊人似月，皓腕凝霜雪。未老莫還鄉，還鄉須斷腸。

這首詞是韋莊流浪到江南，思家懷鄉的作品。不過這裏的「江南」當指四川，而非江浙一帶，所以下文用發生在四川的典故。首句泛說江南是個好地方。「人人盡說」表示是出於眾人的公論，而不是個人的私意，繼說像我這樣的遊子，只宜在江南終老。三四句點出江南的風景與生活情趣之優美，等於說明了為什麼「遊人只合江南老」的原因。每當春天來臨，江水比天空還要蔚藍，躺在裝飾華麗的遊船中，靜聽船外的雨聲，在船身搖晃、輕微的水波聲與雨聲中，緩緩進入夢鄉，這樣的異鄉生活，正如張繼在〈楓橋夜泊〉一詩中「月落烏啼霜滿天，江楓漁火對愁眠」所描寫的情趣一樣，只是一在春天的白晝，一在秋日的夜半，情調不同。過片二句用司馬相如、卓文君的典故，說一如當年文君當壚，當地美人也如文君般貌美如月，潔白的手腕就像凝固的霜雪一般，這又是滯留江南的第三層原因。末二句流露他無奈的鄉愁，當時黃巢造反，故鄉正在兵亂中，所以若未真正衰老，還是不要回到家鄉，因為看到戰亂後家破人亡、面目全非的種種慘痛情景，一定會使我肝腸寸斷。「斷腸」當然是誇張的修辭法，顯出作者亂後思鄉的慘痛情懷。

南唐詞人——馮延巳

㈠馮延巳詞的特色

馮延巳（西元九〇三～九六〇年）（按名乃辰巳之巳，非戊己之己），一名延嗣（與名同音），字正中（與延巳之名有關，巳後為午，故字正中），廣陵（今江蘇江都附近）人。少時即有膽識，長而以文學著稱。南唐先主李昪開國，曾任祕書郎。中主李璟即位後，歷任諫議大夫、翰林學士、戶部侍郎、中書侍郎等，並數度擔任宰相，可見他在當時政壇是很活躍的。

馮延巳的詞，宋初已多散佚不全，仁宗時，陳世修輯得一一九首，稱為《陽春集》，清末王鵬運的《四印齋所刻詞》又增加了幾首，作為補遺，但其中有不少他人的作品，真正可信的大約不及百首。

馮詞最大的特色，是詞句優美，意象清俊，情意委婉纏綿，他的一些名句，如「溶溶春水楊花夢」（〈菩薩蠻〉）、「蘆花千里霜月白」（〈歸國謠〉），前例詞句優美，後例意象清俊。至於情意委婉纏綿的例子，像「莫道閒情拋棄久，每到春來，惆悵還依舊」、「河畔青蕪堤上柳，為問新愁，何事年年有」、「撩亂春愁如柳絮，悠悠夢裏無尋處」、「日日花前常病酒，不辭鏡裏朱顏瘦」（以上皆〈蝶戀花〉句）。所以陳世修《陽春集．序》評論馮詞說：「馮公樂府，思深詞麗，韻逸調清。」「思深」就是情意委婉纏綿，而「詞麗」就是詞句優美，「韻逸調新」則相當於「意象清俊」。

馮延巳詞對後代影響很大，宋初的晏殊、歐陽修等，都擅長學馮，而得其纏綿委婉的詞風，如晏殊的〈清平樂〉句：

紫薇朱槿花殘，斜陽卻照闌干。雙燕欲歸時節，銀屏昨夜微寒。

又如歐陽修〈采桑子〉句：

笙歌散盡遊人去，始覺春空。垂下簾櫳，雙燕歸來細雨中。

王國維在《人間詞話》中提到：歐陽修〈浣溪沙〉中「綠楊樓外出秋千」句，是本於馮延巳的「柳外秋千出畫牆」。並說延巳〈玉樓春〉寫情多傷春的詞意，為歐陽修一生專學的情調。所以清人劉熙載《藝概》中的〈詞概〉指出：

馮延巳詞，晏同叔得其俊，歐陽永叔得其深。

馮煦（夢華）《蒿庵論詞》也說：

詞至南唐，二主作於上，正中和於下，詣微造極，得未曾有。宋初諸家，靡不祖述二主，憲章正中。

王國維《人間詞話》更說：

馮正中詞，雖不失五代風格，而堂廡特大，開北宋一代風氣，與中、後二主皆在《花間》範圍之外，宜《花間集》中不登其隻字也。

王氏進而指出，馮延巳詞不只影響宋初晏、歐諸家而已，實開北宋一代風氣，因為晏、歐以後，賀鑄（方回）、晏幾道（小山，殊子）等，也深受馮氏風格的影響。

㈡馮延巳代表作欣賞

馮延巳的代表作品，如〈采桑子〉一詞：

華前失卻遊春侶，獨自尋芳，滿目悲涼，縱有笙歌亦斷腸。
林間戲蝶簾間燕，各自雙雙，忍更思量？綠樹青苔半夕陽。

這首詞的主題，是描寫失戀的心情。首句寫出失戀的事實，失去遊春賞花的伴侶，只好獨自尋找春的芳蹤，但滿眼所見，都令人感到悲傷淒涼，因為景物依舊，人事全非。人對外在景象的觀感，會隨內在主觀的心情而轉移，當你心情歡悅的時候，覺得青山向你點頭，白雲向你招手，小花向你微笑；但當你心情愁苦的時候，尋常的風雨會是淒風苦雨，所以，對失戀的人來說，縱然有笙簫歌唱之聲，也引不起一絲歡樂，且將更加傷感。下片前兩句藉蝴蝶、燕子的成雙成對，來反襯失戀者的形單影隻，這時的孤獨寂寞之感可知！怎還忍心更去思量往事？最後用一句寫景的句子來結束全詞，但見逐漸黯淡的夕陽餘暉，一半照在綠樹間，一半照在青苔上，這景象顯出林間的冷清寂寞，也襯托出詞中主人深深的孤獨感。

馮延巳的第二首代表作，如〈謁金門〉：

風乍起，吹皺一池春水。閒引鴛鴦香徑裏，手挼紅杏蕊。

鬥鴨闌干獨倚，碧玉搔頭斜墜。終日望君君不至，舉頭聞鵲喜。

詞調中的「金門」是指古代皇宮前的金馬門。這首〈謁金門〉屬於「宮詞」，描寫一位宮女的閒情。乍然吹起一陣風，把一池平靜的水吹得起了層層皺紋，正象徵一個偶然的外來因素，引動了這位宮中少女心湖中的漣漪，原來當她信步走在落滿芳香花瓣的小徑裏，閒來逗引池邊的鴛鴦時，心頭不覺一怔，這才發現鴛鴦是成雙的，而自己卻孤零零一人，好生寂寞！原來這鴛鴦就像一陣風，心境再也不能平靜了。如何平復這盪漾的心波呢？無意間揑住身旁的一株紅杏，手指直搓揉那柔細的花蕊，只怕揉得稀碎了。這無意識的微小動作，正是平衡心理的一個特寫鏡頭。

過片續寫她獨倚闌干的動作，偏偏闌干上雕飾著兩鴨相鬥的花紋，在讀者看來，又成為

「獨」與「雙」的對比，正如上片宮女自我意識到池中的一對鴛鴦和池畔孤獨的身影，是那麼強烈的對比一樣。這時，髮際碧綠色的玉簪斜斜地墜在那兒，她竟然還不曾知覺，可見她正在專注思君望君，盼望了一整天，君主還是不曾臨幸，偶然抬起頭來，卻意外地聽到喜鵲報喜的鳴聲，心頭立刻昇起一縷希望之光。一個宮女最大的喜訊、最大的希望，莫過於見到皇帝，教人怎不喜上眉梢、喜上心頭呢？末二句寫境界的轉移，實在有「山重水複疑無路，柳暗花明又一村」的意味，也頗有「豁然開朗」的境界呈現出來。

帝王詞人——南唐二主

前面提過，五代十國的幾個帝王，如後唐莊宗李存勗、前蜀後主王衍、後蜀後主孟昶、南唐中主李璟、後主李煜、吳越王錢俶等，都擅長填詞作曲，他們不但愛好音樂文學，而且提倡創作酬唱，因而造成一時風氣，其中尤以南唐二主的作品，最具有文學價值。

(一)中主李璟的幾首精品

李璟（西元九一六～九六一年），字伯玉，徐州（今江蘇徐州附近）人。先主李昪長子。南唐建國時，他被封為齊王。父死，繼立為君，世稱中主。當時南唐擁有江南富庶之地，國勢強盛，本想進取中原，但經幾次征伐，加上災荒連年，於是元氣大傷，國力便衰微下去，成為北朝的附庸。

李璟雖然不是雄才大略的君主，在政治上表現平庸，但他卻在文學方面有特殊的才藝和稟賦，據《十國春秋》的記載，說中主「音容閒雅，眉目如畫，好讀書，能詩，多才藝」，想來當是一位天生的文人雅士型人物。

中主詞往往真偽莫辨，常與後主及北宋的晏殊詞混淆，經過詞學專家的考辨，只有寥寥三首詞是可靠的作品，一首〈浣溪沙〉、兩首〈攤破浣溪沙〉，這三首作品，都表現出哀怨淒婉、惆悵自憐的情調，令人有王國維《人間詞話》所謂「眾芳蕪穢，美人遲暮」之感。

茲以兩首〈攤破浣溪沙〉為例，欣賞中主詞的精純之美。第一首：

菡萏香銷翠葉殘，西風愁起綠波間。還與韶光共憔悴，不堪看。

細雨夢回雞塞遠，小樓吹徹玉笙寒。多少淚珠何限恨？倚闌干。

這一首的主題是「秋思」，寫秋日及秋夜的情思。「菡萏」就是荷花，秋天荷花衰枯，芳香銷減，荷葉也衰殘了，西風吹動綠波，層層皺紋正象徵一片愁景。開頭這兩句從景物寫起，卻景中有情，並藉景抒情，一個「愁」字穿插在菡萏、翠葉、西風、綠波四種景物間，使情景產生了交融的效果。「韶光」指美好的光景，一方面意謂荷花的芬芳與荷葉的翠綠；一方面也意謂作者自己青春的容顏，以人花雙寫的筆法，兼寫花與人面俱憔悴，且都不忍多看，一片殘荷，光景之蕭條可知，以襯出自己的憔悴可憐，何忍照鏡端詳？

下片時光移到夜晚，而且是夜深。午夜夢回，樓外細雨濛濛，方才夢中所到的雞鹿塞（在今內外蒙古交界處），依舊在遙遠的地方，而細雨正象徵著綿綿的相思和愁緒，如何排遣這綿綿的相思和愁緒呢？只好藉吹笙以寄恨，獨自在小樓上吹笙，吹遍了相思的曲調，直到玉笙的簧片受寒，以致吹不成音，可見相思之深，愁緒之長。由此引發出的感傷，一則顯露於外，二則蘊藏於內。不知流了多少眼淚，一顆顆、一串串，像斷了線的珍珠般滾落，而心頭也相對的湧上無限的愁情恨意，就這樣癡癡地獨倚闌干，讓情感的波濤在心海洶湧，濺出無數的淚花。

這首詞由一個「殘」字構成一組統一的意象，上片由荷殘寫到秋殘，而結出人在殘景殘年之下，一副憔悴枯殘的容貌，正如衰殘的荷花、荷葉一般，不堪一睹！下片首句寫夢殘，次句寫曲殘，結尾二句，兼寫外在的愁容與內心的愁情，全在細雨夢回、獨倚闌干吹笙時一齊併現，總在刻畫出一片幽冷衰殘的心境。

第二首〈攤破浣溪沙〉：

手捲珠簾上玉鉤，依前春恨鎖重樓。風裏落花誰是主？思悠悠。

青鳥不傳雲外信，丁香空結雨中愁，回首綠波春色暮，接天流。

這首詞的主題就是次句中的「春恨」二字。先由一個有意識的動作寫起，為了消釋心中因春日惹來的愁恨情緒，捲起窗簾，掛上簾鉤，想看看窗外的風光，好遣愁解悶。沒想到捲簾之後，春恨依然如前，不但沒有消釋，而且彷彿四處都充滿春恨，瀰漫在層層樓臺的四周，原來春風中落花紛飛，飄蕩無主，這些身世可憐的落花，隨風飄散，滿地飄零，誰才是肯收留它們的主人呢？它們註定是沒有歸宿的，於是引起了悠悠的遐思，想到異鄉飄泊的人，他的命運不正如落花一樣嗎？

因此，下片先藉《漢武故事》一書所載：專為仙女西王母傳遞消息的使者「青鳥」這個典故，來表明沒有遠方友人的信息，繼寫雨中景色，丁香花空自結在莖頂，含苞不放，彷彿有解不開的深愁，正如白居易的詩句：「芭蕉不展丁香結，同向春風各自愁。」尤其在雨中，情景之淒惋，可以想見。末二句以江天茫茫的景象別轉作結，偶一回頭，但見江中綠色的水波流向天邊，而春郊的景色，已是暮春花飛的時候，於是江天茫茫，水流無盡，正象徵「春恨」之無窮，與後主〈虞美人〉詞「問君」二句有同樣的氣象，只是後主以譬喻表現，而中主以寫景暗示，效果顯隱不同而已。

這首詞的寫作技巧，頗多精到可取之處，譬如開頭兩句，一呼一應，頗有拈針搭線之妙，因為次句寫春恨未消，暗示首句捲簾的目的是為了消愁；又次句「春恨」二字，是在字面上顯出主題，在點題的技巧上屬於明點，而第三句中「風裏落花」四字暗點「春」字，「誰是主」三字暗點「恨」字，屬於暗點題意的技巧，前後明暗互用，堪稱心思精密。下片「青鳥」句寫所思雲外的人，寓有一「遠」字，而「丁香」句寫的是「近」景，末二句透過「回首」，寫綠波接天流，望得更遠，但這遠是視覺所見，與首句心中所想不同。

(二)詞中之帝李後主

後主李煜（西元九三七～九七八年），字重光，中主第六子。初封安定郡公，後封鄭王，二十四歲繼位，為南唐第三代君主，也是亡國之君，故世稱後主。後主比他父親更缺乏政治才能，當時北方已是趙匡胤的天下，他兵力強大，時時想併吞南唐，統一天下，後主除了卑躬屈節，常奉獻大量的金玉、布帛等財貨，企圖博得宋君的歡心，而圖苟安於一時之外，別無任何振作圖強之計，以維護先祖創下的帝業、保有的江山。

宋太祖久想取得富庶的江南，金玉、布帛之類的貢物，實在不足以滿足他擴張領土的欲望，終於在開寶七年（西元九七四年），派將軍曹彬、潘美，水陸並進，攻陷金陵。當宋軍已兵臨城下，後主卻正在宮中聽沙門講佛經，就這樣毫無心理準備，也毫無兵力抗禦，率領羣臣出城投降。由一國之君的帝王之尊，一下子成為宋軍的俘虜、成為可憐的亡國奴，對後主個人來說，這真是一個晴天霹靂，也是一項莫大的恥辱。

當後主被宋軍俘虜，乘船由下關渡過長江時，忽然大雨傾盆，後主頻頻回顧故國江山與故宮的鳳閣龍樓，傷感得淚如雨下，一時淚水與雨水齊流，竟分不清那是淚水、那是雨水？何止百感交集？簡直感慨萬端！因而悲從中來，即席吟出一首詩，抒寫他國破家亡的慘痛情懷，詩中有「雲籠遠岫愁千片，雨打歸舟淚萬行」的傷心句子，令人憐憫，也令人感動。

後主到了北方，宋太祖接見他，封他為「違命侯」，以諷刺他常常違命不朝。後來在席間問後主：「聽說你在江南喜歡做詩，是嗎？」後主應諾，太祖要他舉出最得意的詩句，他想了一想，吟出他詠扇的名句：「揖讓月在手，動搖風滿懷。」太祖讚嘆一句：「好一個翰林學士！」話裏也帶有幾許諷刺意味，意指後主不配做皇帝，只是一個文人而已。

後主生而目中有重瞳子，故聰明絕頂。他能詩能文，更精於詞，對音樂、繪畫也有很好的造詣，可說多才多藝。早年在宮中的生活，物質方面極盡豪華奢侈之能事，精神方面則有美貌而聰慧的大小周后作伴，每天沈醉在詩酒歌舞、賞花賞月的享樂生活中，對國事則一籌莫展，只曉得逃避現實、尋求苟安而已，等到江山淪落，只好傷心地寫出「最是倉惶辭廟日，教坊猶奏別離歌，揮淚對宮娥」（〈破陣子〉）的詞句而已。

後主死於宋太宗太平興國三年（西元九七八年），這年七月初七是後主生日，太宗特許他與舊宮人相聚，並可由聲伎唱奏樂曲取樂，於是後主便通宵達旦，盡情放縱。一則由於後主過分放淚形骸，遭太宗所忌；二則傳出後主「故國不堪回首」的詞句，使太宗覺得李煜這人念念不忘故國，留他終是後患，於是當夜派人送了一壺酒給後主，酒中放了毒性劇烈的牽機藥，可憐這位天生的詞人而不幸生於帝王家的李後主，便這樣結束了他繁華而淒涼的一生。

後主在政治上雖然是一個徹底失敗的亡國之君，但在文學的天地卻得到莫大的成功，尤其在詞的創作方面，後期感懷身世的作品，無不真情流露，一字一淚，誠如王國維《人間詞話》所說，後主亡國以後的詞，莫不以血淚寫成，感人至深！因而贏得後人對他的尊崇，推他為「詞聖」，或譽他為「詞中之帝」，如清人沈謙《填詞雜說》說：「後主疏於治國，在詞中猶不失為南面王。」

(三)李後主詞的特色與成就

後主詞據劉毓盤（子庚）民國十年輯本，共有四十六首。詞的特色與風格的演變，約可分為前後兩期，以亡國為分水嶺；或分前中後三期，以幼年至大周后死為前期，大周后死至亡國為中期，亡國以後為後期，如馮沅君、陸侃如的《中國詩史》便是。以劃分兩期最簡單明瞭，前期詞的特色是明朗歡愉，不知人間有哀愁痛苦，誠如他的〈破陣子〉詞所說：「幾曾識干戈？」也如王國維《人間詞話》所說：「後主生於深宮之中，長於婦人之手。」正因為他缺乏人生的閱歷與經驗，所以仍保持一片赤子之心，這是他成為人君的短處，但卻是他成為詞人的長處，因為文學需要純真的感情，絲毫都虛偽不得，所以文學家最可貴的是「不失其赤子之心」。

後主的後期作品，則全由血淚凝成，不但感受深刻，而且表現真切，他運用白描的手法，以流暢的語言、真摯的情感、自然的音節，抒寫他身世的感慨、亡國的悲痛，流露出哀怨淒楚之音。他最感人的作品，是後期的詞，他最有價值的作品，也是這些亡國之後的哀音。

四後主代表作欣賞

後主前期作品中，如〈一斛珠〉寫大周后天真撒嬌的情態，〈菩薩蠻〉寫與小周后幽會，刻畫小周后嬌怯的情態，全用白描手法，可說入木三分。他如〈玉樓春〉寫歌舞生活及月夜清幽氣氛與真切情味，情致清新優美。全詞如下：

晚妝初了明肌雪，春殿嬪娥魚貫列。鳳簫吹斷水雲間，重按霓裳歌遍徹。

臨風誰更飄香屑？醉拍闌干情味切。歸時休放燭花紅，待踏馬蹄清夜月。

先寫春殿中嬪娥之美，晚妝初畢，一個個肌膚白嫩如雪，顏色明豔照人。次寫嬪娥之多，在殿堂中依序排列，如魚游之先後相續。三四句寫春殿歌舞的盛況，有的嬪娥在吹奏以小竹管編成，長短參差如鳳翼的一種簫，簫聲在寧靜優雅、一如水鄉雲間的宮中斷續飄揚；有些宮女則載歌載舞，她們按照大周后整理的盛唐殘譜「霓裳羽衣曲」，歌舞酣暢，令人陶醉！

後主生活極重享受，視覺、聽覺的歡娛之外，還講究嗅覺享受，相傳後主宮中設有主香宮女，有的專司焚香；有的只管飄香，以芳香的檀香屑末或花瓣，臨風飄灑，以滿足嗅覺上的美感。這回後主賞罷歌舞，悄悄離開春殿，沒有左右隨從，更沒有前導飄香的宮女，他獨自來到一處亭臺，帶著幾分酒後的醉意，輕拍著亭臺的闌干，感覺眼前這片清幽，實在情味真切！於是吩咐宮人，無需點燃蠟燭，以便在馬蹄得得聲中，踏著清夜明朗的月色歸去，豈不更有詩意？更有美感！在視聽感官享受之餘，透過心靈感受的寧靜之美，更使後主深覺清幽得沁人心脾。

其次，我們再看後期作品幾首代表作。後期作品幾乎全是真情流露、感人至深的傑作，茲以兩首〈相見歡〉及著名的〈虞美人〉為例，分析說明如下，以供欣賞。先看第一首〈相見歡〉：

林花謝了春紅，太匆匆！無奈朝來寒雨晚來風。
胭脂淚，相留醉，幾時重？自是人生長恨水長東！

這首詞以「傷別」為主題，並以春天為背景。首先寫出花謝的事實，一如南唐亡國的事實一樣，是無可挽回的，林間豔紅的春花凋謝了，象徵後主已結束了燦爛的帝王生涯。次句傳出極度驚嘆的神情，江山的淪落，正如春紅的萎謝，怎麼如此倉促！繼又寫出身世與命運的無奈，落花已經夠可憐！卻還得忍受朝夕無情風雨的摧殘，為花惋惜，也就是對自己的惋惜，語語雙關。

下片繼續上面寫花，一面寫人，作者想像殘留在落花紅色花瓣上的雨點，就是殘留在美人臉上的淚珠，落花挽留雨點，雨點也只好繼續逗留在花瓣上，就像美人的臉也想留住淚痕，而淚水不得不留一般，故用「相留」二字。這中間不但充滿了想像與移情作用，而且饒有迴環宛轉的情味，下著一「醉」字，以與上句「胭脂」相應，以切出花的紅色。末二句一問一答，一啟一合，幾時落花才能重上故枝呢？等於問自己幾時才能重歸故國？那自然是不可能的，後主已深感此生亡國之恨，綿綿無盡，猶如江水必然永遠東流，最後用這樣的譬喻，寫出他萬斛愁緒，令人不忍卒讀。

第二首〈相見歡〉是：

無言獨上西樓，月如鉤，寂寞梧桐深院鎖清秋。

剪不斷，理還亂，是離愁，別是一般滋味在心頭。

這首詞的主題在寫「別愁」，以秋天為背景。首句敘事，寫默默無言，獨自登上西樓。二三句寫登樓所見景象，抬頭見新月如鉤，低頭見庭院深鎖，一片寂寞，後主的處境和心境，一如殘缺的月亮和冷清的院落，「鎖」字尤能象徵幽閉的心扉，被淒清的秋光感染得一片衰颯。

下片專寫愁緒，總覺得心頭如一團亂絲，想依情緒一刀兩斷，卻怎麼剪也剪不斷，只好冷靜下來，憑理智清理愁緒，可是越清理越是一片紛亂，這究竟是什麼原因呢？經過仔細分辨，才辨出原來是離別的愁情，難怪另是一種滋味迴旋在心頭，久久不去，寫得纏綿宛轉之至！

〈虞美人〉一詞，膾炙人口，千古傳誦，清人譚獻評為「神品」，全詞如下：

春花秋月何時了？往事知多少！小樓昨夜又東風，故國不堪回首月明中。
雕闌玉砌應猶在，只是朱顏改。問君能有幾多愁？恰似一江春水向東流！

「感舊」應是這首詞的主題。一開始就感嘆俘虜生活，日子難捱，春天花開花謝，秋天月圓月缺，這樣孤寂痛苦的歲月，何時才能了結？想起以往江南故國的舊事，真不知道有多少？「何時了」是「感」，「往事」是「舊」，開頭兩句就點出了題意。又是冬去春來的季節，在今夜這樣明朗的月色中，真不忍回憶故國的一切，「又」字下得很沈痛，表示又苦苦挨過了一年，末句以「回首」二字，將現在的時空與過去相繫。

過片二句，道出物是人非的感慨，故宮中那些精美的建築，應當依然無恙，只是當年宮中的主人，青春紅潤的容顏，如今已變得憔悴不堪。「朱顏」二字，或解為紅顏，比喻美人，或以為隱指河山，這些都不如直接說成自己的容顏，來得直截了當，文天祥〈水調歌頭〉說：「鏡裏朱顏都變盡，只有丹心難滅。」可以作為旁證。末二句自設問答，又以水為譬喻，寫出因太多的愁而使「朱顏改」，「一江春水」比喻愁之多，「向東流」則比喻愁之不盡，與「人生長恨水長東」句一樣，又吐出萬斛愁恨，同樣教人不忍卒讀。

范仲淹詞析論

前言

宋代大賢范仲淹（西元九八九～一〇五二年），幼年孤寒而有志，在困苦憂患中接受歷鍊，經長期奮鬥不懈，而心志益堅貞不屈❶，終能成就其德業事功。如從政則除弊興利，忠厚而有恩於民❷；治軍則號令嚴明，賊寇驚服喪膽❸；可謂名重一時，功蓋當世，堪稱有宋一代名臣，亦一代儒將而無愧。

范公深通經籍，非僅「積學於書」，抑且「得道於心」❹。平生尊師興學，培植人才，不遺餘力，於北宋學術、教育風氣、士大夫風節，頗有開創振作之功❺。且賦性忠信孝悌，仁義正直❻，其至德全踐之於行為，實之於政事，又常以天下為己任，抱先憂後樂之心❼，則先生誠學行傑出之大賢，亦胸懷天下之仁者。

范公既以政績卓著，事功顯赫，而彪炳史冊，聲聞天下，且學術文章，亦卓然有成，於立德、立功之外，復有立言之不朽，所謂「寧鳴而死，不默而生。」❽其詩其文，皆足以鳴世傳世❾。雖不以詩名家，而詩作於西崑之外，別具平淡風調；文則名篇如〈岳陽樓記〉、〈嚴先生祠堂記〉等，均膾炙人口，千古傳誦，詞所作不多，僅流傳數首而已。

宋初詞壇概況

詞大體由詩發展而成、演變而來，形式上承襲長短句的詩歌淵源，一方面由於增字襯詩的歌唱方法，二方面因接受外族音樂輸入的影響，由於民間作者的創作與中唐詩人的嘗試❿，這種與音樂密切結合的新文體，遂在唐代誕生，經過五代的孕育成長，至兩宋而盛極一時，成為當時的代表性文學。

自晚唐溫庭筠專力填詞，表現綺麗濃郁風格，有如「畫屏金鷓鴣」；繼有韋莊的疏朗清俊，有如「絃上黃鶯語」⓫；溫韋齊名，而風貌不盡相同。至五代而溫詞影響於《花間集》中之西蜀詞人，韋詞則影響於集外之南唐詞人，而溫韋自為《花間集》中巨擘。南唐馮延巳詞委婉纏綿，李後主詞深刻悽惋，將詞引入曲折的情意幽徑，於是詞乃有與詩截然不同的美感世界，晚唐、五代詞人奠定了良好的基礎。

北宋初年，繼五代割據紛亂之後，江山復歸於一統，政治趨向於穩定，自太祖、太宗的開基肇業，至真宗、仁宗的長期內治，一時承平無事，社會日益繁榮。尤其最初的八十年，自太祖開國，至仁宗天聖、慶曆間，為宋詞成長發展、含苞待放的蓓蕾時期⑫。此時期詞人，如王禹偁的清麗，潘閬的放逸，錢惟演的悽惋，寇準的淡遠，林逋的冷豔，雖然各有風格，但都不足以成為大家。待晏殊、歐陽修、晏幾道、張先出現，遂開創宋詞的燦爛史頁，他們堪稱為北宋初期詞的四大開山祖⑬。

宋初四大家詞，大體溫婉端麗，不脫花間、南唐餘風，如晏殊《珠玉詞》，頗得力於溫、韋、馮三家，故風格溫潤秀潔，情致柔婉閒適，如寫春恨與秋意：

無可奈何花落去，似曾相識燕歸來。小園香徑獨徘徊。——〈浣溪沙〉

金風細細，葉葉梧桐墜。綠酒初嘗人易醉，一枕小窗濃睡。——〈清平樂〉

歐陽修是北宋古文大家，文壇領袖，詞風從馮延巳與晏殊遞變而來，所作《六一詞》，渾厚雋永，婉約細緻，如寫相思與春愁：

寸寸柔腸，盈盈粉淚。樓高莫近危闌倚。平蕪盡處是春山，行人更在春山外。

——〈踏莎行〉

雨橫風狂三月暮，門掩黃昏，無計留春住。淚眼問花花不語，亂紅飛過秋千去。

——〈蝶戀花〉

晏、歐都是學問淵雅，詩文兼美，而又仕宦顯達，聲望卓著的一代名臣，故作風自然優雅閒婉。至晏幾道，則因官運不濟的際遇與孤芳自潔的個性，使他們父子雖同是步武溫韋，也受正中影響，風格雖有相同處，但小山詞似更風流嫵媚，哀婉沈鬱，而比乃父更多一份激越的感情，如寫鄉愁與重逢之情：

蘭佩紫，菊簪黃，殷勤理舊狂。欲將沈醉換悲涼，清歌莫斷腸。

——〈阮郎歸〉

從別後，憶相逢，幾回魂夢與君同。今宵賸把銀釭照，猶恐相逢是夢中。

——〈鷓鴣天〉

張先風流多韻，享年甚高，故晚歲與柳永齊名，以慢詞著稱；並與蘇軾同時，而風調迥異，故應屬宋代第一期詞人[14]，他的子野詞清幽雋永，如寫春夜靜景：

沙上並禽池上暝，雲破月來花弄影。重重簾幕密遮燈，風不定，人初靜，明日落紅應滿徑。

——〈天仙子〉

樓頭畫角風吹醒，入夜重門靜。那堪更被明月，隔牆送過秋千影。

——〈青門引〉

詞至張先，為結束溫韋詞風的關鍵性詞人[15]；同期詞家，尚有韓琦、范仲淹、宋祁等。其中宋祁長短句與子野詞風貌相近，韓、范則出將入相，文武兼擅，且同時鎮守邊關，防禦西夏，威嚴為夷狄所欽服[16]，而韓詞卻別具閒適風味，范仲淹詞於技巧風調，尤具獨創性。

范仲淹詞的寫作技巧

范文正公仲淹，才高志遠，胸懷天下，繼之以仁恕涵養，堅毅節操，故能成就其名臣事業與儒將風範，詩詞文章，不過其生平餘事而已。

范公平生作詞不多，後來又有散佚，故僅傳世數首，初由南宋人所編選集如《樂府雅詞》、《花菴詞選》、《草堂詩餘》等選入，至清末朱祖謀刻《彊村叢書》，始據曹君直校補、歲寒堂刊《范文正公集》補編本及其他資料，彙輯為《范文正公詩餘》一卷，收詞僅〈憶王孫〉、〈蘇幕遮〉、〈漁家傲〉、〈御街行〉四首，補遺〈剔銀燈〉、〈定風波〉二首。其中〈憶王孫〉一首，當為李重元作，見《唐宋諸賢絕妙詞選．卷七》，可能為誤輯；〈蘇幕遮〉一詞，曾慥《樂府雅詞》題無名氏，相傳為范仲淹作，後世並無異議；〈剔銀燈〉輯自《中吳紀聞．卷五》，〈定風波〉殘缺二字，輯自《敬齋古今黈》。據魏泰《東軒筆錄》云：「范文正公守邊日，作〈漁家傲〉樂數闋，皆以『塞下秋來』為首句，頗述邊鎮之勞苦。」又李治《敬齋古今黈》云：「范文正自前二府鎮穰下，營百花洲，親製〈定風波〉五詞。」而〈漁家傲〉、〈定風波〉今各傳一首，餘皆散佚。

唐圭璋輯《全宋詞》，收范仲淹詞五首，即〈蘇幕遮〉、〈漁家傲〉、〈御街行〉、〈剔銀燈〉、〈定風波〉，於存目詞列有〈憶王孫〉二首，據楊金本《草堂詩餘前集．卷下》，除朱氏所輯「颼颼風冷荻花秋」一首外，別有「同雲風掃雪初晴」一首，唐氏附注云：「李重元詞，見《唐宋諸賢絕妙詞選．卷七》。」又有〈意難忘〉「清淚如鉛」一首，出《古今詞選．卷五》，注云：「范晞文詞，見《絕妙好詞．卷六》。」按此范晞文為別一人，非希文范仲淹也，晞文為南宋末度宗咸淳間人，著有《對床夜話》。

就詞學界所認定可靠的范詞五首來說，最膾炙人口而為歷來各種選本所選錄者為〈蘇幕遮〉、〈漁家傲〉、〈御街行〉三首，以寫作技巧來說，也以此三首最為傑出。仲淹作品雖少，但凡文學藝術的價值，在質精而不在量多，范詞之價值即在此三首均屬精品，故以此三詞為中心，配合〈剔銀燈〉與〈定風波〉二首，分析其寫作技巧，並一一舉例說明如下：

(一)章法經營上情景相生，融情於景

中國詩的重要內涵，不外情景事物四端，即抒情、寫景、敘事、詠物四者，乃詩中之主要內容大端。詞由詩演進而來，與音樂關係密切，功能上多以抒情為主，寫景為副，情往往是一篇主體，而景則通常居陪襯地位，甚至是為情而設的「布景」，故情景為詞中兩大主要成分。至於敘事為詩之能事，詞中少見；詠物詞盛於南宋，北宋初期尚不流行。

詞人填詞，在章法經營上，往往透過文學寫作的技巧，對情景的安排，作特殊的處理。范仲淹傳世的三首名作：〈蘇幕遮〉、〈漁家傲〉與〈御街行〉，全是雙調詞，全是上片寫景，下片抒情，情由景生，而情中亦有景，故可謂之情景相生，如此則可達到融情於景的效果。試看〈蘇幕遮〉一詞，《花菴詞選》題「別恨」，《草堂詩餘》題「懷舊」，全是抒情詞題，題雖為後人所加，亦能透露詞中消息。上片完全寫景：

碧雲天，黃葉地。秋色連波、波上寒煙翠。山映斜陽天接水，芳草無情、更在斜陽外。

詞中寫景是為抒情的主線預先舖排的場景，作者曾戍守邊塞多年，此為其真實生活中所見，故先描寫塞外秋色，畫出一幅寒煙落日圖。首二句以秋空慣有的碧色，形容淡雲飄浮的天空，以秋野常見的黃色，形容枯葉飄落的地面，不但對仗工整，而且顏色鮮麗，加上下文所寫水波之翠綠，斜陽之殷紅，構成一片色彩分明的大自然圖景。王實甫《西廂記》寫長亭送別的一段精彩文字，寫景的部分是：

碧雲天，黃花地，西風緊，北雁南飛。曉來誰染霜林醉？總是離人淚。

由景生情，明麗生動，首二句顯然從仲淹詞而來。

名家作詞，必然語不虛發，一字一句，前後都有關連。就寫景的層次而言，首二句由天寫到地，作空間上下掃描，第三句乃由次句而來，「秋色」即「黃葉」所代表地面之色，「連波」指陸地與水波相連，於是景觀的出現，如鏡頭作空間的轉移，由高而低，由近而遠。「秋色」句寫到第四字，是九言句中略作停頓之處，適巧在此作一頂真修辭，與第五字重複一個「波」字，意思貫串而下，自然而流暢。此時鏡頭停留於秋波之上，出現一幅煙水迷離的景象，秋寒煙亦寒，波翠煙也翠，「寒煙翠」三字，將秋日黃昏時的氣溫、煙靄、水色寫得相攝相融，真是寫景高手。

第四句續寫遠山、遠陽、遠天、遠水，鏡頭愈推愈遠，一片遠距離出現的遠景，分為二組，一為遠山反映出斜陽的餘暉，一為天與水遙遙相接，句中蘊含一個「遠」字，至末句則寫得更遠了，因為代表江南春光的「芳草」，對久在邊關的范將軍來說，似乎十分無情，塞外秋日不見芳草蹤跡，而意中夢中的芳草，更在遙遠的斜陽之外，言外之意，意中夢中的故園，也在遙遠的斜陽之外，那裏看得見呢？與歐陽公〈踏莎行〉句「平蕪盡處是春山，行人更在春山外」同一意趣，且餘味無窮，故諸家好評如：

「芳草更在斜陽外」、「行人更在春山外」兩句，不厭百回讀。

——《草堂詩餘．正集》引沈際飛

「芳草無情，更在斜陽外」，雖是賦景，情已躍然。

——沈謙《填詞雜說》

雙調詞分上下片，過片處文字雖斷而意須連貫，有藕斷絲連、嶺斷雲連之妙方佳。換句話說：儘管上片純寫景，然末句必須含有些許情意，始足以引發下片之情。仲淹此詞即用此技巧，

「芳草」句既暗寓故鄉遙遠之意，則下片起首，自然引出思鄉之情，這便是文斷而意不斷的高明技巧。且看下片抒情之句：

> 黯鄉魂，追旅思。夜夜除非、好夢留人睡。明月樓高休獨倚。酒入愁腸，化作相思淚。

下片順上片景中之情意而來，遂生出黯然思念家鄉的心魂，旅中追懷舊事的情緒，這思鄉、懷舊兩種心情，令人魂牽夢繫，睡不安枕，除非有還鄉的美好夢境，會留人安睡入夢，以反語表達而愈真切感人。前三句全在抒寫這兩種情懷是如何纏綿，如何惱人！中間忽然穿插「明月樓高」一句寫景句，這便是寓情於景、情景相生的關鍵處。作者理性地提醒自己：雖然月光明朗，休去獨倚高樓，企圖遙望故鄉，欲藉此紓解思鄉情結。此句與李後主〈浪淘沙〉句「獨自莫憑闌」、歐陽永叔〈踏莎行〉句「樓高莫近危闌倚」同一機杼，用意都在自解。不去獨倚高樓，固然未能免除鄉愁，只好藉酒澆愁了，卻不料當「酒入愁腸」時，竟都「化作相思淚」，造語新奇，而情意宛轉，一如李太白所謂「抽刀斷水水更流，舉杯澆愁愁更愁」，真是無可奈何！

〈漁家傲〉一詞，胡雲翼《宋詞選》說是他五十二歲在延安所作，是一首邊塞詞，寫得蒼涼悲壯，情景交融，故極為膾炙人口。各本題作「秋思」，在章法經營上，上片寫題中「秋」字，下片寫題中「思」字，剛好一景一情，而情懷自然由景象引發。在點題技巧上，上片明點題意，故首句字面出現一「秋」字，下片暗點題意，數句思家之情，躍然紙上，此為明暗互用之點題法。

先看上片：

塞下秋來風景異，衡陽雁去無留意。四面邊聲連角起，千嶂裏，長煙落日孤城閉。

起句首先出現「塞下」二字，表明特殊地域，繼而「秋來」二字，則表明季節是秋天，而且時序有推展性，因為意指秋季以來，「風景異」三字，泛寫此一特殊時空的特殊景觀，一片荒寒景象，大異於內地中原，尤異於作者的江南故鄉。次句以下，句句具實地寫出有那些不同的風光景色。首先寫眼見北雁南飛，將遠飛至衡陽的成羣鴻雁，一意朝南方飛去，竟毫無逗留之意，可見西北邊塞秋後天氣之酷寒，此為異象之一；其次寫耳聞邊聲四起，且與軍營的號角聲此起彼落，「邊聲」指邊地特有之樂聲，如胡笳、羌笛之類，甚至包括馬鳴聲、風沙聲，此為異象之二；接著寫高聳如屏障的千峯萬嶺間，但見升空甚高的煙氣不絕如縷，一輪即將落下西山的夕陽，照耀著一座孤立山中而閉門禦敵的山城，其蒼涼孤寂之感，可以想見，此為異象之三。如此真實的描寫，令人想起漢唐以來詩文中的邊塞光景或相關語意，如：

胡笳互動，牧馬悲鳴，吟嘯成羣，邊聲四起。

——李陵〈答蘇武書〉

巫峽啼猿數行淚，衡陽歸雁幾封書。

——高適〈送王李二少府貶潭峽〉

黃河遠上白雲間，一片孤城萬仞山。

——王之渙〈涼州詞〉

大漠孤煙直，長河落日圓。

——王維〈使至塞上〉

至於專意抒情的下片：

濁酒一杯家萬里，燕然未勒歸無計。羌管悠悠霜滿地，人不寐，將軍白髮征夫淚。

由上片所寫邊塞異象，只見一片荒寒孤寂，自然引起這位肝膽英雄思家的愴然情懷。首句寫出一杯濁酒在手，而心中卻思念萬里之外的蘇州家鄉，空間的乖隔，使英雄足不能履鄉土，而心意則魂繫家園，此為情性的流露；然西夏未滅，戰功未立，尚不能效東漢竇憲之戰勝匈奴，於燕然山勒石紀功，凱旋榮歸，故誓不作歸家之計，此為理性的自白，可見仲淹愛國志節之堅。「羌管」

句寫景，寫悠悠羌管聲，以與上片的「邊聲」前後相應，又寫滿地寒霜，而與「衡陽雁去」句意暗自扣合，淒寒景色，令人倍感孤寂，於是情中有景，而景亦生情，故下文乃鉤畫出另一幅蒼涼感人的畫面；秋寒之夜，光景如此淒涼，軍營中人人不能入寐，可見人人皆思家懷鄉，但見老將已白髮蒼蒼，戰士也熱淚縱橫，何時能消滅西夏？何時能歸家還鄉？既為國家立戰功，亦為自己解鄉愁，此意自在結語中。

全詞深具排蕩之勢，豪縱之情，沈鬱蒼勁，動人心魄，故諸家評曰：

燕然句悲憤鬱勃。

——《草堂詩餘・正集》引沈際飛

沈雄似張巡五言。

——譚獻《譚評詞辨》

〈御街行〉寫得柔婉曲折，各本題作「秋日懷舊」，其實正確的題意應是「秋夜相思」，因為上片全寫秋夜之景，下片則寫相思之情，筆致細膩微妙，技巧極見功力。先看上片所寫秋夜景象：

紛紛墜葉飄香砌。夜寂靜，寒聲碎。真珠簾捲玉樓空，天淡銀河垂地。年年今夜，月華如練，長是人千里。

先寫落葉紛紛，飄墜香階，可見秋已深沈；繼寫寒夜寂靜，葉落聲細碎作響，筆意細緻入微。「真珠」句寫樓內，「天淡」句以下寫樓外天空景象。以「真珠」形容簾，以「玉」形容樓，則樓臺之美可見；而簾捲樓空，則捲簾人的寂寞可知。最後則由前三句的夜景：天色已淡，銀漢深垂，月光明朗如練，且年年如此淒清，因而結出長是千里相隔的惆悵，用謝莊〈月賦〉「美人邁兮音塵絕，隔千里兮共明月」之意，流露藉月思人的愁情。上片各句，從「紛紛」到「如練」，句句寫景，至末句遂由景而生出空間隔離的感慨，由此引出下片的深情：

愁腸已斷無由醉。酒未到，先成淚。殘燈明滅枕頭欹，諳盡孤眠滋味。都來此事，眉間心上，無計相迴避。

下片各句大多抒情，惟「殘燈」一句寫室內光景，由此關鍵性的景物安排，遂產生情景相生相融的效果。首句先揭出「愁腸」二字，則愁意已瀰漫四周，然後用「已斷」宣布其傷感程度，在修辭上作高度的夸飾，因此已無從醉起，這是結果，故而酒尚未送到唇邊，竟已先化成淚水，比〈蘇幕遮〉的「酒入愁腸，化作相思淚」，情愁更深一層。「殘燈」句寫油盡燈殘，光焰閃爍明滅，以示夜深，與上片「天淡」句顯示深夜，意思前後相應，一內一外，章法經營得細密之至！加上枕頭傾側，無心入寐，一燈熒熒，室內氣氛之黯淡，適與樓外之月明相反，外在之景明而內心之情暗，此為多重反襯。繼寫孤獨況味，「諳盡」二字，與上片「年年」相應，以示別離之久。末三句寫相思之情，細膩獨到，先舉「此事」，不說何事，此為含蓄之筆，繼則從表情寫到內心，一時飛上眉間，後又湧上心頭，竟無法迴避，情思筆致，宛轉入妙，後來女詞人李清照在〈一翦梅〉中寫道：

> 一種相思，兩處閒愁。此情無計可消除，才下眉頭，卻上心頭。

顯然從范公語脫胎⑰。

此詞情致委婉生動，而章法上由景入情，情中有景，情景相生，且相融無間，手法十分高妙，故後世評論如：

> 月光如畫，淚深於酒，情景兩到。——李攀龍《草堂詩餘雋》

范希文「真珠簾捲玉樓空，天淡銀河垂地」及「芳草無情，更在斜陽外」，雖是賦景，情已躍然。

——沈謙《填詞雜說》

淋漓沈著，西廂長亭襲之，骨力遠遜，且少味外味，此北宋所以為高，小山、永叔後，此調不復彈矣！

——陳廷焯《白雨齋詞話・卷七》

可見諸家皆已洞察范公於情景經營之技巧，且骨高意深，別有風味。

(二)語言表現上景語清麗如畫，情語深婉動人

文學是一種語言藝術，尤其是詩詞，因為詩詞是精粹的語言結晶。詩詞的主要功能是抒情，這是六朝以來文論家的信仰。陸機〈文賦〉說：「詩緣情而綺靡。」由此形成詩歌創作理論上的「緣情說」。即使在魏晉以來，文學逐漸脫離實用價值觀，而獲得獨立的地位[18]，並朝純文學發展的潮流之前，堪稱中國最早的詩論——《尚書》以至《詩大序》的「言志說」[19]，「志」字雖然指心中意志，但也指心中情志，因為詩是吟詠情性的產物[20]，故「言志」也多少與抒情有關。換句話說：詩以抒情，是中國文學一個久遠的傳統。

以中國最早的詩來說，《詩經》「國風」、二「雅」中，有多少抒情感懷的篇章，曾震撼過數千年來讀者的心弦？後來文學史上逐漸發展而成的詠史詩、敘事詩、詠物詩、社會詩等等，無不寓有詩人主觀的情懷，所以「情」是詩的靈魂。詞由詩而來，本質仍是詩，故詞的生命也在「情」。

詞中所表現的語言藝術，以情語為中心，以景語為襯托，因為景語是為情語而發、為情語而設，王國維《人間詞話》曾說：

> 昔人論詩詞有景語、情語之別，不知一切景語皆情語也。

也許表面是景語，實際卻相當於情語，因為作者可以藉景抒情，以景透情。

寫景的語言與抒情的語言，在藝術性與美感經驗上，各有不同的效應，前人早有體驗，北宋詩人梅聖俞曾說：

> 狀難寫之景，如在目前；含不盡之意，見於言外。㉑

梅氏認為：寫景的詩句應求明顯，如朗現讀者眼前；抒情的詩句則應求含蓄不露，有言外不盡之意，方耐人咀嚼尋味。朱光潛承梅氏之說，以為寫景的詩要顯，言情的詩卻要「隱」㉒。王國維《人間詞話》也說：

大家之作，其言情也必沁人心脾，其寫景也必豁人耳目。

王說與梅氏語意相通。

以此尺度來衡量范仲淹詞中寫景與抒情的語句，可見其景語清麗如畫，明朗如在目前，情語深婉含蓄，扣人心弦，正合梅氏、王氏所揭舉的準繩。試先就寫景的語言藝術，舉例析論如下：

《蘇幕遮》上片寫秋景，展現在讀者眼前的，是雲天的蒼碧，落葉滿地的金黃，先就立體空間，由高處到低處，作鏡頭的轉換。繼而就平面推移，由原野滿眼的「秋色」照起，從近距離鏡頭，逐漸推向遠距離景觀，縱深無限延伸，直伸到斜陽之外的無情芳草，於是鏡頭中歷歷出現的是碧波、翠煙、青山、紅日，景象優美。就語言表達的藝術而言，往往一句中包含豐富廣大的景觀，如「山映斜陽天接水」一句，有山有水，山環而水抱，夕陽滿山，而水面亦浮光耀金，遠處水天相連，而水中亦有天光雲影，許多景彼此相涵相攝，景象豐美，而造語清麗如畫，彭孫遹《金粟詞話》評范公《蘇幕遮》詞，所謂「前段多入麗語」，正是此意。

次如《漁家傲》上片，同樣寫「秋來風景」，因為是塞外的異景，所以寫來有特殊情調。所寫景象多屬動態，如銀幕影片中的外景，是移動變化的畫面，如北雁南飛、邊聲四起，長煙升空，日落西山，如畫家以蒼勁筆觸，繪出一幅塞外秋景圖。在寫景的語言藝術上，先泛寫一筆，只說「風景異」，後一一具寫，等於電影手法的細部特寫。「衡陽」用暗示手法，「四面」句用音響效果，「千嶂」展現壯偉的氣象，「長煙」句的「孤」與「閉」，有強烈的情感投射。整體而言，可見范公寫景之語，清麗柔美之外，又具蒼涼豪壯之美。

再如〈御街行〉寫秋夜之景，仍是清麗之筆。寫夜靜落葉紛飄，夜寒落葉聲細，描摹入微。「紛紛」寫落葉之多，可見入秋已深；「寂靜」寫秋夜氣氛，前見葉落動向，後聞葉落聲響，靜中有動景點綴。捲簾而覺樓空之後，見樓外天色漸淡，銀河已垂近地面，以景象暗示時間已至夜深；夜空月光朗照，由是而引起人隔千里的悵觸，又以景象而生出情感，寫天象月色，清晰靜謐，與前節寫落葉現象，構成景語中的動景與靜境，相映成趣，而詞筆清新，美景如畫。

他如〈定風波〉一詞，寫暮春百花洲上尋芳，花浦相映，恍如身入桃源，景色之優美宜人，色澤之繽紛鮮麗，可以想見。景語上用一譬喻，喻如桃源仙境，則美景如在目前，如此以簡代繁，不知省卻多少筆墨。

至於情語則深婉含蓄，雖美成、易安，用筆也無此細密。先看〈蘇幕遮〉下片，抒寫旅外思鄉的感情，首句「黯鄉魂」，似用江淹〈別賦〉：「黯然銷魂者，唯別而已矣！」離別家鄉，思念家鄉，心魂之黯淡可知，故《花菴詞選》題作「別恨」；次句「追旅思」，為《草堂詩餘》題作「懷舊」所本。「夜夜除非」一句，故意採用反說的語言技巧，使情意更見曲折。雖然月光明朗，視界清晰，樓臺高立，便於遠眺，但仍自我勸止，休去倚樓望遠，以免不見故園，而徒然傷神，情語筆致，何等宛轉！結言欲飲酒解愁，不意鄉愁深濃，一句愁情委婉纏綿，詞筆深曲有味。詞評家多著眼於詞中情語之妙，如：

公之正氣塞天地，而情語入妙至此。

——《歷代詩餘》引《詞苑》

范希文〈蘇幕遮〉一詞，前段多入麗語，後段純寫柔情，遂成絕唱。

——彭孫遹《金粟詞話》

「酒入愁腸」二句，鐵石心腸人，亦作此銷魂語。

——許昂霄《詞綜偶評》

再看〈漁家傲〉下片，由久戍邊塞，而一抒思家欲歸心情。首句由眼前此身所在，寫到此心所思，從身外手中杯酒，寫到內心繫念的萬里之外的家園，一句中有身心空間的跨越，造語經濟，含意婉曲。然後由感性帶出理性，故次句冷靜地道出，只因西夏未滅，故不作歸家之計，用後漢竇憲的故事，可見范公求勝的決心與愛國的情愫。「羌管」句釀造淒清氣氛，透露蕭瑟寒意，鄉愁已濃得瀰漫軍營，最後作者以客觀鏡頭，顯現一幅與營外空間同樣衰颯的畫面，由思鄉不寐的人影、老將的白髮、壯士的淚痕交織而成，透過語言藝術的張力，傳達深切沈鬱的感情，豈止沁人心脾，甚且動人心魄！

又如〈御街行〉下片，抒寫秋夜相思之情，起首便用高度夸飾的修辭技巧，宣稱「愁腸已斷」，比「欲斷」情況嚴重得多，此下三句，語言構想新穎微妙，而情意迴環曲折，深婉動人。「殘燈」句為夜深孤眠況味釀造幽暗冷寂氛圍，覺淒涼孤獨之感躍然紙上。末三句以細寫相思為結，由心頭倍感孤寂而自然相思不盡，且在語言藝術上含蓄不露，婉曲而有餘味。

(三)感官描摹上視聽動靜，層次分明

詞人描寫景物，總不離感官意象的描摹，因為吾人所接觸的外界自然景象，全是透過感官而攝入心靈，《文心雕龍．物色篇》曾說：

> 是以詩人感物，聯類不窮。流連萬象之際，沈吟視聽之區；寫氣圖貌，既隨物以宛轉；屬采附聲，亦與心而徘徊。

視覺見萬物之形相色彩，聽覺聞萬象動靜音聲，大自然是詩人、詞人的「視聽之區」，而萬

象萬物的聲容，既由作者感官意識得來，故詩詞中寫景部分，多由感官意象的經營構成。除最常用的視覺與聽覺之外，他如感受氣味的嗅覺與味覺，感受冷暖的膚覺，以及細微敏銳的心靈感覺等，都可能出現在詩人、詞人的筆下。

以范仲淹的幾首名作而言，〈蘇幕遮〉寫秋日黃昏景象，全憑視覺寫出滿目「秋色」，出現字面的是「碧雲天」、「黃葉地」、「寒煙翠」中的「碧」、「黃」、「翠」三色，因地面黃葉之色為秋日原野主色，故以「秋色」二字來綰合遠處翠色的水波與波上微翠的煙靄，再綴以冷暖感的「寒」字，以顯示迷濛於寒波上的煙氣，也令人覺出寒意，可見其筆致之細微。寫秋景則用字處處不離「秋意」。由天而地，由近而遠，一路層次分明，井然有序。最後寫到「斜陽外」的「芳草」，則由實轉虛，以象徵筆法，曲折詞意，暗示心中故鄉之遠，自然比眼前實景中斜陽的距離感覺更為遙遠，因為斜陽可見而故鄉不可見。

又如〈漁家傲〉寫「塞下秋來風景」，以一「異」字表示時空景觀的特殊，這些特殊景觀，由次句以下次第展開，全屬動態立體景象，由視覺與聽覺交替顯現。如飛往衡陽的成羣鴻雁，由於北地秋冬嚴寒，故迅速飛離，略無顧戀，則動向與動態均已描出；邊聲響自四面八方，與號角聲接連而起，遂由雁飛的視覺，轉為邊聲、角聲的聽覺描摹。繼而再度透過視覺，寫山高，煙長、日落、城孤景象，與前兩節共同組成塞下的異景，層次錯綜往復有序。

再如〈御街行〉寫寂靜的秋夜，細碎的落葉聲與明朗的月光。先從視覺寫起，見片片枯葉，紛紛飄落香階，此為動景；繼從聽覺續寫，秋夜萬籟俱寂，四處一片靜謐，則係靜景；而靜中惟有寒夜落葉之聲，如細語般沙沙作響，則靜中又有動景與聲音；三句動而後靜，又由靜而動，層次富有變化。捲簾而覺「玉樓空」，是環境空蕩對心靈的寂寞感受。然後又見樓外天色銀河，覺夜深人靜，月白如練，如此良辰美景，可惜長久以來，人隔千里，真是情何以堪?寫天色，寫銀河，寫月華，全憑視覺。大體以「真珠」句為界，上半雙寫視聽動象的夜景，下半單寫視覺靜態的夜景，層次極為分明，布置巧具匠心。

㈣氣氛渲染上聲色光影，醞釀有致

如前文所述，寫景既為抒情的襯托，則一切景物的描寫，莫非為情意而經營，因為情畢竟是詞的主體，但景物的呈現，不是刻板的羅列，而是經過作者細心的選擇，靈活的調配，尤其在氣氛上需有成功的渲染，甚至聲色光影都要醞釀有致，方能達到感人的抒情效果。

范仲淹詞頗能在這方面表現他的文學匠心與藝術感染力，如〈蘇幕遮〉在字面顯現的「碧」、「黃」、「翠」等顏色，加上其他景物如白雲、碧波、青山、紅日等，一連串的自然景色，綴以落葉之聲，水波之聲，波光雲影，山光日影，以及寒波上的煙霧，氤氳朦朧，醞釀成蒼茫的秋色，在作者凝神遠視的時候，自然引發出「芳草無情」的悵觸，於是下片「黯鄉魂，追旅思」的情緒，便有了牽引的線索、觸發的媒介。

〈漁家傲〉寫塞下秋景，因邊地天寒氣肅，羣雁南翔的景象，已渲染出塞外天空殊異的氣氛，加上邊聲、角聲連連，「千嶂」的蒼蒼山色，「落日」的溶溶光影，共「長煙」「孤城」，構成一片高曠孤絕的景觀，以為下片悲壯蒼涼的情懷，作預設的場景與醞釀的麯母。而下片悠悠羌管聲的淒清與滿地秋霜色的淒寒，使不寐的將軍與征夫，呈現白髮與熱淚的感人鏡頭，渲染得更形蒼涼淒美。

〈御街行〉一詞，在氣氛的渲染與聲色光影的醞釀上，更能突顯范公細微精緻的藝術手法。在寂靜的秋夜裏，落葉紛紛飄墜，微微有聲，這目睹耳聞的景象，枯葉有色，落葉有聲，已充分刻畫出靜夜寥落蕭瑟的濃濃氣氛，而空寂的玉樓簾外，淡淡的天色，閃耀的銀河繁星，朗照大地的月光，共同組成一幅秋夜星月交輝、聲色光影交織的畫面。而下片「殘燈明滅」所烘托的室內忽明乍暗的氣氛，極具凝聚作用與感染效力。

至於〈定風波〉寫尋芳的逸豫歡緒，乃安排出「羅綺滿城」的春光，「花浦相映」的春色，點綴些鶯聲蝶影，共營成恍入桃源仙境的優美氣氛，此情此境，「功名得喪」又何足掛懷？素以天下為己任的范文正公，既能心懷天下，則胸襟之豁達，情懷之灑落，自在意料之中，可知范公真豪傑之士，亦性情中人。

范仲淹詞的風格與特色

北宋是詞體發展的豐收時期，作家輩出，作品亦富，且風格多姿，一時詞苑奇葩競放，令人目不暇接，但初期的詞，仍然承襲花間、南唐的遺風，學者文人偶爾染指，都作些簡短的小令，風致清新婉麗。當時風氣未開，各家作品都不多，沒有一個專力填詞而作品篇幅可以成集的詞人，故范仲淹也只流傳數首而已。但范氏以後，仁宗朝的學術文藝開始蓬勃發展，待晏殊、歐陽修等大詞人出現，詞也逐漸成長光大起來，一直興盛了兩百多年。

在宋初如韓琦、范仲淹、宋祁、司馬光等幾位名臣中，范氏詞作所表現的風格，於當時頗具特色，對此後宋詞的發展，也有關鍵性的影響力。茲就其所擅長的寫作題材，探討其作品中所呈現的風格與特色。

(一)風格上婉約豪放，兼而有之

范氏擅長寫秋日情思與邊塞情懷，且對寫景與抒情的手法，都處理得極具技巧，極富藝術性。

明人張南湖曾拈出「婉約」與「豪放」二語，以論述詞的風格，並以婉約為詞的正宗[23]，後遂成為詞話家論詞的依據。仲淹詞的風格，可謂婉約豪放，兼而有之，其詞風婉約者，如寫景敘事之句：

碧雲天，黃葉地，秋色連波，波上寒煙翠。——〈蘇幕遮〉

紛紛墜葉飄香砌，夜寂靜，寒聲碎。——〈御街行〉

羅綺滿城春欲暮，百花洲上尋芳去。……無盡處，恍如身入桃源路。——〈定風波〉

以上例句，無論寫天地秋色，寒波煙翠；寫夜寒寂靜，落葉聲細；或春暮尋芳，如入桃源；都以婉約筆致，描寫柔和景色，畫面清新優美。

又如寫景而兼寓情意之句：

山映斜陽天接水，芳草無情，更在斜陽外。——〈蘇幕遮〉

年年今夜，月華如練，長是人千里。 ——〈御街行〉

鶯解新聲蝶解舞，天賦與，爭教我輩無歡緒？ ——〈定風波〉

如上諸例，寫夕陽遠山，水天一色，由是引來芳草無情、故園遙遠的鄉愁；寫月色皎潔，年年如此，因而勾起千里隔絕，人已久別的相思；寫鶯歌蝶舞，天設美景，緣此牽出歡悅的情緒；因景導情，自然無痕，且造語莫不婉約有致。

至於純粹抒情之句，如：

黯鄉魂，追旅思。夜夜除非、好夢留人睡。 ——〈蘇幕遮〉

愁腸已斷無由醉，酒未到，先成淚。 ——〈御街行〉

前例寫鄉情旅思，魂牽心繫，令人追念；夜夜失眠，惟夢中可以還鄉，詞筆宛轉動人。後例寫腸斷無醉，酒成清淚，措辭十分委婉，情意深曲之至。

由景生情，而情景交融之句，則如：

明月樓高休獨倚。酒入愁腸，化作相思淚。

——〈蘇幕遮〉

殘燈明滅枕頭欹，諳盡孤眠滋味。都來此事，眉間心上，無計相迴避。

——〈御街行〉

前例寫月雖明而不倚樓，然鄉情深濃，飲酒無以解愁，竟化成相思之淚。情既由景引生，而樓中人的愁情與樓外明月之愁色，情景相應相融，用筆婉約曲折；後例寫幽暗燈影下的孤獨情味，由此引出無以排除的相思，從眉端寫到心頭，筆觸細膩，詞情蘊藉。

由以上四組例句，可見范詞無論寫景抒情，婉約處真鬚眉不讓巾幗，雖易安居士亦不過如此。范氏為一代大賢，學問文章，治績事功，名重千秋，而詞筆竟婉約細緻，令人低迴。王易《詞曲史》論北宋諸詞家說：

其顯達者如寇準、韓琦、宋祁、范仲淹、司馬光，皆非純詞人，然所為小詞，則婉麗精

> 妙，花間之遺也。就常理言，以彼柱石重臣，文宗理學，似不應有此旖旎之詞；然聖賢豪傑，才智過人，情感未有不盛者，彼不得發其情於他文，又適有此一種文體，便於抒寫，自可出其餘力以為之，故亦佳也。

王氏所解，於情理自合，蓋婉約乃詞體本色，而才高者自能優為之。

至於豪放詞風，當由范氏性格鑄成，乃其個人本色之表現。最顯著的例子，莫過於著名的邊塞詞〈漁家傲〉，當他寫塞外風光，羣雁南飛一景，以「無留意」描寫雁飛之果決行動，以見邊地之酷寒難耐，連鳥都以遷地為良，避寒南方，然則人何以堪？留給讀者想像。寫邊聲則傳自四野，且與軍樂連連響起，其悲涼意味，由此傳出。「千嶂」二字，不僅如見山峯林立，而且壁立如屏，則山勢之巍峨雄偉，可以想見。落日照孤城一幕，有如「落日照大旗」之壯觀，且日落時的「孤城閉」一景，尤帶蒼涼美感。

抒寫情懷之句，如〈漁家傲〉下片，以「家萬里」形容邊塞至家鄉路途之遙遠，鉅大數字即予人豪岩之感。戰地惟濁酒可飲，一心思家而萬里相隔，情何以堪？只因「燕然未勒」的理由，而斷然宣示「歸無計」，此大丈夫擔當，顯出其英雄肝膽。而將軍髮蒼白，征夫淚縱橫，一幅蒼涼悲壯的人物畫面，襯以邊樂羌管的悠長情韻，寒霜滿地的淒冷情調，實在動人心魄！

〈剔銀燈〉一詞，題作「與歐陽公席上分題」，議論感慨，頗具慷慨豪縱之情，如上片對古代歷史人物作達觀語說：

昨夜因看蜀志，笑曹操孫權劉備，用盡機關，徒勞心力，只得三分天地。屈指細尋思，爭如共劉伶一醉。

讀史詠史，回顧史事，不免感慨繫之。范公固胸懷天下之士，亦胸襟曠達之人，豈斤斤於功名得失者可比，三國紛爭，結局猶且可笑，何如陶然一醉，放懷淋漓？下片另從人生抒感：

人生都無百歲，少癡騃，老成尫悴。只有中間些子少年，忍把浮名牽繫？一品與千金，問白髮如何回避？

有感於人之生命短暫，青春歲月不多，若追求名位與財富，到頭來白髮蒼蒼，年華老去，深覺光陰虛度，則已悔之晚矣！從歷史落實到人生，感懷真實，讀來心情一曠，覺范公灑脫得可愛，而豪情自在其中。

(二)寫邊塞秋思，情懷蒼涼悲壯

唐人如高適、岑參、王維、王昌齡、王之渙諸家的邊塞詩，寫來蒼勁豪邁。自詞體興起以後，由中晚唐以至五代，題材不外美人芳草，閨情別愁，情致幽約閒婉，風調柔和嫵媚，僅南唐後主詞寓身世之感，抒亡國之恨，融入血淚生命，傳出淒楚之音，是為詞壇稀聲。一到北宋初年，勳臣名將亦參與創作，在范仲淹手裏，由於他久居雄關要塞的生活背景，使他寫出一首傑出的邊塞詞，令後世對詞的觀感，頓然耳目一新。

詞中以邊塞為題材的作品，范仲淹以前，唐代詩人韋應物已有二首〈調笑令〉，戴叔倫也有一首，如戴氏所作：

邊草，邊草，邊草盡來兵老。山南山北雪晴，千里萬里月明。明月，明月，胡笳一聲愁絕。

寫得情意迴環宛轉，而范公〈漁家傲〉「秋思」詞，則更具蒼涼悲壯之美，詞中無論寫雁去不留、邊聲四起、落日孤城景象，或濁酒離愁、歸家無計、髮白淚落情懷，無不蒼涼悲壯。因飛雁不欲久留，邊聲不忍卒聽，城孤而人尤孤寂；濁酒未能解愁，敵在未能歸家，奈何歲月不饒人；此情此景，豈不意蒼涼而情悲壯乎？清代詞話家彭孫遹在其《金粟詞話》中，特別指出「將軍白髮征夫淚」一句，「蒼涼悲壯，慷慨生哀」，其實全首皆然。

㈢敘羈旅愁懷，筆觸宛轉細膩

〈蘇幕遮〉一詞，描敘羈旅愁懷，運筆宛轉，感觸細膩。如用「黯」字描寫當年黯然離家，如今黯然思鄉的心情，綴以「魂」字，則寓含魂牽夢縈之意；「旅思」二字即點明羈旅在外的愁思，繫以「追」字，則顯示故園舊事何等令人追懷！簡短兩句之中，詞意豐富，密度濃厚，文外省略之意，自可揣想而得。夜夜鄉愁不解，除非夢中還鄉，言外之意，否則即輾轉無眠，不但用反面語意以產生宛轉效果，而且心思細膩之至。愁腸不勝酒力，杯中濁酒，盡皆溶入思鄉情愫，化成點滴清淚，真情撼人心弦，而造語細膩有致。

㈣抒相思苦情，意致曲折微妙

相思或由於男女情侶，或繫於夫婦情愛，或源自對友人真摰的情意，或來自對鄉土憶念的情懷，為詩詞曲中最擅長表現的題材，詞體尤適於刻畫委婉含蓄的相思之情，不意范公詞筆，竟也有此魔力。如〈御街行〉下片，從「愁腸已斷」句寫下來，寫得相思之苦，已使愁腸寸斷，即使飲酒遣愁，亦無從入醉，故酒未沾唇，先已落淚，其傷感程度，比〈蘇幕遮〉的「酒入愁腸，化作相思淚」一句，顯然更進一層，情思更深，語意也更曲折，更微妙，更耐人尋味。

在燈殘焰暗、閃爍明滅的幽靜氣氛，與枕頭傾側、孤獨難眠的惆悵情緒中，一縷悠悠的相思之情，已悄悄現於眉間，來到心上，此事竟揮之不去，無計閃躲，無從擺脫，試想相思之微妙，數語已曲盡其意，能不令人欽服？

結論——兼述范仲淹詞對後來的影響

范仲淹基本上是一位政治家、軍事家，但也是一位文學家，他在詩文詞賦方面的成就，在北宋初期諸名臣中，表現頗為傑出，留下的名篇警句，也最繫人心神，振人心魄。在各種文體中，以詞的產量最少，以致在最初編輯的《范文正公集》中，只收錄他的詩賦散文、書表章奏之類，而沒有收錄他的詞。因為北宋晏歐以前各家，只是偶然填詞，故作品少得不能成為專集，最早刻詞的別集者，如明毛晉汲古閣彙刻《宋六十一家詞》，收北宋晏殊《珠玉詞》、歐陽修《六一詞》等二十三家，未收范仲淹詞，此後各種宋詞別集彙刻本皆然，直至清末朱祖謀刻《彊村叢書》，收北宋詞二十七家，始輯范仲淹六首，名曰《范文正公詩餘》，其中〈憶王孫〉一首當係誤輯，餘五首較為可靠。

范詞數量雖少，但就其傳世作品分析，其寫作技巧，在章法經營上，往往上片寫景，下片抒情，達到情景相生、融情於景的效果；在語言表現上，景語莫不清麗如畫，情語則深切委婉，扣人心弦；在感官描摹上，於視覺聽覺，能交互運用，動境靜境，能彼此融攝，且遠近外內，層次分明有序；在氣氛渲染上，有聲有色，光影交疊，一一醞釀有致。由此可以論斷，文學的價值在質精而不在量多，一如南唐中主李璟詞，傳世者亦僅數首，然皆屬精品，故范氏作品雖少，而能俯視羣流㉔，千古傳誦，其於文學史上之價值可知。

關於范仲淹詞之風格與特色，就其所擅長之寫作題材，如秋日情思與邊塞情懷，探討其所呈現之美感與風貌，可以見出如下數點：風格上既具婉約之美，亦見豪放之美，二美兼備；描寫邊塞，抒寫秋思，有蒼涼悲壯之美；描敘羈旅情懷，詞情宛轉，筆致細膩；抒寫相思苦情，則手法曲折，語意微妙。

至於范仲淹詞對後來詞的發展、詞的風格之影響，作品中如〈漁家傲〉之沈鬱悲壯，〈剔銀燈〉之慷慨感懷，下開豪放詞派之先河，如王易《詞曲史》云：

至范仲淹更不限於綺情，並兼氣勢揮灑、議論宏肆之長矣。其〈御街行〉、〈蘇幕遮〉，情語入妙；而一觀其〈漁家傲〉，則又極駘宕之致；〈剔銀燈〉更議論慷慨，以導蘇、辛之先路矣。

又如薛礪若《宋詞通論》亦云：

其〈漁家傲〉一闋，更能遠接「西風殘照，漢家陵闕」之壯闊雄偉，下開東坡「大江東去」與王荊公〈桂枝香〉的豪縱先河。

范仲淹詞與前人及當時人比較，在內容上有了新的開拓。一首邊塞詞，帶來了悲涼蒼勁的風格；一首感懷詞，打開了慷慨議論的風氣。於是范詞已透露出北宋詞風開始轉變的消息，並為以後詞的發展開闢了良好的途徑㉕。

此外，范詞以麗語寫景，以柔情抒懷，固然源於詞的本色，上承花間遺風，然也下啟婉約詞細膩刻畫的妙境，故胡雲翼《宋詞選》云：

> 范仲淹的〈蘇幕遮〉和〈御街行〉，以柔情、麗語為後世的詞話家所稱道，還沒有擺脫花間派綺靡的風格，但骨力則較為遒勁。

總結來說：范仲淹詞以精粹的語言、細膩的手法，融合其高才、清思與深情，發揮其高度寫作技巧與表達藝術，留下幾首文學精品，為詞苑增添奇葩，其情韻風骨，卓爾獨立，影響後來詞風，則范詞的文學價值當可肯定。

注釋：

❶《宋史·范仲淹傳》：「仲淹二歲而孤，母更適長山朱氏，從其姓，名說。少有志操，既長，知其世家，迺感泣辭母，去之應天府，依戚同文學，晝夜不息。冬月憊甚，以水沃面。食不給，至以糜粥繼之。人不能堪，仲淹不苦也。」

❷如《宋史》本傳載：「歲大蝗旱，江淮、京東滋甚。……帝惻然，迺命仲淹安撫江淮，所至開倉振之，且禁民淫祀。」又載：「歲餘，徙蘇州。州大水，民田不得耕，仲淹疏五河，導太湖注之海，募人興作。」又云：「為政尚忠厚，所至有恩，邠、慶二州之民與屬羌，皆畫像立生祠事之。」

❸《宋史》本傳：「仲淹為將，號令明白，愛撫士卒。諸羌來者，推心接之不疑，故賊亦不敢輒犯其境。」羌人敬仰仲淹，呼為「龍圖老子」，見本傳及《澠池燕談錄·卷二》。西夏人畏之，相戒曰：「小范老子胸中自有數萬甲兵。」見《愛日齋叢鈔·卷二》，亦見《年譜·康定三年》，作「今小范老子，腹中自有數萬甲兵」。時人謠曰：「軍中有一范，西賊聞之驚破膽。」見《東都事略·卷五》。

❹二語見《范文正公集·卷九》，與周駁《推官書》。

❺《宋史》本傳：「仲淹汎通六經，長於易，學者多從質問，為執經講解，亡所倦。嘗推其奉以食四方遊士，諸子至易衣而出，仲淹晏如也。每感激論天下事，奮不顧身，一時士大夫矯厲尚風節，自仲淹倡之。」

⑥〈赴桐廬郡淮上遇風詩〉三首之一云：「平生仗忠、信，盡室任風波。」見《范文正公集·卷二》；又范公〈四民詩·詠士〉曰：「前王詔多士，咸以德為先。道從仁義廣，名由忠孝全。」先生性行足以當之，詩見《范文正公集·卷一》。又蘇軾序《范文正公集》曰：「其於仁義禮樂、忠信孝悌，蓋如飢渴之於飲食，欲須臾忘而不可得；如火之熱，如水之濕，蓋其天性有不得不然者。」

⑦仲淹以天下為己任，見《宋史》本傳。先生名言：「先天下之憂而憂，後天下之樂而樂。」見《范文正公集·卷七·岳陽樓記》。

⑧語見范公〈靈烏賦〉，《范文正公集·卷一》。

⑨蘇軾《范文正公集·序》云：「為萬言書，以遺宰相，天下傳誦。至用為將，擢為執政，考其平生所為，無出此書者。今其集二十卷，為詩賦二百六十八，為文一百六十五。」據《四庫全書總目提要》，尚有《別集》四卷，《補編》五卷；又據胡玉縉《提要補正》，《范集》別有元天曆戊辰本二十四卷，《別集》四卷；今商務印書館四部叢刊本為二十卷本。清正誼堂全書有《范文正公文集》九卷，今有藝文印書館百部叢書集成本。

⑩參見拙作〈詞體興起的因素〉一文，原載《文藝復興》第一五九期，後收入拙著《古典文學散論》，臺灣學生書局出版。

⑪王國維《人間詞話》曾分別拈出溫韋詞中名句，以論二家詞風云：「『畫屏金鷓鴣』，飛卿語也，其詞品似之；『絃上黃鶯語』，端己語也，其詞品似之。」按溫詞見〈更漏子〉，韋詞見〈菩薩蠻〉。

⑫參見薛礪若《宋詞通論・第一編・第三章》。

⑬參見薛礪若《宋詞通論・第三編・第三章》。

⑭此據薛礪若《宋詞通論》所分。馮沅君、陸侃如《中國詩史・卷三》，則以晏殊、歐陽修、張先、柳永為宋初詞壇的四個重鎮，取柳永而無晏幾道。

⑮陳廷焯《白雨齋詞話》：「張子野詞，古今一大轉移也。前此則為晏歐，為溫韋，體段雖具，聲色未開。後此則為秦柳，為蘇辛，為美成、白石，發揚蹈厲，氣局一新，而古意漸失。子野適得其中，有含蓄處，亦有發越處。但含蓄不似溫韋，發越亦不似豪蘇膩柳，規模雖隘，氣格卻近古，自子野後一千年來，溫韋之風不作矣！」

⑯《東都事略・卷五》所載時人謠諺，述服韓之言曰：「軍中有一韓，西賊聞之心膽寒。」另參③。

⑰王士禎《花草蒙拾》：「俞仲茅小詞云：『輪到相思沒處辭，眉間露一絲。』視易安『纔下眉頭，卻上心頭』，可謂此兒善盜。然易安亦從希文『都來此事，眉間心上，無計相迴避』語脫胎，李特工耳。」

⑱如宋文帝將文學與儒學、玄學、史學並列，見《宋書・雷次宗傳》；范曄將後漢人物區分為儒林與文苑，分別立傳，見《後漢書》；又當時文尚駢偶，韻文發達，時人稱有韻抒情之文字為「文」，無韻實用之文字為筆，見《文心雕龍・總術篇》、梁元帝《金樓子・立言篇》。

⑲《尚書・舜典》：「詩言志。」《左傳・襄公二十七年》：「詩以言志。」《莊子・天下》：「詩以道志。」《禮記・樂記》：「詩，言其志也。」《詩大序》：「詩者，志之所之也。在心為志，發言為詩。」

⑳《詩大序》云：「吟詠情性，以風其上。」《文心雕龍・明詩篇》云：「詩者持也，持人性情。」

㉑見歐陽修《六一詩話》。

㉒朱說見〈詩的隱與顯〉一文，載《人間詞話研究彙編》，何志韶，巨浪出版社。

㉓按南湖名綖，字世文，明世宗嘉靖間人，著有《詩餘圖譜》。王士禛《花草蒙拾》：「張南湖論詞派有二：一曰婉約，一曰豪放。」陳廷焯《白雨齋詞話・卷一》：「張綖云：『少游多婉約，子瞻多豪放，當以婉約為主。』」王易《詞曲史・析派第五》引張綖：「詞體大約有二：一婉約，一豪放，大抵以婉約為宗。」

㉔薛礪若《宋詞通論》云：「他的〈漁家傲〉、〈蘇幕遮〉、〈御街行〉三闋，或寫邊塞秋思，或述羈旅情懷，都極蒼涼沈鬱，而為不朽的名作，不獨較韓詞為高，即列在宋代最大作家中，亦確能自成一格。不過他平生的作品極少，並非「專業」的詞人，……他雖僅以此三詞名世，而其作品之俊邁，實能俯視羣流。」

㉕參閱游國恩等《新編中國文學史・第五編・第四章》，文復書店出版。

詞中的移情作用

「移情作用」是美學上應用的名詞，意指文學作家將人的情意轉移給外物，使物也具有情意。古代中國詩人、詞人的作品，常見「移情作用」的運用，因而使萬物有情、天地有情，而詩詞作品也富有一種特別的情趣與生動傳神的感染力。

本文將取「移情作用」在詞中運用的情形作一探討，先從文學創作中人與物的交互關係談起，繼而檢視修辭學與美學的詮釋，再從中國詩詞的抒情傳統：由「言志」到「緣情」的詩說，看出唐詩、宋詞抒情主流的脈絡，由此引出詞中運用「移情作用」的若干實例，一一剖析歸納，並作解說，最後以「移情作用」產生的文學效果作為結論。

文學創作中人與物的交互關係

一切文學創作，不管是一首詩、一闋詞、一篇散文或一部小說，作品內容都是由人與物的交互關係所產生，因為創作的主體是人，而創作的客體則是物，不過這裏所謂「物」，不是單指有形的物體而言，它代表一切人以外的物質環境，是人所生存活動、俯仰生活的時空，以及在這一時空出現的一切現象，包括自然現象，社會現象等。

人所生活的客觀環境，是一個一切現象都變動不居的世界，無論花開花謝，月圓月缺，或者風雲的變幻，流水的一去不返，這些自然現象的變化，在在都給文學作家一些心靈的撼動或感悟，因而聯想到人事的變遷，感受到自然與人生都處在一個生生不已的變局中。

陸機在〈文賦〉中以為：作家常「遵四時以歎逝，瞻萬物而思紛。悲落葉於勁秋，喜柔條於芳春」。因時序的轉移而萬物也隨之變換景象，時光也隨之消逝無蹤，自然引起他們的感歎或深思、悲傷或喜悅，使他們心靈搖蕩，感情波動，遂引發創作的動機：「慨投篇而授筆，聊宣之乎斯文。」援筆寫成詩文，以宣洩心中的感觸。

劉勰在《文心雕龍．物色篇》中說：「詩人感物，聯類不窮。流連萬象之際，沈吟視聽之區。寫氣圖貌，既隨物以宛轉；屬采附聲，亦與心而徘徊。」也說明了詩人心靈因感物而自然引發創作動機的事實。

人所視聽的萬象，可說是「感物」的緣由，而人的內在心靈，一定具有理性與情性，由理性產生認知作用，由感性產生感應作用，而認知與感應的對象，最直接的便是物，也就是人所處身的外在環境。人類循著理性認知的思路，而產生科學研究與哲學思辨；循著情性感應的途徑，而產生文學作品與藝術作品。其相應關係有如下表所示：

人（內在心靈）─┬─理性（認知）─┐
　　　　　　　　└─情性（感應）─┘→物（外在環境）─┬─科學、哲學
　　　　　　　　　　　　　　　　　　　　　　　　　　└─文學、藝術

單就文學創作來說，人是創作的主體，物是創作的客體，人是透過心靈情性的感應作用，而以情感與生命在主客體之間產生交流。由人對物是「感」，由物返於人則是「應」，於是在人所感，與物交相感應的過程中，物也融入了人的情感與生命，這是文學作品中「移情作用」產生的淵源，其主客體間的交流關係有如下表所示：

文學創作─┬─人（主體）─┐
　　　　　└─物（客體）─┘←→情感、生命

舉例來說，唐詩中大家常讀而著名的詩句，如李白〈送友人〉：

浮雲遊子意，落日故人情。

當詩人李白送別朋友到郊外，揮別時但見天空飄浮的白雲緩緩悠悠地飄移，正如遊子依依不捨的心意，而天邊的落日留戀西山，彷彿老友送別的心情。這時「浮雲」與「落日」都因詩人與朋友間濃濃的離情而也具有情意，人與物之間透過感應而產生互動與交流，在互動交流的過程中，詩人的情感便轉移給「物」。遂產生美妙的「移情作用」。

又如杜牧〈贈別〉詩：

蠟燭有心還惜別，
替人垂淚到天明。

李白送別友人是白天在室外，而杜牧與朋友話別是夜晚在室內。燭臺上的蠟燭只是物，原本沒有情感，沒有生命，但詩人卻賦給它情感與生命，適巧蠟蠋也有「心」，詩人運用他的巧心，將燭心雙關為懂得惜別之心，使詩句格外動人起來，並想像燭油下滴為「替人垂淚」，而且一直滴落到天明，可見情意之深！藉著移情作用，於是人與物之間產生了美妙的關聯，詩人由此描繪出一幅令人感動的畫面。

從修辭學到美學的詮釋

㈠修辭學上的辭格

早期修辭學家陳望道，在他的《修辭學釋例》（原名《修辭學發凡》）一書中，有一種辭格稱為「比擬」，他把比擬分為「擬人」與「擬物」兩種，「擬人」就是將物比擬作人，「擬物」就是將人比擬作物，如李商隱〈無題〉詩中膾炙人口的名句：

春蠶到死絲方盡，
蠟炬成灰淚始乾。

其中「春蠶」與「蠟炬」就是將物比擬作人的修辭格，詩人形容其情愛之深刻，有如春蠶吐絲，到死方盡，「絲」字雙關蠶絲與情絲；又有如蠟炬燃燒，直到燒成灰燼，蠟淚方始流乾，「淚」字雙關蠟淚與情人的血淚。「春蠶」與「蠟燭」本來都是無情之物，卻被詩人比擬作人，寫得情深如此，不只刻骨銘心，簡直生死以之，於是作者所運用的修辭技巧，便發揮了感人至深的藝術效果。

至於「擬物」修辭法，在古典詩歌中，最好的例子莫過於〈木蘭詩〉中的最後幾句：

雄兔腳撲朔，雌兔眼迷離，兩兔傍地走，安能辨我是雌雄？

花木蘭喬裝男性，代父從軍，經過多年征戰，凱旋歸來，昔日戰友來看望，木蘭卻「脫我戰時袍，著我舊時裳，當窗理雲鬢，對鏡貼花黃」，恢復她女性的粧扮，當她「出門見火伴，火伴皆驚惶！」萬萬沒有想到，「同行十二年」，竟然「不知木蘭是女郎」。真是大出意料之外。詩的收尾，作者用「擬物」修辭法，將人比擬作物，「雄兔」、「雌兔」分別比擬男性、女性，「兩兔」自然比擬男女兩性，如此一來，在故事情節敘述與昔日伙伴意外的發現之餘，再以這樣的修辭技巧，留給讀者有趣的對照與回味。

近期修辭學家黃慶萱教授在其《修辭學》一書中，則將這種修辭格稱為「轉化」，分「人性化」、「物性化」等種，「人性化」就是擬物為人，相同於陳氏的「擬人」；「物性化」就是擬人為物，相同於陳氏的「擬物」，《莊子》中有兩個很好的例子，如〈秋水篇〉中描寫莊周與惠施一同在濠梁觀魚，莊周首先說：

> 鯈魚出游從容，是魚樂也。

「鯈魚」是物，而莊子卻形容牠出游時從容自在，因此判斷魚是快樂的，「從容」與「樂」原是形容人的態度、心情的用語，如今他卻將魚人性化，因而魚也像人一樣態度從容，像人一樣心情快樂。

又如〈齊物論〉中，莊周以夢蝶的經驗或假喻來說明物論之齊說：

> 莊周夢胡蝶，栩栩然胡蝶也。

莊周夢見自己化身為蝴蝶，而且在夢境中，感覺自己就是一隻四處飛舞、生動可喜的蝴蝶。莊周原是人，而蝴蝶原是物，但在莊周的夢中，人已成為物，這便是擬人為物的「物性化」修辭法。

(二)美學上的詮釋

修辭學中所謂「擬人」或「人性化」，美學上稱為「移情作用」，當代美學家朱光潛先生在他的《詩論》一書中，談到「詩的隱與顯」的分別，評論王國維《人間詞話》的「有我之境」說：

他所謂「以我觀物，故物皆著我之色彩」，就是近代美學所謂「移情作用」。「移情作用」的發生是由於我在凝神觀照事物時，霎時間由物我兩忘而至物我同一，於是以在我的情趣移注於物。換句話說，移情作用就是「死物的生命化」，或「無情事物的有情化」。

依據朱先生的詮釋，美學上所謂「移情作用」，意指文學家將人所特有生命或情感，賦予沒有生命或情感的物。

中國詩詞的抒情傳統

詩詞的主要功能是抒情，這不但是一個久遠的事實，也是早期及稍後詩論所一脈相承的論點，因而形成中國詩論史上的抒情傳統。詞是由詩發展、轉化而成的文體。以詩的質素與音樂成分相結合，形式上更具長短變化的便是詞，在體性上更適合抒情，故抒情作用堪稱是中國詩詞的傳統。

㈠早期的詩論——言志說

中國最早出現的詩論，當是《尚書》的「言志說」，《尚書．虞書．舜典》中記載舜帝命大臣夔掌理樂章，以教授世冑子弟說：

詩言志，歌永言，聲依永，律和聲。

這幾句話，表示了兩層意義：一是詩人作詩的動機在抒發其心志，二是詩與音樂是一體的，可見最早的詩是一種音樂文學，後來才各自分途發展，但漢魏樂府詩、唐代新樂府，仍然是詩與音樂的結合，後來蛻化成詞與敎曲，性質依舊如此。

今文《尚書·舜典篇》，是從〈堯典〉分出的一篇，據近人考證，約作於戰國至西漢初。其他戰國典籍中，也常見「詩言志」的意見，如：

詩以言志。——《左傳·襄公二十七年》

詩以道志。——《莊子·天下》

詩言是其志也。——《荀子·儒效》

詩言其志也。

——《禮記・樂記》

志之所至，詩亦至焉。

——《禮記・孔子閒居》

可見自戰國至漢初，「詩言志」是當時流行的詩論主張。

(二)稍後的詩論——緣情說

到了後漢衛宏的《詩大序》，一方面說：「詩者，志之所之也。在心為志，發言為詩。」顯然承襲了言志說的傳統，但又說：「情動於中而形於言。」並以為詩是「吟詠情性」的，由此開啟了後來的「緣情說」。如：

詩緣情而綺靡；賦體物而瀏亮。

——陸機〈文賦〉

人稟七情，應物斯感。感物吟志，莫非自然。

——劉勰《文心雕龍・明詩》

由此可見，《詩大序》的觀念，兼取了「言志」與「緣情」，既稟承了傳統詩說，又啟發了六朝以來新的詩說，堪稱是從傳統過渡到新說的橋樑。《詩大序》兼融並取的觀念，固然是兩種詩說相互聯繫的關鍵，其實「言志」與「緣情」本身，也各自有其相近、相通的質素。

粗看起來，「志」似乎偏指懷抱，而「情」則顯然是指情感，但有時很難截然劃分清楚，因為「志」字可以解為意志，也可以解為情志，如唐孔穎達在《左傳．昭公二十五年．正義》說：「在己為情，情動為志，情、志一也。」故「言志」與「緣情」的微妙關係，可以看成是中國詩學一脈相傳的內在脈絡。

移情作用在詞中的運用

「緣情」與「言志」相比，前者純屬情感的抒發，是魏晉以來純文學漸被肯定而得以獨立發展的必然傾向，而後者雖然由情發動，多少總帶有一些理情的成分。陸機提出的緣情觀，對六朝以來抒情文學的發展，頗有助長作用，故六朝的樂府小詩、唐人的近體詩，便自然以抒情為主流。

詩到宋代固然仍在繼續發展，也出現不少傑出的詩人，但也許受宋儒理學思想的影響，或因宋代文化比較沈潛內斂的緣故，故宋詩乃有走向敘事、說理的趨勢，而詩的抒情功能，遂自然由新興的詞體所取代。以情感為基礎的「移情作用」，固然為詩中所常見，而詞中所見尤其豐富多彩。

茲就移情作用在詞中運用的現象，舉例分析解說，並歸納為以下數端：

(一)請做見證

抒情性濃郁的相思詞，作者惟恐對方不相信自己對他的思念之深，常藉移情作用的表現，請眼前的景物做個見證，猶如天地可以為憑、日月可以為鑑的心情寫照。如周邦彥〈一落索〉上片：

> 清潤玉簫閒久，知音稀有。欲知日日倚闌愁，但問取、亭前柳。

因身邊缺少知音而久不吹簫，日日倚闌思念的愁情，亭前的柳樹可以為證。又如李清照〈鳳凰臺上憶吹簫〉下片：

> 念武陵人遠，煙鎖秦樓。惟有樓前流水，應念我，終日凝眸。

當夫君遠離，小樓為愁煙深鎖，終日凝注雙眸的相思之苦，樓前流水可以為證。

在詞人的心中與筆下，為了表達相思的真情，亭前的一株楊柳，樓前的一彎流水，都可以為自己做真實的見證，彷彿它們也有視覺，也有生命，於是，這樣的移情作用乃使詞情格外宛轉動人。

(二)怨怪不解

多情的人，最怕自己情意無人了解，故在寂寞愁苦時，希望風物景光也善解人意，可是往往令人失望。如溫庭筠〈更漏子〉下片：

梧桐樹，三更雨，不道離情正苦。一葉葉，一聲聲，空階滴到明。

秋風秋雨之夜，梧葉片片飄零，夜雨聲聲滴落，竟不顧離人愁情正受煎熬之苦，自三更直滴落到天明，教人益覺淒涼難耐。又如晏殊兩闋〈踏莎行〉中的名句：

其一：

春風不解禁楊花，
濛濛亂撲行人面。

其二：

垂楊只解惹春風，
何曾繫得行人住。

首二句寫春風中楊花一片濛濛，亂撲人面，惹人徒生春愁，頗有怨怪春風何不禁止楊花亂飛之意；次二句則從反面著筆，說垂楊只懂得招惹春風，款擺起舞，卻未曾繫住行人，怨怪之意自然在內。

梧桐樹葉、三更雨聲、春風、垂楊等本無情感、生命的景物，在詞人心中，卻怨怪它們不解人意，使人徒增離愁與春愁，從無情處生出有情，算是移情作用的反面用法，似乎更能釀造一番曲折的詞情。

㈢人物相對

詞人是人，對他周遭所遇，眼前所見的景物，往往以人與物相對的立場，將作者自我的感覺賦給外物，用描寫人的形容詞描寫景物，並揣想景物也如此看待自我，如辛棄疾〈賀新郎〉詞中的名句：

我見青山多嫵媚，

料青山見我應如是。

詞人眼中的青山是嫵媚多姿的，想來青山眼中的稼軒也該是同樣嫵媚多姿吧！如此一來，詞人移情於青山，而青山也以豐富的情意相回報，一來一往之間，便自然增添無限情趣，令人玩味不盡。又如劉克莊〈賀新郎〉句：

若對黃花孤負酒，怕黃花，也笑人岑寂。

這位自稱「白髮書生」的南宋豪放派詞人，在這闋寫九日感懷的詞作中，深感「春華落盡，滿懷蕭瑟」，欲藉賞花飲酒以消解岑寂，卻擔心黃花反會笑人，則詞人的岑寂之感、蕭瑟之懷，豈不益發悲涼無奈？

㈣賦予情愁

詞人有情有愁，而他內心的情愁，常感染於所見的外在景物，遂直接賦外物以情愁，於是人與物交融在一片情愁氛圍中，使詞情特別愁苦動人。如白居易〈長相思〉：

汴水流，泗水流，流到瓜州古渡頭，吳山點點愁。

這詞的下片寫少婦閨怨，而上片寫夫君在外流浪，隨著汴水、泗水而流到南方的瓜州古渡，在這吳地所見遠山近山，處處都是濃濃的離愁。不但以少婦懸想的口吻寫出，而且藉景抒情，移情於物，汴水、泗水有如夫君流浪的蹤跡，而異鄉吳山也感染了離人的旅愁。又如晏殊〈浣溪沙〉中膾炙人口的名句：

無可奈何花落去，
似曾相識燕歸來。

因詞人感懷時光流逝，青春不再，故覺花落似非心甘情願，而顯得無可奈何；一年容易，燕去燕來，皆是舊時相識。作者移情於花與燕，更賦花以情愁，故花有無奈之感，是如姜夔〈點絳唇〉句：

數峯清苦，商略黃昏雨。

太湖西畔的幾座山峯，雲霧瀰漫，顯得清寂愁苦，在黃昏時節，正醞釀著一番濃濃的雨意。作者巧妙的詞筆，既點染出雨興酣濃的江南煙雨光景，也寫出了羣峯無可奈何的清苦情態，移情愁於雨中山峯，筆意奇絕，韻味無窮。

㈤假想春歸

詞人多感觸敏銳，感情豐富，於家國之愁，飄泊羈旅之愁、離別相思之愁以外，有時抒寫閒愁，多與傷春悲秋有關，春光美好，但容易流逝，故春在詞人心中，既有喜悅之感，也有惋惜之情，遂常有尋春、迎春、惜春、嘆春、送春的作品，且常將春看成有來去、有行蹤的生命體，因而春來花開則喜、花謝春歸則不免興愁，或欲挽留春光同住，如黃庭堅〈清平樂〉詞上片：

春歸何處，寂寞無行路。若有人知春去處，喚取歸來同住。

詞人假想春有歸處，但不知歸向何處？又假設誰若知其蹤跡，則呼喚春再歸來，留住春光，同住人間，顯然已移情於春，使春有如情人一般離別遠去，也可挽留得住。或感嘆春色匆匆，如辛棄疾〈摸魚兒〉句：

更能消、幾番風雨？匆匆春又歸去。惜春長怕花開早，何況落紅無數。

這首詞是稼軒藉春意闌珊，抒寫他個人的遭遇和感慨，並寄託物中積鬱的家國之愁。上片全以春去為主線，「風雨」、「落紅」都有對時局的象徵意義；下片藉古代美人遲暮的典故，抒寫自己的閒愁。「春」是全詞的詞眼所在，不只道出嘆春心情，而且刻畫惜春心理，從假想春歸的移情作用中，抒發了無限的感慨。

(六)擬花為人

詞人慣用移情作用，將花比擬成美人，因而有許多細膩入微、深刻動人的描寫。這類聯想成分豐富而優美的移情作用，在各家詞作中不勝枚舉，如蘇軾〈水龍吟〉形容楊花：

縈損柔腸，困酣嬌眼，欲開還閉。

在這首以楊花為主體的詠物詞中，東坡頗能馳騁美妙動人的想像力，他雙管齊下，既吟詠物的形象，也描寫美人的姿容，將「似花還似非花」、「無情有思」的楊花，化作有生命、有深情的春閨少婦，柔腸盡被離愁縈繫，一雙嬌眼因困倦酣夢而無精打彩，詠物如此，移情如此，使物象與人情相融無間，情趣橫生，耐人尋味。

又如辛棄疾〈賀新郎〉詞詠水仙：

風前月下，水邊幽影，羅襪生塵凌波去。

曹子建在〈洛神賦〉中形容洛水女神宓妃輕盈的步履說：「凌波微步，羅襪生塵。」活繪出一幅凌波仙子的美麗畫面。稼軒由此得到靈感，致形容水仙花的風姿，也想像成一位凌波而去、羅襪生塵，常出現於風前、月下、水邊而形象清幽的倩影。刻畫細緻傳神，把移情作用發揮得淋漓盡致。

還有一個很好的例子，就是姜夔〈念奴嬌〉寫荷花：

水珮風裳無數。翠葉吹涼，玉容銷酒，更灑孤蒲雨。嫣然搖動，冷香飛上詩句。

白石描寫荷花，也把她想像成一位凌波仙子般冰清玉潔的美人，「水珮風裳」、「玉容銷酒」、「嫣然搖動」等一一形容荷花正如美人的服飾、容顏與微笑之美，作者以移情作用達成美化其形象與氣質的效果。

結論

綜合上文所分析，歸納的六組移情作用詞中出現的範例，配合簡要的解說與鑑賞，讀者自可理解詞人運用移情作用，有各種想像或比擬，各種別出心裁的藝術表現手法，其目的自然在藉此產生若干特殊的文學效果，這些文學效果，據個人的體察，約有下述數端：

第一，人情與物態交融，使世間成為一個美好的有情天地。在詞人多感的心靈中，萬物萬象都是有情的，當他們透過文學技巧，將人情與物態交融於作品中，等於鑄了一個處處有情、有生命的活潑潑的可愛世界。

第二，使作者感性的觸角更敏銳。詞是一種抒情性很濃的文學體類，詞人大多是感性特別敏銳的人，而一切感想、感觸、感興的觸媒，多來自自然萬物，移情作用的運用，使詞人感性的觸角更加細微和敏銳。

第三，使作者的想像與靈感更豐富。文學創作需要豐富的想像力，也需要豐富的靈感，如此方能營造作品生動的機能與美的吸引力，移情作用使詞人進入一個多采多姿的想像世界，而靈感的泉源也將豐沛不竭。

第四，使抒情文學的感染力更深刻強烈。如唐詩、宋詞等抒情文學，其主要功能當然是抒發作者的情感，移情作用不採取直接抒寫的方式，而是曲折地透過物象的折射作用散發出來，所造成的感染力更加深刻與強烈。

第五，使人對自然的觀點更具美感距離。移情作用所轉移的對象離不開自然界，故作者平時對自然的觀察，不是以冷眼而是以深情，故觀照所得透過藝術處理，更具有微妙的美感距離，對讀者也可能產生如此影響力。

第六，使心物合一的和諧哲學得到文學的實證。心物合一的哲學理念，其精神意義在使人類內在的心靈與外在的物象世界和諧相融，而這一理論顯然已落實在文學作品中，是移情作用使它得到具體的驗證。

論婉約與豪放詞風的形成

引言

(一)分派的由來

壹、由於自然形成：初期的詞，本質上是一種協律合樂的歌曲，由歌伶藝妓在筵席間歌唱，以供遣情助興之用，所以風格與詩不盡相同。誠如鄭因百先生所說：「第一要符合歌唱時的環境氣氛，第二要適合歌者的身分口氣。當時的歌者大都是女性，若在燈紅酒綠的華筵上，命十七八女郎執紅牙拍而『慷慨悲歌』，未免不大調和。」（見景午叢編〈柳永蘇軾與詞的發展〉一文）因此，唐、五代至宋初的詞，抒情則不外惜春傷別，寫景則多是玉樓芳草，題材範圍狹隘，幾乎千篇一律。其中南唐的馮延嗣，稍稍具有恢宏的氣象，感情較為深摯，個性也較顯著，然內容仍不出感時傷事，懷舊憶人。至後主境界始大，感慨更深，故後主詞為晚唐、五代以來，花間詞風外第一度轉變。

北宋柳永創製長調，他以平淺細密的詞句，抒寫羈旅漂泊的情緒，於是脫離了花間詞風的束縛，表現出嶄新的風貌，尤其在形式上大大拓展了詞的生命。東坡更以雄奇超逸的筆調，抒寫個人身世的感慨，不僅開拓了詞的內容，更擴大了詞的境界，無論任何題材，任何思想與感情，都可以用詞表現無遺，所以他的作品，抒情、寫景、詠物、說理、贈別、悼亡、傷時、感事、詠史、懷古，無所不包。內容既如此廣泛，情感又特別豐富，於是詞不再是描寫兒女癡情、哀感幽怨、淒豔細膩的作品，由婉麗柔媚的風格，遂一變而為奔放豪邁。這一番重大的轉變，影響後世極深，在風格上別成一派。

北宋東坡前後，另有一些詞人，如晏氏父子、歐陽永叔、張子野、柳耆卿、秦少游、賀方回、周美成、李易安等，仍然篤守詞的本色。各人風格，雖然不盡相同，如同叔溫潤，小山疏俊，永叔秀逸，子野流麗，耆卿妥帖，少游柔媚，方回精新，美成醇雅，易安清婉。至南宋則姜白石詞清空，吳夢窗詞精麗，史梅溪詞纖巧，王碧山詞沈鬱，張玉田詞蘊藉，可說各具特色，而適與東坡的奔放曠達、豪邁不羈；稼軒的雄深雅健、慷慨縱横，顯著不同，這是自然形成的。前者可以統稱為「婉約」，而後者則可稱為「豪放」。

貳、出於後人歸納：究竟何時何人首先揭舉「婉約」與「豪放」二詞，來劃分兩種顯然不同的詞風，在詞史上已不甚可考，有人以為或出於李易安，但易安唯一論詞的一段話，見於胡仔《苕溪漁隱叢話》所載，並沒有談到如此分派的問題。也有人泛說是宋人提出的，但遍檢宋人詞話、詞論，都找不出明文記載，只有隱約透露一點消息的話，如《復齋漫錄》引晁補之評東坡說：「居士詞人多謂不諧音律，然橫放傑出，自是曲子中縛不住者。」又胡寅〈酒邊詞序〉說：「眉山蘇氏，一洗綺羅香澤之態，擺脫綢繆宛轉之度。使人登高望遠，舉首高歌，而逸懷浩氣，超乎塵垢之外。」這兩段話，雖然沒有明言「豪放」二字，但已充分形容出東坡詞豪放的風格。

最顯著的莫過於俞文豹《吹劍錄》的一段記載：「東坡在玉堂日，有幕士善歌。因問：『我詞何如柳七？』對曰：『柳郎中詞，只合十七八女郎，執紅牙板，歌楊柳岸、曉風殘月；學士詞須關西大漢，銅琵琶，鐵綽板，唱大江東去。』東坡為之絕倒！」的確，我們讀耆卿〈雨霖鈴〉中寫景的名句：「今宵酒醒何處？楊柳岸，曉風殘月。」只覺得婉麗溫柔，如綽約處子；讀東坡〈念奴嬌〉裏感懷的名句：「大江東去，浪淘盡，千古風流人物。」則又覺得豪情萬丈，如超放雄傑。這段有趣的記載，正好描繪出二人迥異的風格：耆卿婉約，而東坡豪放。從此以後，歷代詞話家評論東坡，總是以東坡與耆卿相提並論。於是，很自然的產生蘇、柳不同的鮮明印象。

正式明標「婉約」與「豪放」二語，以評論詞風而見諸記載者，以我平日閱讀及研究詞話的記憶所及，似乎是明人張南湖，清王漁洋《花草蒙拾》說：「張南湖論詞派有二：一曰婉約，一曰豪放。」南湖的話，已不知直接的出處，只見於後人的稱述而已。

後世歸納詞的風格而分派別的主張，還有幾種異說：如清郭頻伽《靈芬館詞話》別創一說，以花間諸人及晏同叔、歐陽永叔為「風流華美」一派；秦少游、周美成、賀方回諸家為「含情幽豔」一派；姜白石、張玉田諸子為「獨標清綺」一派；蘇東坡則屬「雄詞高唱」一派；而以姜、張為正宗。郭氏所說，未免支離。

又謝枚如《賭棋山莊詞話》，認為宋詞有三派，一為婉麗，二為豪宕，三為醇正。又以宋人詠物的作品，但能賦得其形貌，而不能摹寫其精神者為餖飣一派。謝氏所說，不盡可取，如周美成詞，格律謹嚴，風味醇正，影響南宋很大，或可獨成一派；但詠物者堆砌辭藻，若餅餌累積，既無鮮活的生機，也就無價值可言，自然不能形成一大宗派。

又如清末人馮夢華以為詞有剛與柔二派，而朱彊村則以為有疏、密兩派。其實東坡、稼軒，氣象剛健，詞意高疎，也就是豪放的風格；而美成、夢窗等氣味柔美，語意細密，也就是婉約的風格。所以馮氏、朱氏所說，用詞雖然不同，仍不外豪放、婉約之分。

(二)代表作家

婉約與豪放兩種不同的詞風，一方面是由於自然形成的結果，一方面是出於後人歸納而得，所以常為後世談論詞的風格與派別者所津津樂道。大體說來，兩宋以前，花間詞人如溫飛卿、韋端己詞，或精妙，或清豔；五代詞人如馮延嗣、李後主詞，雖然堂廡漸大，感慨漸深，但仍不出委婉秀麗一路，王靜安《人間詞話》評飛卿詞句秀，端己詞骨秀，後主詞神秀，可見他們應屬婉約一派，也可見婉約詞風，自有詞作以來，便已自然形成。

北宋大家，如晏氏父子、歐陽永叔、張子野、柳耆卿、秦少游、賀方回、周美成、李易安諸人，自是婉約派的代表。其中尤以耆卿、少游與易安三人，最為當行出色，所以秦、柳往往並稱，至於易安，以女子而擅一代之場，自然更是獨到。南宋詞家，如姜白石、吳夢窗、史梅溪、張玉田、周草窗、蔣竹山等，都承襲他們的流風餘韻。或以美成、白石諸人，特別重視格律，而另立格律一派，但他們的作風仍是含蓄婉約的。

豪放一派，自然以東坡為開山，嚴格說來，北宋還沒有嫡系傳人，東坡門下如黃山谷、晁補之都不足稱。直到南宋，辛稼軒詞，悲憤激烈，慷慨縱橫，可說與東坡同調，以豪放為特色。稼軒以前，有朱希真、岳鵬舉、張仲宗、張安國；與稼軒同時的，有陸放翁、范石湖、陳同甫、劉改之、葉少蘊；稼軒以後，又有劉後村、文文山；都是東坡豪放一派的流裔。南宋諸家中，稼軒是此派的翹楚，所以蘇、辛往往並稱。此外，放翁也有相當的代表性，而岳武穆與文信國公，所作或精忠貫日月，或正氣塞蒼冥，自有一番壯烈氣象。其他則只是故作壯語奇語，與東坡、稼軒之純出性情的風格，相去很遠。

比較來說，婉約派詞人及作品，因為是詞壇歷久相傳的風格，所以占了大多數；而豪放派由於獨樹一幟，別出蹊徑，當然只占極少數。若衡量詞史上的名家，究竟有多少屬婉約？多少屬豪放？一般公認的比例，大致是五與一之比。也許詞的先天本色，就是適宜婉約的，而豪放風格的表現，為性情所拘，自然不是勉強可達。

二派風格不同的比較

如果我們從多方面觀察、分析與比較，婉約與豪放二派風格的不同，可以發現很顯著的趨向。蘇辛詞所具備的特質，如主題的顯豁，滋味的清澹，詞句的質樸，情意的生動，性格的爽朗，色調的明潤，意致的蕭疏，氣象的壯闊，所表現出的風格，可以「豪放」二字概括。

至於晏、歐、周、秦諸人詞所具備的特質，如韻味的深厚，字句的麗密，氣氛的靜穆，情緻的細美，技巧的精工，氣質的秀逸，風度的醇雅，所表現出的風格，可以「婉約」二字涵蓋。

二派尤以氣象、韻味的不同區別最大，豪放派氣象剛健雄渾，氣勢浩瀚壯偉；婉約派則氣韻輕柔婉媚，意味深曲雋美。所以豪放派以氣勢勝，而婉約派以韻味勝。

如用譬喻來說，豪放詞如迅雷疾電，如峻崖巨瀑，如千軍萬馬奔沙場；婉約詞如朝雲晚霞，如幽林曲澗，如大珠小珠落玉盤。豪放詞如中天燦爛的日輝，婉約詞如良夜靜穆的月色。豪放詞如波瀾壯闊的大海，如長江大河，有一瀉千里之勢；婉約詞如一道清溪，一片澄湖，只能泛起微微的漣漪。

清人沈約齋著《論詞隨筆》，曾追溯二派的始源，比較二派所擅勝，並以唐、宋詩派為喻說：

「唐人詞風氣初開，已分二派：太白一派，傳為東坡諸家，以氣格勝，於詩近江西；飛卿一派，傳為屯田諸家，以才華勝，於詩近西崑。後雖迭變，總不越此二者。」

的確，詞的風格，雖然錯綜複雜，各具特色，面目格調，不盡相同，但歸納起來，自然不外豪放、婉約兩派。宋以後的評論家，常以此為劃分詞的風格或宗派的準則，實在是基於它們在風格上的差異，一如涇渭之分明，顯而易見。

形成二派不同風格的原因

若進一步探討形成二派不同風格的原因，可分析成以下八點來說明：

(一)作者的性格不同

東坡以前的詞，無論內容、語氣、句法、情調，大體相同，至少相去不遠，尤其作者個性與作品風格，一向極不分明，所以，馮延嗣、晏同叔、歐陽永叔等人的詞，往往相混，頗不容易辨明，至東坡才一反前人的作風，在詞中表現極分明的個性。

東坡性情豪爽，胸襟開朗，氣度豁達，學養深厚，生平雖然屢遭貶謫，政治上很不得志，但他始終處之泰然，不以為意，〈赤壁賦〉、〈超然臺記〉諸文，充分表現他思想的超脫不凡，性格的灑脫不羣，因而形成他雄奇超曠的詞境，豪放飄逸的詞風，如〈念奴嬌．赤壁懷古〉「大江東去」一詞，撫今追昔，借題發揮，寫得豪放悲涼，沈雄壯闊，真有放翁所謂「天風海雨逼人」之感，不愧為千古絕唱！又如〈水調歌頭〉「明月幾時有」中秋懷弟一詞，筆意高超，風格奇逸，空靈蘊藉處，真如天仙化人之筆。

至於稼軒，也是性格豪爽的人，才氣縱橫奔放，情感濃厚深摯，平生以氣節自負，功業自許，忠貞愛國，慷慨激烈，可惜被當道所忌，壯志未酬，滿腔忠憤鬱勃之氣，完全發洩於詞，正如《四庫提要》所評：「棄疾詞慷慨縱橫，有不可一世之概！」又說他「異軍特起，能於翦紅刻翠之外，屹然別立一宗」。他的詞佳作很多，如〈賀新郎〉「綠樹聽鵜鴂」一首，寫得沈鬱頓挫，感慨蒼涼；〈永遇樂〉「千古江山」一首，也寫得沈摯悲壯，聲情激越；〈水龍吟〉「楚天千里清秋」一首，更寫出渾厚的忠愛，憂憤的情懷。

相反的，婉約派詞之所以風格婉約，是由於詞人的個性比較偏於沈靜，情感比較內斂，因而表現為委婉含蓄的作風，與豪放派那種豪邁放曠的外放型顯然不同，無論同叔、永叔、耆卿、少游、美成、白石，莫不如此，所以才有「一場愁夢酒醒時，斜陽卻照深深院」、「淚眼問花花不語，亂紅飛過秋千去」、「可堪孤館閉春寒，杜鵑聲裏斜陽暮」這樣柔婉淒美的句子。

(二)抒情的態度不同

由於作者的性格不同，自然抒情的態度也就不同。豪放派詞人抒情的態度是爽朗的，有什麼話就說什麼話，直截了當，痛快淋漓，因而詞意明暢，詞境顯豁。婉約派詞人則與此相反，他們並不直接表現情感，而是採取間接迂迴的路線，委婉曲折，含蓄不露，因而詞意閃爍，詞境深幽。

蘇辛詞抒情真切生動，自然樸素，如抒寫漂泊的身世，思鄉的情緒，東坡說：「天涯倦客，山中歸路，望斷故園心眼。」稼軒說：「落日樓頭，斷鴻聲裏，江南遊子。」又如抒寫滄桑的身世、懷古的情緒，東坡寫的是：「大江東去，浪淘盡，千古風流人物。故壘西邊，人道是：三國周郎赤壁。」稼軒寫的是：「千古江山，英雄無覓，孫仲謀處。舞榭歌臺，風流總被，雨打風吹去。」他們抒情的態度相同，有作者的情感活躍於作品中，且直接將情感注入人們心中，不僅易於領會，而且易於激發共鳴，引人入勝。

相反的，晏、歐、秦、柳諸人的詞，抒情細膩委婉，含蓄深曲，如抒寫惜春的情緒，晏同叔感慨地說：「夕陽西下幾時回？」張子野也感慨著說：「送春春去幾時回？」不但同樣採用問句，同是無理一問，顯得婉曲微妙，而且西下的夕陽，已去的春光，都有象徵的意義。又如抒寫離別的愁恨，李後主寫的是：「離恨恰如春草，更行更遠還生。」歐陽永叔寫的是：「離愁漸遠漸無窮，迢迢不斷如春水。」都用精巧的譬喻，意味深長曲折，迴環宛轉。他們是把個人的情感融入人類微妙的感覺中，往往隱約淒迷，如隔霧看花，有朦朧之美。因為表現時多費一道周折，人們對他的了解，也就多費一番思索，但卻耐人尋味，令人咀嚼。

㈢寫作的立場不同

由於作者抒情的態度不同，寫作的立場也就自然有所不同。大體說來，豪放派詞多是主觀的抒寫，而婉約派詞則多是客觀的描摹。

豪放派詞，如東坡〈念奴嬌〉「大江東去」一首，寫得淋漓盡致，引人入勝，任何人讀了都會感到情高意真，而且酣暢生動，因為題目雖然是「赤壁懷古」，內容雖然是寫周公瑾，但事實上卻是藉此抒寫自己的感懷，完全是自我情感的表現，主觀而具體，不過借題發揮而已，所謂「借他人酒杯，澆自己塊壘」，稼軒詞也是如此，如〈水龍吟〉：「休說鱸魚堪膾，儘西風，季鷹歸未？」藉張翰故事，以抒寫他思家的心情；又如〈永遇樂〉寫孫權、劉裕及裕子文帝，藉此以發抒他對古今人事變遷的無盡感慨，也是借題發揮，而實際是主觀情感的發洩。

至於婉約派詞，如花間諸人的作品，多是客觀的描摹，或想像的刻畫，無論寫美人，寫閨情，雖然寫得意趣超妙，活色生香，但詞中並沒有作者主觀情感在內。又兩宋婉約派詞人多喜歡詠物，如柳耆卿〈黃鶯兒〉一詞詠黃鶯，周美成〈蘭陵王〉一詞詠楊柳，〈六醜〉一詞詠謝後薔薇，姜白石〈念奴嬌〉一詞詠荷花，「暗香」、「疏影」二詞詠梅花，張玉田〈解連環〉一詞詠孤雁等，都是詠物詞有名的佳作，都極盡客觀描摹之能事。

雖然上述諸作中，如美成〈蘭陵王〉詠楊柳，也有借柳發揮，自抒胸臆，以述久客思歸的心意，但他極力描寫楊柳的細膩手法，曲折筆致，與豪放詞人之純自主觀立場抒寫大不相同，如「柳陰直，煙裏絲絲弄碧。隋堤上、曾見幾番，拂水飄綿送行色」，把柳條的綽約風姿，寫得極富詩意，也極為傳神入妙。又如白石詠梅花的「暗香」、「疏影」二詞，後人多以為別有寄託，其中雖有可採，但也有附會，像「舊時月色，算幾番照我，梅邊吹笛」、「長記曾攜手處，千樹壓、西湖寒碧」、「猶記深宮舊事，那人正睡裏，飛近蛾綠」，不但善於描摹冷豔幽潔的梅花，顯得意境空靈，而且用典貼切，這都是婉約派詞人的特色。

當然豪放派詞人也偶然作客觀的描摹，如東坡〈水龍吟〉之寫楊花；而婉約派詞人，也未嘗不作主觀的抒寫，尤其後主詞多感懷身世，易安詞多抒寫相思，純是主觀抒情。因此，所謂主觀與客觀之分，不過大致的趨向而已。

㈣寫作的題材不同

豪放派詞人寫作的題材，多是個人特有的感遇，如東坡〈江城子〉之悼念亡妻，〈永遇樂〉之感懷古今，〈念奴嬌〉之寄慨人生，因而寫出「千里孤墳，無處話淒涼」的淒涼意緒；「燕子樓空，佳人何在？空鎖樓中燕」的古今情懷；「故國神遊，多情應笑我，早生華髮」的人生感慨。又如稼軒〈水龍吟〉之感懷遊子心情，及登高望遠的意緒，無人領會的孤懷，「把吳鉤看了，欄干拍徧，無人會，登臨意」，寫出了這位愛國志士的滿腔忠憤，雪恥報國、收復河山的宿願，都因請纓無路、獻身無由，而空自辜負了他熱切的情懷，怎不教他感觸良深呢？〈永遇樂〉之懷古，兼抒自憐老大之意，寫出：「憑誰問，廉頗老矣！尚能飯否？」都是一己直接的感受。

至於婉約派詞寫作的題材，則多是對人生共同具有的感想與印象。他們寫傷離意緒，往往情致纏綿，如柳耆卿〈雨霖鈴〉的「執手相看淚眼，竟無語凝咽」、「多情自古傷離別，更那堪、冷落清秋節」！而秦少游〈踏莎行〉的抒寫旅愁，也寫得淒惋動人，如說：「驛寄梅花，魚傳尺素，砌成此恨無重數。郴江幸自繞郴山，為誰流下瀟湘去？」就題材來說，是人人都可能有的；尤其周美成、姜白石、吳夢窗諸人的作品，更具有普遍性，個別性都不甚明顯。

(五)用詞的取向不同

豪放派用詞多偏於明快疏淡，因滿懷奔放的熱情，或抑鬱悲憤的心胸，亟於盡量發洩而後快，自然無暇在字句詞藻上多下工夫，因而多用痛快淋漓、奔放顯豁的詞彙，如東坡的「大江東去，浪淘盡，千古風流人物」，稼軒的「千古江山，英雄無覓，孫仲謀處」，二人如出一轍。

婉約派用詞則多輕靈曼妙，表現方法多是隱約含蓄，託興深微，有一唱三歎之妙。寫景如者卿的「楊柳岸，曉風殘月」，少游的「斜陽外，寒鴉數點，流水繞孤村」，小山的「落花人獨立，微雨燕雙飛」，韻味細美。與東坡的「亂石崩雲，驚濤裂岸，捲起千堆雪」，稼軒的「楚天千里清秋，水隨天去秋無際」，氣象壯闊的風格，截然不同。

抒情如後主的「剪不斷，理還亂，是離愁，別是一般滋味在心頭」，永叔的「寸寸柔腸，盈盈粉淚，樓高莫近危闌倚」，易安的「新來瘦，非干病酒，不是悲秋」，莫不柔美細緻，委婉含蓄。而稼軒則說：「舊恨春江流不盡，新恨雲山千疊。」放翁則說：「自許封侯在萬里，有誰知，鬢雖殘，心未死。」風調也截然不同。

尤其顯著的，如少游〈浣溪沙〉一詞：「漠漠輕寒上小樓，曉陰無奈似窮秋，淡煙流水畫屏幽。自在飛花輕似夢，無邊絲雨細如愁，寶簾閑挂小銀鉤。」用輕、淡、幽、絲、細、小這一類形容詞，最足以代表婉約派用詞之纖巧細美。豪放派則絕不如此！

㈥常用的詞調不同

詞的牌調因所屬宮調不同，則所表現的聲情自然不同，有的激昂慷慨，有的沈鬱悲涼，有的輕柔宛轉，有的舒緩調勻。因此，作者選用的詞調不同，則作品所表現的風格也自然不同。豪放派多用「賀新郎」、「滿江紅」、「水調歌頭」、「六州歌頭」、「歸朝歡」等調，這些詞調，在音律上比較縱橫跌宕，矯健敏捷，唯有不拘音律的蘇辛才喜歡用；而婉約派則多用

「菩薩蠻」、「浣溪沙」、「蝶戀花」、「滿庭芳」等調，在音律上比較舒徐和緩，輕柔諧婉，為講究音律的詞家所樂於採用。

如果稍作統計，便不難看出他們好尚的傾向。以「水調歌頭」、「歸朝歡」二調來說，東坡與稼軒二人合計作了四十首〈水調歌頭〉，五首〈歸朝歡〉；而柳耆卿、秦少游、賀方回、周美成、姜白石、史梅溪、吳夢窗、張玉田、王碧山、周草窗十位婉約派詞人，合計兩調不到十首；由此可見二派的顯著不同，實由詞調的音節，有雄壯激昂的調子，也有柔婉和舒的調子，因所用詞調音節上的差異，自然造成風格的不同。

(七)表現的美感不同

天地間的美，不外乎陽剛與陰柔，一切文藝的美，總難出這兩個範疇，歷代各種文學的風格與派別，也不出這兩大類型。曾文正公在〈聖哲畫像記〉裏，以西漢文學為例，區分他們的美，他說：「西漢文章，如子雲、相如之雄偉，此天地遒勁之氣，得於陽與剛之美者也，此天地之義氣也；劉向、匡衡之淵懿，此天地溫厚之氣，得於陰與柔之美者也，此天地之仁氣也。」桐城派古文家姚姬傳，在〈復魯絜非書〉中說得更詳細，曾舉出種種譬喻相比較。

詞所表現的美感也是如此，豪放派所表現的是陽剛之美，是一種壯美，如前文一再舉出的例證，東坡〈念奴嬌〉「赤壁懷古」一詞，一開始的「大江東去」，就有聲勢逼人之感，誠如王元美所評：「學士此詞，感慨雄壯，果令銅將軍於大江奏之，必能使江波鼎沸。」且看稼軒筆下所描寫的劉裕：「想當年、金戈鐵馬，氣吞萬里如虎。」把這位北伐胡人的英雄，寫得虎虎生風，氣壯山河！這就是豪放派詞給人的美感，雄偉遒勁，充滿了陽剛的氣象。

婉約派所表現的，自然是陰柔之美，是一種優美的風格，如晏同叔寫春恨：「無可奈何花落去，似曾相識燕歸來，小園香徑獨徘徊。」意致纏綿，語調諧婉，是一種工麗俊美的風味。張子野的名句：「雲破月來花弄影。」寫得細膩清幽，景物如畫。而姜白石寫荷塘：「翠葉吹涼，玉容銷酒，更灑菰蒲雨。嫣然搖動，冷香飛上詩句。」把清風細雨中亭亭的荷葉，香冷容銷的荷花，寫得如此別緻生動！這就是婉約派詞給人的美感，淵懿溫厚，充滿了陰柔的韻味。

(八)文學的境界不同

王靜安《人間詞話》論詞，拈出「境界」二字，以為詞的境界，「有造境，有寫境，此理想與寫實二派之所由分」。又說：「有有我之境，有無我之境。」「有我之境，以我觀物，故物皆著我之色彩；無我之境，以物觀物，故不知何者為我，何者為物？」「無我之境，人唯於靜中得之；有我之境，於由動之靜時得之；故一優美、一宏壯也。」

如果以靜安的境界說來衡量豪放與婉約二派的詞風，從他們所表現的文學境界來看，恰好可用上述靜安的話來分析。那就是豪放派屬於寫境，是寫實一派，多寫有我之境，他們是在由動到靜時捕捉到這種境界、表現出這種境界的；婉約派則屬於造境，是理想一派，多寫無我之境，他們是在靜中捕捉到這種境界、表現出這種境界的。

不妨用幾個實例來說明，如東坡夢後悼念亡妻說：「縱使相逢應不識，塵滿面，鬢如霜。」於燕子樓夢盼盼後感懷古今說：「異時對、黃樓夜景，為余浩歎！」全是用寫實的筆調，寫的是有我之境，詞中有我，有作者濃濃的情感，都是從夢中感動後回到靜境時所寫得的境界。稼軒的「啼鳥還知如許恨，料不啼清淚長啼血！誰共我、醉明月？」和「可惜流年，憂愁風雨，樹猶如此！倩何人喚取，紅巾翠袖，搵英雄淚？」其中處處有我，處處寫出作者主觀的心境。

再看晏同叔寫秋意的句子：「紫薇朱槿花殘，斜陽卻照闌干。雙燕欲歸時節，銀屏昨夜微寒。」寫的是一種沒有人物性、單純而客觀的現實之境，是作者從靜態中體味描寫出來的境界。又如吳夢窗寫春夜：「落絮無聲春墮淚，行雲有影月含羞，東風臨夜冷於秋。」也寫出了客觀無我之境，是作者理想中的造境，充滿了抽象性，不像寫實的作風那麼具體，境界顯然不同。

結語——兼論正宗與變體

婉約與豪放的詞風，既已自然形成，由於種種不同的原因或現象，形成二派迥不相同的風格與特色，令人產生不同的感受與印象。於是宋以來評論詞風的人，常不免以主觀好惡在二者之間強加軒輊，最早約起於詩人陳後山，他在《後山詩話》中說：「子瞻以詩為詞，如教坊雷大使之舞，雖極天下之工，要非本色。」言外之意，婉約才是詞的本色。

明人張南湖也主張婉約為詞的正宗，他說：「少游多婉約，子瞻多豪放，當以婉約為主。」王元美論詞，尤其擁護婉約，他的《藝苑卮言》說：「詞須宛轉緜麗……一語之豔，令人魂絕，一字之工，令人色飛，乃為貴耳。至於慷慨磊落，縱橫豪爽，抑亦其次。不作可耳，作則寧為大雅罪人。」又說：「言其業，李氏、晏氏父子、耆卿、子野、美成、少游、易安至也，詞之正宗也。……長公麗而壯，幼安辨而奇，又其次也，詞之變體也。」

清《四庫提要》的論點，也承襲了這一傳統的看法，《提要》說：「詞自晚唐、五代以來，以清切婉麗為宗。……至蘇軾而又一變，遂開南宋辛棄疾等一派，尋源溯流，不能不謂之別格。」又說：「棄疾詞慷慨縱橫，有不可一世之概，於倚聲家為變調。」

其實婉約、豪放二派，並無優劣高下之分，所謂別格、變調，並非不如本色、正宗，有時也許變調比正宗容易受人欣賞。所以，所謂正變，只是為了分析、敘述的方便，並無輕重軒輊。因為事實上婉約、豪放各有其美，前者秀麗典雅，富於神韻；後者雄渾勁健，富於氣概。

從文學欣賞的立場來說，凡是主觀的欣賞，可以不受什麼正、變論調的影響，但是客觀的批評分析，則不能不就多數的正統方面立論，因為這是詞史上詞體演變的事實，也確是詞體的本來面目，所以以婉約為詞的正宗，應該是可以首肯而無可厚非的。只是正變並非優劣，這一點是很重要的，何況豪放風格的詞，往往比婉約為難，所以作者與作品都少，緣故在此。

歷代詞話的論詞特色

詞話的產生與名義

自從北宋歐陽修以隨筆體式撰成詩話以後，當時及後世起而模仿寫作者絡繹不絕，歷元、明而至清代，各家詩話紛陳，且名家輩出，名作如林，蔚為大觀❶。由此形成一種記詩話詩、評詩論詩的特殊體制與流行風潮，而這種以片段精簡的文字、隨筆即興的方式、主觀印象式的評論模式，堪稱是中國文學傳統批評的一大特色。

在詩話產生後不到十年，詞話也應運而起，最早的一部詞話，是楊繪的《時賢本事曲子集》，楊書已佚，今有趙萬里輯本，傳本則當以南宋高宗時王灼的《碧雞漫志》為最早❷。在純粹話詞、論詞的專著還沒有出現以前，有一段時期，詞話的零星資料寄存於詩話，如北宋陳師道的《後山詩話》、金王若虛的《滹南詩話》中，各有數則論詞，這是詞話發展史的醞釀時期。從《碧雞漫志》以後，詞話也一如詩話，像雨後春筍般興盛起來，於是詩話、詞話便成為中國文學評論史上詩詞評論極普遍而流行的一種格式。詞由詩而生，詞話也受詩話影響而產生，詩話與詞話從宋代開始，直到清末，有將近九百年的歷史，一同繁榮滋衍，發展成文學評論的巨流，並在此浩浩風潮中，其他文體的評論，亦隨風而起，如賦話、文話、曲話等，作品如春筍長成修竹，林相十分壯觀❸。

初期詞話，多不以「詞話」為名，南宋時期的詞話專書，如王灼《碧雞漫志》、張炎《詞源》便是。且多附見於詩文評或隨筆雜著中，如吳曾《能改齋漫錄》十八卷中，卷十六、卷十七凡六十八則論詞；周密《浩然齋雅談》三卷，下卷紀詞林故實凡二十六則。或於詩話總集中附載詞話，如胡仔《苕溪漁隱叢話》分前後二集，前集六十卷，後集四十卷，而於前集卷五十九、後集卷三十九附論長短句；魏慶之《詩人玉屑》二十卷，卷末附論詩餘凡十五則；近人唐圭璋分別錄出，前者題為《苕溪漁隱詞話》，後者題為《魏慶之詞話》，輯入其《詞話叢編》中。或附於詞的選集，如沈義父《樂府指迷》，附刻於陳耀文《花草粹編》卷首，凡二十八則，唐圭璋亦輯入《詞話叢編》❹。

宋、元兩代的詞話專著，傳本幾無一本以「詞話」為名，如宋張炎所著稱《詞源》，元陸輔之所著稱《詞旨》，至明代始以「詞話」用於書名，如俞彥《爰園詞話》、陳霆《渚山堂詞話》❺，此則與詩話之創始即逕以「詩話」為名者有所不同。然宋代亡佚不傳的詞話，據載籍所錄，也有以詞話為名的，如黃昇有《中興詞話》，楊偍有《古今詞話》❻。

文學史上的民間文學中，也有同以詩話、詞話為名的，而實質上並非話詩、論詞的專著，如講唱文學中一種類似俗講的作品，亦以「詩話」為名，現存最早的一部是《大唐三藏取經詩話》，其體制是詩與散文兼備，以散文敘述故事，而以通俗的詩讚歌詠人物或情節。至於「詞話」一名，則雜用更廣，如宋代說書人的話本即稱詞話❼，又元、明講唱文學作品，也有以「詞話」命名的，如明諸聖鄰的長篇作品《大唐秦王詞話》，以鼓詞敘述唐太宗的歷史故事。此外，明人小說也別稱「詞話」，如長篇章回小說蘭陵笑笑生的《金瓶梅》，也稱《金瓶梅詞話》。這些書之所以稱為「詩話」、「詞話」的原因，是因為書中有詩有話、有詞有話的緣故❽。

凡是話詞、論詞的詞話，其內容當然是以詞為中心，所涉及的問題相當廣泛，或探討詞學的源流正變，或研究詞中的音韻格律，或品評詞家的優劣得失，或記載詞林的軼聞瑣事，或分析詞中的句法作法，或辨正前人傳鈔、傳聞的訛誤，或考溯詞調調名的緣起，或摘錄詞人的佳篇雋句，或蒐輯散佚的斷章佚句，或折衷前人論詞的異同，或為詞人辨明誣妄，或泛論詞中旨趣，或評述詞集、詞選的優長與缺失。

歷代詞話在話詞、論詞的體式上，一種久遠不替的傳統，是自始即採取以精簡的片段文字，隨筆式即興的抒發，而且全憑作者主觀的體悟作印象式的品評，歷經近九百年的演進，這種體式始終如一，不曾改變。這種傳統體式之所以固定不移，必然有它的因素，如國人傳統的思考模式與評論習慣，而如此的模式與習慣，也必然有它歷史文化的淵源。

詞話體式的淵源

就上述詞話的內容與體式來看，這種以精簡的文字、片段的語句、隨意的筆調、即時的感興、主觀的體悟、印象式的評論模式，應當是我國歷史文化的特產，是長期以來的民族傳統。我們回顧宋代以前的歷史長程裏，先秦的經籍諸子、六朝以來的筆記、唐宋禪宗及道學家語錄，都是形式上可能的淵源。傳統的表達模式與書寫習慣，已形成敘述與評論的一項特色，於是先秦經籍諸子中片段的精簡文字，便可視為詞話體式的遠祖，而北宋盛行的筆記雜著與當時興起的詩話，當然是受直接影響，並孕育詞話的近祖。以下試分別舉例略探其歷史文化的淵源：

(一)經籍諸子

歷代詞話論詞體例，一則一則各自起迄，語意不相連貫，這種撰述方式在歷史上源遠流長，古人早已運用自如。清何文煥《歷代詩話．序》說：

詩話於何昉乎？賡歌紀於〈虞書〉，六義詳于古序，孔孟論言，別申遠旨，《春秋》賦答，都屬斷章，三代尚已。

依何氏所述，詩話之體，可遠溯至三代，如《尚書》、《詩序》、《論語》、《孟子》中論詩的語句，乃至《春秋》（按：實指《左傳》）中所載列國君臣賦詩酬答的文字，都是斷章片語，無非詩話體的淵源所自，而詞話體式與詩話同，自然也成為詞話的淵源。

《論語》中記載孔子論詩的語言，與後來詩話中論詩的文字頗為近似，如：

> 《詩三百》，一言以蔽之，曰「思無邪」。
>
> ——〈為政〉
>
> 誦《詩三百》，授之以政，不達；使於四方，不能專對；雖多，亦奚以為？
>
> ——〈子路〉
>
> 小子何莫學夫《詩》？《詩》可以興，可以觀，可以羣，可以怨；邇之事父，遠之事君；多識於鳥獸草木之名。
>
> ——〈陽貨〉

以上諸例，以簡短的文字，論及《詩經》的義旨，詩在政治、外交上的功能，學詩對情志的涵養、倫理的觀摩與知識的增進。

先秦諸子中，春秋時的《老子》，論天地之道、人生之德，也是一條一條分列，前後意義並不相屬。如：

天下之至柔，馳騁天下之至堅，無有入無間，吾是以知無為之有益。不言之教，無為之益，天下希及之。

——四十三章

名與身孰親？身與貨孰多？得與亡孰病？是故甚愛必大費，多藏必厚亡。知足不辱，知止不殆，可以長久。

——四十四章

這些片段文字，後人便以分章來區別。

戰國、兩漢諸子，則進而有論詩的文字，也承襲上述形式，且更簡短。如：

說《詩》者不以文害辭，不以辭害志，以意逆志，是為得之。

——《孟子・萬章》

《書》者政事之紀也，《詩》者中聲之所止也。——《荀子・勸學》

詩人之賦，麗以則；辭人之賦，麗以淫。——《揚子・法言》

諸子篇章中此種字數不多的論詩語言，就其文理來說，可以裁出獨立，而與詩話體式頗為相近。故知這種條列式的簡明論述方式，是我國古來久遠的傳統，對後世詩話、詞話影響甚大。

㈡筆記雜著

筆記雜著類的書，自漢以來便逐漸發達，或近於歷史雜錄，或屬於人物傳記，或收錄神話材料，或記載地方風俗，或具有小說性質，或意在志怪傳奇，內容龐雜，性質不純，而大體以隨筆方式紀錄而成，故總稱筆記雜著。

漢韓嬰《韓詩外傳》十卷，雜引古事古語，而引詩為證。如：

偽詐不可長，空虛不可守，朽木不可雕，情亡不可久。詩曰：「鐘鼓于宮，聲聞于外。」言有中者，必能見外也。

傳曰：「不仁之至，忽其親；不忠之至，倍其君；不信之至，欺其友；此三者，聖王之所殺而不赦也。詩曰：「人而無儀，不死何為？」

南朝宋劉義慶《世說新語》三卷，記東漢至東晉間人物軼事瑣語，頗有精緻的評論性文字。如：

顧長康從會稽還，人問山川之美。顧云：「千巖競秀，萬壑爭流，草木蒙籠其上，若雲興霞蔚。」

——〈言語〉

孫興公云：「潘文爛若披錦，無處不善；陸文若排沙簡金，往往見寶。」

——〈文學〉

宋人的筆記雜著，也以隨筆漫錄方式敘事記聞，且書中每有話詞、論詞之語。如：

范文正公守邊日，作〈漁家傲〉樂數闋，皆以「塞下秋來」為首句，頗述邊鎮之勞苦。歐陽公嘗呼為窮塞主之詞。

——魏泰《東軒筆錄》

章質夫〈楊花詞〉，命意用事，瀟灑可喜，東坡和之，若豪放不入律呂，徐而視之，聲韻諧婉，反覺章詞有織繡工夫。

——朱弁《曲洧舊聞》

東坡在玉堂日，有幕士善歌，因問：「我詞何如柳七？」對曰：「柳郎中詞，只合十七八女郎，執紅牙板，歌『楊柳岸，曉風残月』。學士詞，須關西大漢，銅琵琶，鐵綽板，唱『大江東去』」。東坡為之絕倒。

——俞文豹《吹劍錄》

近時李易安詞云：「尋尋覓覓，冷冷清清，淒淒慘慘戚戚。」起頭連疊七字，以一婦人乃能創意出奇如此？

——羅大經《鶴林玉露》

如上述諸條詞話，為宋人筆記中所常見，除記詞人軼聞外，亦多評論之語。據王國昭〈詞話之批評與功用研究〉所作統計，筆記中所見詞話最多者為以下三書：

陳元靚《歲時廣記》　一〇三則

洪　邁《夷堅志》　三十五則

周　密《齊東野語》　二十一則

其餘如沈括《夢溪筆談》、洪邁《容齋隨筆》、王明清《揮麈錄》、張邦基《墨莊漫錄》、陳鵠《耆舊續聞》、龔明之《中吳紀聞》、羅大經《鶴林玉露》、邵博《聞見後錄》、陳世崇《隨隱漫錄》、陸游《老學庵筆記》等書中，各有十則左右。近人夏敬觀遂從四十四種宋人筆記、詩話中錄出，編成《彙輯宋人詞話》一書，凡三百六十九則。

這些隱藏在筆記雜著中的詞話，是純粹話詞、論詞的詞話專著出現前的先驅，或是同時並存的現象，正如前文所述《能改齋漫錄》、《浩然齋雅談》、《苕溪漁隱叢話》中所載詞話情形相近，只是詞話雜廁其間，並未彙集別錄而已。

㈢禪道語錄

「語錄」一通常是指禪宗祖師說法的語言筆錄，或宋代儒者講學時弟子所記下的語言筆錄。唐代佛教興盛，禪宗尤盛行語錄，旨在以口語對話方式，記述禪宗公案，或闡明禪學旨趣⑨。

宋代道學家如程頤、朱熹等皆有語錄，旨在藉師弟相問答的語言，以闡明道學的真際，其簡短對話的方式，或以為承襲於禪宗⑩，其實孔門師弟問答的紀錄——《論語》一書，當是語錄體的始祖，後世禪宗、儒門的語錄，都有所取法，只是由文言易為白話而已。

唐宋禪師與道學家大多能詩，因而有禪趣詩與理趣詩的產生，並形成禪理與詩趣的融合[11]，因而唐宋禪宗語錄及道學家語錄中，每有論詩之語，或以詩論禪，或記載法師與道學者的禪趣詩與悟道詩。如宋僧道原《景德傳燈錄》記南泉普願弟子長沙的遊山公案，借詩境以示禪趣說：

（長沙）一日遊山，歸至門首，首座問：「和尚什麼去來？」沙曰：「遊山來。」首座云：「到什麼來？」沙云：「始隨芳草去，又逐落花回。」座云：「大似春意。」沙云：「也勝秋露滴芙蕖。」

長沙以「始隨芳草去」隱喻由「色」悟「空」，由凡入聖，以「又逐落花回」暗示不永住聖位，又重返人間。至於「秋露滴芙蕖」，則隱喻已刊落繁華，證入真際，顯示他已超出這一境界。這種觸境而成禪機的答話及所借用的詩句，所答所用堪稱天趣盎然[12]。

禪師們參禪悟道，以詩喻禪的作品，在禪宗語錄中極為豐富，如曹洞宗的開山人物曹山本寂的詩：

燄裏寒冰結，楊花九月飛。泥牛吼水面，木馬逐風嘶。

——《曹山本寂禪師語錄》

以反常合道的事，隱示徹悟自性後的神奇。又如宋釋普濟《五燈會元．卷十》記載法眼文益禪師看牡丹詩：

豔冶隨朝露，馨香逐晚風。何須待零落？然後始知空。

詩意寫出盛極則衰的必然之理，與何溪汶《竹莊詩話》所載宋人詩：「長說滿庭花色好，一枝紅是一枝空。」意趣相同，反常而合道。

至於理學家的悟道詩也極多，如清宋長白《柳亭詩話》記陸九淵評朱子〈尋春〉詩：

朱紫陽嘗作一絕曰：「川原紅綠一時新，暮雨朝晴更可人。書冊埋頭何日了？不如抛卻去尋春。」陸象山聞而喜曰：「元晦至此覺矣。」

《朱子語類》是紀錄朱熹與門人問答的語錄著作，其中每有談詩、論詞之語，如卷一四〇記載：

> 選中劉琨詩高，東晉詩已不逮前人，齊梁益浮薄，鮑明遠才健，其詩乃選之變體，李太白專學之。如：「腰鐮刈葵藿，荷杖牧雞豚。」分明說出箇倔強不肯甘心之意。如：「疾風衝塞起，砂礫自飄揚。馬尾縮如蝟，角弓不可張。」分明說出邊塞之狀，語又俊健。
>
> 古樂府只是詩，中間卻添許多泛聲，後來怕失了那泛聲，逐一填個實字，遂成長短句，今曲子便是。

前則評論六朝選體詩人劉琨、鮑照，唐李白專學鮑，因而摘句或引詩評論其俊健處。後則論古樂府演變為長短句的原因，在於就詩中增添泛聲，以便歌唱，後人填實，句法便長短參差。沈括《夢溪筆談》已有「和聲」之說，而朱子或有所承。所論「泛聲填實」之說，後人多有相近說法，如明胡震亨《唐音癸籤》與清初所編《全唐詩》也提出「和聲」說，所謂「和聲」，是指有聲有字的襯字；而朱熹所謂「泛聲」，與清吳衡照《蓮子居詞話》所說的「虛聲」、方成培《香研居詞麈》所說的「散聲」，則同屬有聲無字的襯音。近人胡雲翼以為不可信[13]，然自當時音樂文學的發展歷程與增字襯詩的歌唱方法來看，也相當合理[14]。

(四)宋人詩話

詩盛而後有詩論，以究心於詩的格律、作法或技巧、風格，故唐時即有此等著作出現，如舊題王昌齡《詩格》二卷，內容多論詩的作法或詩病、對偶格式等；釋齊己《風騷旨格》一卷，論十勢以形容詩的各種風格；僧皎然《詩式》五卷，摘錄兩漢至唐詩人名篇麗句，分為五格，以論形式、技巧；司空圖《詩品》一卷，論詩的風格，分為雄渾、沖淡、纖穠、沈著等二十四類，並就每一品類的風格特徵，各用四言韻語十二句加以描摹。

這些唐人詩論作品，體例當自梁鍾嶸《詩品》而來，內容多偏重「詩」而未及詩「人」，且多偏重詩的格式、作法與風格，書的內容、形式與宋人筆記體異趣。至孟棨《本事詩》一書，始以隨筆體裁，記敘詩人作詩本事，保存不少唐代詩人軼事及民間傳說故事，開宋代筆記體詩話的先河[15]。

宋人詩話，始採用筆記體評詩論人，可以隨興所至，不受拘束，內容亦廣，或述詩篇本事，或記軼聞瑣事，或析作法格律，或論風格流品，這一歷史性的轉變，遂確立「詩話」體制，而造成宋代詩話的興盛，《宋史．藝文志》著錄詩話，於集部文史類有司馬光《續詩話》、周紫芝《竹坡詩話》等十二種，於子部小說類有蘇軾《東坡詩話》、陳師道《後山詩話》等五種。

詩話筆記化以後，偶因話詩而及詞，故初期詩話中，頗多評論詞人詞篇之作，這一現象也是詞話別出獨立之前的一段寄生發展階段，如：

> 退之以文為詩，子瞻以詩為詞，似教坊雷大使之舞，雖極天下之工，要非本色。今代詞

手，惟秦七、黃九爾，唐諸人不逮也。

——陳師道《後山詩話》

晏元獻尤喜江南馮延巳詞，其所自作，亦不減延巳。樂府《木蘭花》皆七言詩，有云：「重頭歌韻響錚琮，入破舞腰紅亂旋。」「重頭」、「入破」皆絃管家語也。

——劉攽《中山詩話》

東坡《賀新郎》在杭州萬頃寺作，寺有榴花樹，故詞中云石榴。又是日有歌者晝寢，故詞中云：「漸困倚、孤眠清熟。」其真本云：「乳燕棲華屋」，今本作「飛」字，非是。

——曾季貍《艇齋詩話》

賀方回嘗作《青玉案》詞，有「梅子黃時雨」之句，人皆服其工，士大夫謂之「賀梅子」。郭功父有《示耿天隲》一詩，王荊公嘗為之書其尾云：「廟前古墓藏馴狐，豪氣英風亦何有？」方回晚倅姑孰，與功父游，甚歡。方回寡髮，功父指其髻謂曰：「此真『賀梅子』也。」方回乃捋其鬚曰：「君可謂『郭馴狐』。」功父髯而鬍，故有此語。

——周紫芝《竹坡詩話》

由此可見，後來獨立發展、純粹論詞的詞話，早期都參雜於宋人的筆記雜著與詩話中，蓋讀詞者偶有所感，或見聞所及，隨手筆記而成，其隨意涉筆的撰述形式，當可遠溯先秦經籍諸子，近及唐宋語錄，淵源既古，而後來發展，亦脈絡分明。其中詩話先成，當是詞話產生的嫡系血緣。

詞話論詞的特色

初期詩話，如歐陽修《六一詩話》、司馬光《續詩話》，其撰寫目的，不過偶述軼事，以供談助而已[16]，至吳开《優古堂詩話》，始論及詩人用字、鍊句，此後詩話，遂以評詩、論詩為主。

詞話初起時，即以論詞為主，如王灼《碧雞漫志》一書，或論述古初至唐宋聲歌遞變的緣由，或考溯詞調得名的來歷，及漸變為宋詞的沿革，或評論北宋詞家，或記述詞壇掌故。又如張炎《詞源》一書，上卷詳考詞樂律呂，探本窮源；下卷論述作詞要法，頗具精湛見解。二書是南宋詞話專著，皆以論詞為主，非如早期詩話之僅供談助而已。

詞話後來的發展，內容逐漸充實，範圍逐漸擴大，所論述的重點，不外人、事與作品三者，或品評詞人而及作家風格，或記述軼事而及詞的發展歷史，或論述詞作而及詞中用字、用韻、句法、作法、格律、聲調等技巧或藝術層面問題，各家所見，每有獨特卓異之處。今僅就歷代詞話作品中，評論詞家風格，建立詞學理論，提示作詞法則，析論作詞技藝等方面的材料，作一綜合的論述，以見其論詞的特色。先就詞話的形式論：

㈠形式上的特色

歷代詞話的撰述形式，一向採取隨筆體裁，一則一則各自獨立，前後兩則之間，不必有意義上的關聯，但偶然有主題相同各則類聚一處的情形，當是作者有心的安排，或是下筆寫作時自然的表現，如王國維《人間詞話》上卷前九則都論境界。大部分詞話各則連續排列，而各自起迄，每則沒有標目，也有清楚標目的，如吳曾《能改齋漫錄》、楊慎《詞品》等，眉目清晰，一覽瞭然。其中有別具見解的詞話專書，如陳廷焯《白雨齋詞話》、王國維《人間詞話》等，也有博採各家、薈萃成書的詞話彙編，如徐釚《詞苑叢談》、江順詒《詞學集成》等，有的詳注出處，有的簡略不全⑰。大體來說，歷代各家論詞，形式上有如下特色：

1.措辭用語簡鍊

詞話家常運用極簡潔的文字、極精鍊的語言，來評論詞家風格、詞中妙境，如清初的幾部詞話：劉體仁《七頌堂詞繹》、沈謙《填詞雜說》、王士禎《花草蒙拾》、彭孫遹《金粟詞話》、劉熙載《詞概》等，晚清王國維《人間詞話》、況周頤《蕙風詞話》亦然。往往詞簡而義豐，耐人尋味，且一語中的，精審獨到，莫非深造有得之至。如：

詞須上脫香歛，下不落元曲，乃稱作手。

——劉體仁《七頌堂詞繹》

男中李後主，女中李易安，極是當行本色，前此太白，故稱詞家三李。

——沈謙《填詞雜說》

詞淡語要有味，壯語要有韻，秀語要有骨。

——劉熙載《詞概》

和婉中見忠厚易，超曠中見忠厚難，此坡仙所以獨絕千古也。

——陳廷焯《白雨齋詞話》

溫飛卿詞，句秀也；韋端己詞，骨秀也；李重光詞，神秀也。

——王國維《人間詞話》

詞中轉折宜圓。筆圓，下乘也；意圓，中乘也；神圓，上乘也。

——況周頤《蕙風詞話》

寥寥數語，簡潔精鍊。論詞中妙指，精粹入微，評詞家特色，切中肯綮。語語皆由才慧所出，穎悟所得。凡此莫不字字珠璣，至精至美，讀來醒人心目，愜人心意。

2.摘句拈字精當

摘句式的批評，是詩話、詞話的一大特色。詞話家往往摘出詞人一兩句精警的詞句，而給予最精要的評語；或拈出其中最精彩生動的字眼，而給予極高度的評價。如：

「歸來休放燭花紅，待踏馬蹄清夜月」，致語也；「問君能有幾多愁？恰似一江春水向東流」，情語也；後主直是詞手。

——王世貞《弇州山人詞評》

美成春恨〈漁家傲〉以「黃鸝久住如相識，重露成涓滴」作結，有離鉤三寸之妙。

——劉體仁《七頌堂詞繹》

「皎月梨花」，本是平平，得一「浸」字，妙絕千古，與「月明如水浸宮殿」同工。

——王士禎《花草蒙拾》

李易安「被冷香銷新夢覺，不許愁人不起。」「守著窗兒，獨自怎生得黑？」皆由淺俗之語，發清新之思，詞意並工，閨情絕調。

——彭孫遹《金粟詞話》

「紅杏枝頭春意鬧」，著一「鬧」字而境界全出；「雲破月來花弄影」，著一「弄」字而境界全出矣。

——王國維《人間詞話》

試觀以上諸例，或摘取一篇中美句，讚許其情致的優美宛轉，點明其結意之精微入妙，揭出化淺俗為清新的詞意；或指示「詞眼」所在，得一字之神，則意趣靈動，非僅境界全出，而且妙絕千古。此等批評眼光，非慧心高識，不足以精鑑如此！

3.命意涉筆自由

詞話家論詞，往往隨機命意，涉筆成趣，意到筆隨之餘，自由揮灑，不受約束。若品評詞人詞作，可以獨評一家，而語意高妙，往往有獨得之見。如：

東坡「似花還似非花」一篇，幽怨纏綿，直是言情，非復賦物，徽宗亦然。

——沈謙《填詞雜說》

賀方回〈青玉案〉：「試問閒愁知幾許？一川煙草，滿城風絮，梅子黃時雨。」不特善于喻愁，正以瑣碎為妙。

——沈謙《填詞雜說》

易安在宋諸媛中，自卓然一家，不在秦七、黃九之下。詞無一首不工，其鍊處可奪夢窗之席，其麗處真參片玉之班，蓋不徒俯視巾幗，直欲壓倒鬚眉。

——李調元《雨村詞話》

亦可合評數人，以見各家異趣，或於異中見其同處。如：

易安「眼波纔動被人猜」，矜持得妙；淑真「嬌癡不怕人猜」，放誕得妙；均善於言情。

——吳衡照《蓮子居詞話》

蘇、辛皆至情至性人，故其詞瀟灑卓犖，悉出於溫柔敦厚。或以粗獷託蘇、辛，固宜有視蘇、辛為別調者哉！

——劉熙載《詞概》

詞法之密，無過清真；詞格之高，無過白石；詞味之厚，無過碧山；詞壇三絕也。

——陳廷焯《白雨齋詞話》

或比較各家異同高下，而能審其高妙，得其神理。如：

李世英〈蝶戀花〉句云：「朦朧淡月雲來去。」歐公〈蝶戀花〉句云：「珠簾夜夜朦朧月。」二語一律，不知者疑歐出李下，予細較之，狀夜景則李為高妙，道幽怨則歐為醞藉，蓋各適其趣，各擅其極，殆未易優劣也。

——陳霆《渚山堂詞話》

蘇、辛並稱，然兩人絕不相似。魄力之大，蘇不及辛；氣體之高，辛不逮蘇遠矣。東坡詞寓意高遠，運筆空靈，措語忠厚，其獨至處，美成、白石亦不能到。

——陳廷焯《白雨齋詞話》

大抵北宋之詞，周、秦兩家，皆極頓挫沈鬱之妙，而少游託興尤深，美成規模較大，此周、秦之異同也。

——陳廷焯《白雨齋詞話》

美成〈青玉案〉詞：「葉上初晴乾宿雨，水面清圓，一一風荷舉。」此真能得荷之神理者，覺白石〈念奴嬌〉、〈惜紅衣〉二詞，猶有隔霧看花之恨。

——王國維《人間詞話》

或善於譬喻，往往喻意貼切，而想像豐富。如：

姜白石詞如野雲孤飛，去留無跡；吳夢窗詞如七寶樓臺，眩人眼目，碎折下來，不成片段。

——張炎《詞源》

或問花間之妙，曰：「蹙金結繡，而無痕跡。」問草堂之妙，曰：「采采流水，蓬蓬遠春。」

——王士禎《花草蒙拾》

魏塘曹學士云：「詞之為體如美人，而詩則壯士也；如春華，而詩則秋實也。如夭桃繁杏，而詩則勁松貞柏也。」罕譬最為明快。然詞中亦有壯士，蘇、辛也；亦有秋實，黃、陸也；亦有勁松貞柏，岳鵬舉、文文山也。選詞者兼收並採，斯為大觀。若專尚柔媚，豈勁松貞柏，反不如夭桃繁杏乎？

——田同之《西圃詞說》

詞有長調，猶詩有歌行。昔人狀歌行之妙云：「昂昂若千里之駒，泛泛若水中之鳧。」是真善言歌行之妙者矣。余謂歌行以馳騁變化為奇，若施之長調，終非正格；王元美云：「歌行如駿馬驀坡，一往稱快；長調如嬌女弄花，百媚橫生。」二語真詞家祕密藏。

——陸鎣《問花樓詞話》

「畫屏金鷓鴣」，飛卿語也，其詞品似之；「絃上黃鶯語」，端己語也，其詞品似之；正中詞品，若欲于其詞中求之，則「和淚試嚴妝」，殆近之歟？

——王國維《人間詞話》

或提出作詞要訣，而實論詞的風格，所言特殊而精妙。如孫麟趾《詞逕》提出「作詞十六要訣」——：清、輕、新、雅、靈、脆、婉、轉、留、托、淡、空、皺、韻、超、渾，繼而分別論釋，頗見匠心。如釋清字、淡字：

天之氣清，人之品格高者，出筆必清。五采陸離，不知命意所在者，氣未清也。清在眉目顯，如水之鑑物，無遁影，故貴清。

花之淡者其香清，友之淡者其情厚，耐人尋繹，正在於此，故貴淡。

或指出要訣，並申論其得失，如沈祥龍《論詞隨筆》：

詞有三要：曰情、曰韻、曰氣。情欲其纏綿，其失也靡；韻欲其飄逸，其失也輕；氣欲其動宕，其失也放。

或為學詞者知所戒惕，而舉出作詞要領，並反覆申論其旨，如況周頤《蕙風詞話》：

> 作詞有三要：重、拙、大。南渡諸賢不可及處在是。重者沈著之謂，在氣格，不在字句。

我在《歷代詞話敘錄》一書中曾剖析說：「蓋以重為輕之反，拙為巧之反，大為纖之反，於斯三者，當知所戒，而三者之中，尤以重之一字，為其論詞旨趣所在。」[18]故況氏又說：

> 填詞先求凝重，凝重中有神韻，去成就不遠矣！

詞話中即本此旨趣而反覆申論。或仿司空圖《詩品》而標舉詞品，頗為識者所賞，如郭麐《靈芬館詞話》作詞品十二則，品目如幽秀、高超、雄放、委曲、清脆、神韻、感慨、奇麗、含蓄、逋峭、穠豔、名雋。這是郭氏對詞所表現的各種風格或境界的體會，並以四言韻文各加描繪，細膩而精切，如以下兩則：

> 千巖巉巉，一壑深美，路轉峯迴，忽見流水，幽鳥不鳴，白雲時起，此去人間，不知幾里，時逢疎花，娟若處子，嫣然一笑，目成而已。

雜花欲放，細柳初絲，上有好鳥，微風拂之，明月未上，美人來遲，卻扇一顧，羣妍皆娥，其秀在骨，非鉛非脂，渺渺若愁，依依相思。——〈幽秀〉

後楊伯夔又續作十二則，品目如：輕逸、綿邈、獨造、淒緊、微婉、閒雅、高寒、澄淡、疎俊、孤瘦、精鍊、靈活。描摹各種詞境，語語雋永有味，風韻不遜郭氏。後江順詒《詞學集成》卷八，錄郭氏詞品、楊氏續詞品後，又補撰二十則，品目如：崇意、用筆、布局、歛氣、考譜、尚識、押韻、言情、戒褻、辨微、取徑、振采、結響、善改、著我、聚材、去瑕、行空、妙悟。與郭、楊二氏不同的，是純就創作方法立論，故其描繪也比較具體而明確，如以下兩則：

名園之樹，國手之棋，起復相應，疏密得宜，峯腰雲斷，水面風移，千巖萬壑，尺幅見之，求方必矩，刓圓必規，刻舟無劍，趁韻非詩。——〈布局〉

對鏡忘言，拈花微笑，色本是空，影無遺照，畫理自深，仙心獨抱，參之以禪，常觀其妙，忽然而通，必由深造，一轉秋波，十分春到。

——〈妙悟〉

頗能以化實為虛、而又涵虛於實的方式，表達其論詞見解，令人涵泳再三，而悟其精妙之處。

㈡內容上的特色

歷代詞話論詞的內容，頗多針對詞的創作方法，作極為扼要的評論，往往一針見血，令人恍然而悟，其感受力之敏銳，洞察力之透徹，不得不令人心悅誠服，故乃有如下特色：

1.洞識創作方法

詞中主題所在，當以此主題為中心，而環繞此中心寫作，或直接描述，則語明意顯，或切實用典，則語曲意折，篇中當隱藏題字，方有含蓄蘊藉之妙，而期讀者自悟其言外之意，否則即不免淺露，而略無餘味。如：

林和靖工於詩文，善為詞，嘗作〈點絳唇〉云：「金谷年年，亂生春色誰為主？餘花落處，滿地和煙雨。又題離歌，一闋長亭暮。王孫去，萋萋無數，南北東西路。」乃草詞耳，然終篇無草字。

詠物詞最忌說出題字，如清真梨花及柳，何曾說出一個梨、柳字？梅川不免犯此戒，如《月上海棠》詠月，出兩個「月」字，便覺淺露。他如周草窗諸人，多有此病，宜戒之。

——魏慶之《詩人玉屑》

短令宜蘊藉含蓄，令人得言外之意，方為合格。如李後主詞：「別是一般滋味在心頭。」不說出苦字；溫飛卿詞：「楊柳又如絲，驛橋春雨時。」不說出別字；皆是小令作法。

——沈義父《樂府指迷》

——吳梅《論詞法》

論詞中起句、結句，則揭舉原則，避免流弊，或提示方法，見其所貴。如：

起句言景者多，言情者少，敍事者更少。大約質實則苦生澀，清空則流寬易。換頭起句更難，又斷斷不可犯。

——沈雄《柳塘詞話》

緊要處，前結如奔馬收韁，須勒得住，又似住而未住；後結如泉流歸海，要收得盡，又似盡而不盡者。

——沈雄《柳塘詞話》

詞起結最難，而結尤難於起。結有數法：或拍合，或宕開；或醒明本旨，或轉出別意；或就眼前指點，或於題外借形。不外白石《詩說》所云「辭意俱盡，辭盡意不盡，意盡辭不盡」三者而已。

——沈祥龍《論詞隨筆》

詩重發端，惟詞亦然，長調尤重。有單起之調，貴突兀籠罩，如東坡「大江東去」是；有對起之調，貴從容整鍊，如少游「山抹微雲，天黏衰草」是。

——沈祥龍《論詞隨筆》

論語意、字句貴新，則提示方法，亦是原則性指點，有待聰明人悟知而有所運用，如李漁《窺詞管見》如下兩則意見：

文字莫不貴新，詞為尤盛，不新可以不作。意新為上，語新次之，字句之新又次之。同是一語，人人如此說，我之說法獨異，或人正我反，人直我曲，或隱約其詞以出之，或顛倒字句以出之，為法不一。

論章法、句法、字法，固然各有所貴，尤須精於鍛鍊，方能化平庸為警策，變生俗為熟雅清新。如：

詞有三法：章法、句法、字法也。章法貴渾成，又貴變化；句法貴精鍊，又貴灑脫；字法貴新雋，又貴自然。

——沈祥龍《論詞隨筆》

詞之章法，不外相摩相盪，如奇正、空實、抑揚、開合、工易、寬緊之類是已。

——劉熙載《詞概》

詞以鍊章法為隱，鍊字句為秀。秀而不隱，是猶百琲明珠，而無一線穿也。

——劉熙載《詞概》

鍊字，數字為鍊，一字亦為鍊。句則合句首、句中、句尾以見意，多者三四層，少亦不下兩層。詞家或遂謂字易而句難，不知鍊句固取相足相形，鍊字亦須遙管遙應也。

——劉熙載《詞概》

偶句必加錘鍊，勿落平庸，散句尤宜斟酌，警策處多由此出。

——蔣兆蘭《詞說》

字生而鍊之使熟，字俗而鍊之使雅。篇中無一支辭長語，第覺處處清新，情生文，文生情，斯詞之能事畢矣！

——蔣兆蘭《詞說》

借繪畫用筆用墨方法，以論詞中點染之法，頗具獨創之見，如劉熙載《詞概》取柳詞為例說：

> 詞有點有染。柳耆卿〈雨淋鈴〉云：「多情自古傷離別，更那堪、冷落清秋節。今宵酒醒何處？楊柳岸，曉風殘月。」上二句點出離別冷落，「今宵」二句，乃就上二句意染之。點染之間，不得有他語相隔，隔則警句亦成死灰矣。

所論深得詞中三昧[19]。柳詞用點染手法，以景物烘托離情，而構成淒清意境，頗有情景相生之效。

2.建立詞學理論

歷代詞話家論詞，常在他們的詞話中，提出一種論詞的主張，如果主張見解獨特，在詞壇頗具建設性，而且旗幟鮮明，理路清晰，便有後起詞話家起而應和，因而產生推波助瀾的效果，遂發展成一種詞學理論。如南宋張炎論詞以清空為主，其清空一說，最為後世詞論家所祖述，先看他在《詞源》中的立說：

詞要清空，不要質實。清空則古雅峭拔，質實則凝澀晦昧。姜白石詞如野雲孤飛，去留無跡。吳夢窗詞如七寶樓臺，眩人眼目，碎拆下來，不成片段。

這是詞論史上膾炙人口的一段話，常被後人引用。清沈祥龍《論詞隨筆》據此理路，而進一步有所推闡發明。他說。

詞宜清空，然須才華富、藻采縟而能清空一氣者為貴。清者不染塵埃之謂，空者不著色相之謂。清則麗，空則靈，如月之曙，如氣之秋。表聖品詩，可移之詞。

今人江潤勳《詞學平論史稿》說：「『不染塵埃』，『不著色相』，與玉田之說，又自不同，直是以禪說詞。」陳銳則舉詞作為例，就張氏清空質實之說，加以調和，以為詞貴清空，尤貴質實，他的《褒碧齋詞話》說：

姜白石〈長亭怨慢〉云：「樹若有情時，不會得青青如此。」王碧山云：「水遠怎知流水外，卻是亂山尤遠。」似覺輕俏可喜。細讀之，毫無理由，所以詞貴清空，尤貴質實。

劉熙載《詞概》則有所補充，以為清空之外，當有沈厚，他說：

> 詞尚清空妥溜，昔人已言之矣。惟須妥溜中有奇創，清空中有沈厚，才見本領。

足見後來詞話家頗注意張炎清空一說，而各有發明、調和或補充，遂形成一種顯著的詞學理論。

張炎於清空之外，又特別提出「本色」一詞，於是本色說也成為明清詞論中的熱門話題。張氏《詞源》說：

> 句法中有字面，蓋詞中一個生硬字用不得，須是深加煅煉，字字敲打得響，歌誦妥溜，方為本色語。

後世詞論，常奉本色為圭臬，而津津樂道。如：

> 花間猶傷促碎，至南唐李王父子而妙矣。「風乍起，吹皺一池萍水，關卿何事？」與「未若陛下小樓吹徹玉笙寒」，此語不可聞鄰國，然是詞林本色佳話。
>
> ——王世貞《弇州山人詞評》

男中李後主，女中李易安，極是當行本色。前此太白，故稱詞家三李。

——沈謙《填詞雜說》

詞之為體，上不可入詩，下不可入曲，要於詩與曲之間自成一境，守定詞場疆界，方稱本色當行。

——謝元淮《填詞淺說》

王次公云：「詞曲家非當行本色，雖麗語博學無用。」麗語而後當行，不得不以此事歸之雲間諸子，至婁東惟夏次谷二君善能作本色語，揆之乃祖，可謂大小美復出。

——鄒祇謨《遠志齋詞衷》

古樂府中至語，本只是常語，一經道出，便成獨得。詞得本意，則極鍊如不鍊，出色而本色，人籟悉歸天籟矣！

——劉熙載《詞概》

後主詞思路悽惋，詞場本色，不及飛卿之厚，自勝牛松卿輩。

——陳廷焯《白雨齋詞話》

於是本色說便成為一種重要的詞論，詞話中屢見不鮮，劉熙載《詞概》曾摘句為喻說：「玉田論詞曰：『蓮子熟時花自落。』余更益以太白詩二句曰：『清水出芙蓉，天然去雕飾。』」其實也是本色論。

與本色相近的詞論，又有自然說，若南宋王灼在詞的創作方面主張自然，如《碧雞漫志》中以下兩段描述：

> 高歡玉壁之役，士卒死者七萬人，慚憤發疾，歸使斛律金作敕勒歌。其辭略曰：「山蒼蒼，野茫茫，風吹草低見牛羊。」歡自和之，哀感流涕。金不知書，能發揮自然之妙如此！當時徐、庾輩未能也。
>
> 荊軻入秦，燕太子丹及賓客送至易水之上，高漸離擊筑，軻和而歌，為變徵之聲，士皆涕淚。又前為歌曰：「風蕭蕭兮易水寒，壯士一去兮不復還！」復為羽聲慷慨，士皆瞋目，髮上指冠。軻本非聲律得名，乃能變徵換羽於立談間，而當時左右聽者，亦不憒憒也。

他舉出了敕勒歌及易水歌為例，以證明古來歌詞都以自然為主，因此他便諷刺地下一結論說：「今人苦心造成一新聲，便作幾許大知音矣！」「苦心」二字，和前文的「自然之妙」，及「變徵換羽於立談間」，真成了強烈的對比⑳。後世詞話家，如清彭孫遹論詞，即以自然為宗，並強調「絢爛之極，乃造平澹」，是一種反璞歸真的自然，《金粟詞話》說：

詞以自然為宗，但自然不從追琢中來，便率易無味。如所云「絢爛之極，乃造平澹」耳。若使語意澹遠者稍加刻畫，鏤金錯繡者漸近自然，則駸駸乎絕唱矣！

沈祥龍論詞，也以自然為尚，以為有真性情而能自然流露，便為詞中高品，《論詞隨筆》說：

詞以自然為尚。自然者，不雕琢，不假借，不著色相，不落言詮也。古今名句，如「梅子黃時雨」、「雲破月來花弄影」，不外自然而已。古詩云：「識曲聽其真。」真者，性情也。性情不可強，觀稼軒詞知為豪傑，觀白石詞知為才人。其真處，有自然流出者。詞品之高下，當於此辨之。

晚清況周頤評詞以自然為準，論詞以妙造自然為貴，《蕙風詞話》所謂「有不得已者出乎其中而不自知」，就是「自然」，評謝懋〈杏花天〉過拍：「雙雙燕子歸來晚，零落紅香過半。」說：「此二語不曾作態，恰妙造自然。」評曾鷗江〈點絳唇〉下片：「來是春初，去是春將老。長亭道，一般芳草，只是歸時好。」說：「看似毫不喫力，正恐南北宋名家未易道得，所謂自然從追琢中出也。」評聶勝瓊〈鷓鴣天〉詞「玉慘花愁」一首說：「純是至情語，自然妙造，不假追琢，愈渾成，愈濃粹。」況氏所謂「追琢」，是指平時下於「書卷醞釀」的不自知功夫，然後方能自然地

「性靈流露」，故《蕙風詞話》說：

> 填詞之難，造句要自然，又要未經前人說過。自唐、五代以還，名作如林，那有天然好語，留待我輩驅遣？必欲得之，其道有二：曰性靈流露，曰書卷醞釀。

清常州派詞論，以寄託說為最大特色，自張惠言《詞選》發端，周濟、鄧廷楨、江順詒、蔣敦復、譚獻等各家詞話，皆踵武而繼有發揮。譚獻《丙子日記》曾指出：「周介存有『從有寄託入，無寄託出』之論，然後體益大，學益專。」試觀周濟《介存齋論詞雜著》所說：

> 初學詞，求有寄託，有寄託，則表裏相宣，斐然成章。既成格調，求無寄託，無寄託，則指事類情，仁者見仁，智者見智。

周氏主張先求有寄託，當是求詞中有深刻的內容，寓意能言之有物，而後求無寄託，則是求思想內容在表現技巧上的渾化無跡，故於詞話所附《宋四家詞選目錄序》中說：

> 夫詞，非寄託不入，專寄託不出。一物一事，引而伸之，觸類多通，驅心若游絲之罥飛

英，含毫如郢斤之斲蠅翼，以無厚入有間。

由此看來，周氏對寄託的解會，似比張惠言更為深刻。鄧廷楨論詞，有《雙硯齋詞話》一卷，評姜白石：

詞家之有白石，猶書家之有逸少，詩家之有浣花。蓋緣識趣既高，興象自別。其時臨安半壁，相率恬熙，白石來往江淮，緣情觸緒，百端交集，託意哀絲，故舞席歌場，時有擊碎唾壺之意。

遂引白石〈揚州慢〉、〈齊天樂〉、〈淒涼犯〉、〈惜紅衣〉中詞句，以見周京離黍之感；復引〈疏影〉、〈長亭怨慢〉中詞句，以見衛風燕燕之旨。既推尊白石，似與浙派同風，而又以寄託論姜詞，顯然是從張惠言的理論來㉑。又純粹從寄託評論史達祖，也於王沂孫詠物詞中，發現體物之外「別有懷抱」的寄託。皋文以為「碧山詠物諸篇，皆有君國之憂」，江順詒編《詞學集成》，曾說：「此解亦古人所未有。而詞家之有少陵，亦倚聲家所亟欲推尊矣。」可見已完全接受常州派理論。蔣敦復也深以為然，他在《芬陀利室詞話》中說：

> 詞原于詩，即小小詠物，亦貴得風人比興之旨。唐、五代、北宋人詞不甚詠物，南渡諸公有之，皆有寄託。

遂舉白石、石湖詠梅及碧山、草窗諸遺民詞，以為皆寓時事或家國之感，並謂詠物之作，「未有無所寄託而可成名作者」，此論當是常州詞派的餘響。至於譚獻的詞論，全承常州詞派而來，所著《復堂詞話》論旨可見，莊棫敘其《復堂詞》尤多闡發，以為義深喻廣，則可成譚氏所謂「作者未必言，讀者何必不然」的寄託之意。

陳廷焯論詞，獨標沈鬱之說，其《白雨齋詞話》一再申論此一旨趣，頗能自成一理論體系，試觀以下數則：

> 作詞之法，首貴沈鬱。沈則不浮，鬱則不薄。顧沈鬱未易強求，不根柢於風騷，烏能沈鬱？十三國變風，二十五篇《楚辭》，忠厚之至，亦沈鬱之至，詞之源也。不究心於此，率爾操觚，烏有是處？

> 詩詞一理，然亦有不盡同者。詩之高境，亦在沈鬱，然或以古樸勝，或以沖淡勝，或以鉅麗勝，或以雄蒼勝，納沈鬱於四者之中，固是化境。即不盡沈鬱，如五、七言大篇，暢所欲言者，亦別有可觀。若詞則舍沈鬱之外，更無以為詞。蓋篇幅狹小，一直說去，不留餘

地，雖極工巧之致，識者終笑其淺耳。所謂沈鬱者，意在筆先，神餘言外。寫怨夫思婦之懷，寓孽子孤臣之感。凡交情之冷淡，身世之飄零，皆可於一草一木發之。而發之又必若隱若見，欲露不露，反覆纏綿，終不許一語道破。非獨體格之高，亦見性情之厚。

在這些理論基礎之外，陳氏書中遂處處以沈鬱的筆致，合頓挫的姿態，以評論各代各家，並懸為最高的論詞準繩。如：

唐、五代詞不可及處，正在沈鬱。宋詞不盡沈鬱，然如子野、少游、美成、白石、碧山、梅溪諸家，未有不沈鬱者；即東坡、方回、稼軒、夢窗、玉田等，似不必盡以沈鬱勝，然其佳處亦未有不沈鬱者。詞中所貴，尚未可以知耶？

馮正中詞，極沈鬱之致，窮頓挫之妙，纏綿忠厚，與溫、韋相伯仲也。

方回詞極沈鬱，而筆勢卻又飛舞，變化無端，不可方物。

詞至美成，乃有大宗，前收蘇、秦之終，後開姜、史之始，自有詞人以來，不得不推為巨擘，後之為詞者，亦難出其範圍。然其妙處，亦不外沈鬱頓挫，頓挫則有姿態，沈鬱則極深厚，既有姿態，又極深厚，詞中三昧，亦盡於此矣。

辛稼軒，詞中之龍也，氣魄極雄大，意境卻極沈鬱，不善學之，流入叫囂一派，論者遂集矢於稼軒，稼軒不受也。

碧山、玉田多感時之語，本原相同，而用筆互異。碧山沈鬱處多，超脫處少，玉田反是，終以沈鬱為勝。

凡所評論，至為深切周密，而一以「沈鬱頓挫」之說貫之，論旨甚高而自有獨到之處。

王國維膾炙人口的境界說，尤為近代詞論的巨響，專文、專書深論者極多，所著《人間詞話》，劈頭即揭櫫境界之說，以為一書論旨所在。他的基本理論是：

詞以境界為最上，有境界則自成高格，自有名句，五代、北宋之詞，所以獨絕者在此。

所謂「境界」的定義，是真景物、真感情的自然表現。他說：

境非獨謂景物也，喜怒哀樂亦人心中之一境界，故能寫真景物、真感情者，謂之有境界，否則謂之無境界。

境界的類別，可分「造境」與「寫境」，「有我之境」與「無我之境」，他解釋說：

有造境，有寫境，此理想與寫實二派之所由分。然二者頗難分別，因大詩人所造之境，必合乎自然，所寫之境，亦必鄰於理想故也。有有我之境，有無我之境。「淚眼問花花不語，亂紅飛過秋千去。」「可堪孤館閉春寒，杜鵑聲裏斜陽暮。」有我之境也。「采菊東籬下，悠然見南山。」「寒波澹澹起，白鳥悠悠下。」無我之境也。有我之境，以我觀物，故物皆著我之色彩；無我之境，以物觀物，故不知何者為我，何者為物。古人為詞，寫有我之境者為多，然未始不能寫無我之境，此在豪傑之士能自樹立耳。無我之境，人惟於靜中得之；有我之境，於由動之靜時得之。故一優美，一宏壯也。

境界又有大小之分，而各有其妙，並非由此分優劣。他說：

境界有大小，不以是而分優劣。「細雨魚兒出，微風燕子斜」何遽不若「落日照大旗，馬鳴風蕭蕭」。「寶簾閒挂小銀鉤」何遽不若「霧失樓臺，月迷津渡」也。

王氏對境界一說，自詡為探本之論，比嚴羽、王士禎都勝一籌。他說：

滄浪所謂興趣，阮亭所謂神韻，猶不過道其面目，不若鄙人拈出「境界」二字，為探其本也。

言氣質，言神韻，不如言境界。有境界本也，氣質、神韻，末也，有境界而二者隨之矣。

綜觀歷代詞話，作者提出較具內涵而自成脈絡的論詞主張，因而能形成如上述清空說、本色說、自然說、寄託說、沈鬱說、境界說等具體見解，成為詞論史上最具建設性的詞學理論，極具學術意義，是值得詞論研究者悉心探討的課題，猶如礦源礦脈廣布，大有一一開採的價值，這是詞話在內容上對學術研究的重大貢獻。

3.歸納詞風派別

詞話家論詞，多論詞家風格，由不同風格，而產生派別之論。前論各家詞品，屬於境界、風格的分析論，而詞風派別之說，則是歸納境界、風格的大類所得。早期如明王世貞論詞，以宛轉綿麗者為正宗，慷慨縱橫者為變體，所著《弇州山人詞評》說：

詞須宛轉綿麗，淺至儇俏，挾春月煙花於閨襜內奏之，一語之豔，令人魂絕，一字之工，令人色飛，乃為貴耳。至於慷慨磊落，縱橫豪爽，抑亦其次。不作可耳，作則寧為大雅罪人，匆儒冠而胡服也。

言其業，李氏、晏氏父子、耆卿、子野、美成、少游、易安，至也，詞之正宗也。溫、韋豔而促，黃九精而險，長公麗而壯，幼安辨而奇，又其次也，詞之變體也。

王氏所謂正宗、變體之說，大約受宋人影響所致，陳師道《後山詩話》說：「子瞻以詩為詞，如教坊雷大使之舞，雖極天下之工，要非本色。」此論影響後世詞觀頗深，成為詞壇一種定見，甚至成為一種傳統，如清初的《四庫提要》，便承襲此一傳統，《提要》說：「詞自晚唐、五代以來，以清切婉麗為宗。……至蘇軾而又一變，遂開南宋辛棄疾等一派，尋源溯流，不能不謂之別格。」又說：「棄疾詞慷慨縱橫，有不可一世之概，於倚聲家為變調。」

明人論詞派，已有婉約、豪放的分派名稱，如王士禎《花草蒙拾》說：

張南湖論詞派有二：一曰婉約，一曰豪放。僕謂婉約以易安為宗，豪放惟幼安稱首，皆吾濟南人，難乎為繼矣！

張氏亦以婉約為主，陳廷焯以為似是而非，其《白雨齋詞話》評論說：

張綖云：「少游多婉約，子瞻多豪放，當以婉約為主。」此亦似是而非、不關痛癢語也，誠能本諸忠厚，而出以沈鬱，豪放亦可，婉約亦可，否則豪放嫌其粗魯，婉約又病其纖弱矣！

張綖即明人張南湖，明標「婉約」、「豪放」二派名稱者，就歷來載籍所見，似以張氏為始創。關於風格迥然不同的這兩個詞中流派，其詞風如何形成？分派的由來、風格之不同，及何以不同的原因，乃至所謂正宗與變體之說，昔時余曾撰文加以討論[22]。

後世歸納詞的風格而分派別的主張，清代詞話家還有幾種異說，如郭麐《靈芬館詞話》別創一說，以為詞有四派，他在詞話卷一開宗明義便說：

詞之為體，大略有四：風流華美，渾然天成，如美人臨粧，卻扇一顧，花間諸人是也。晏元獻、歐陽永叔諸人繼之。施朱傅粉，學步習容，如宮女題紅，含情幽豔，秦、周、賀、晁諸人是也。柳七則靡曼近俗矣。姜、張諸子，一洗華靡，獨標清綺，如瘦石孤花，清笙幽磬，入其境者，疑有仙靈，聞其聲者，人人自遠。夢窗、竹屋，或揚或沿，皆有新雋，詞之能事備矣。至東坡以橫絕一代之才，凌厲一世之氣，間作倚聲，意若不屑，雄詞高唱，別為一宗。辛、劉則粗豪太甚矣。其餘么絃孤韻，時亦可喜。溯其派別，不出四者。

這段話所分的四派，是以花間及晏、歐諸人為「風流華美」一派，以秦、周、賀、晁諸人為「含情幽豔」一派，以姜、張諸子為「獨標清綺」一派，以東坡為「雄詞高唱」一派。郭氏所說，未免支離。

至謝章鋌《賭棋山莊詞話》，認為宋詞有三派：一為婉麗，二為豪宕，三為醇雅。又以宋人詠物作品，但能賦得其形貌，而不能摹寫其精神者為餖飣一派㉓。

又清末馮煦以為詞有剛、柔二派，而朱孝臧則以為有疏、密二派。其實東坡、稼軒，氣象剛健，詞意高疏，也就是豪放的風格。而美成、夢窗等，氣味柔美，語意細密，也就是婉約的風格。所以馮氏、朱氏所分，用詞雖然不同，仍不外豪放、婉約之分㉔。

總結來說，歷代詞話論詞的特色，在形式方面，一是措辭用語簡潔精鍊，評論詞風詞境，往往詞語精簡，而意涵豐富，令人咀嚼，耐人尋味；二是摘句拈字精美的當，評析鑄語用字，往往精彩生動，精微入妙，令人識其意境，得其神理；三是命意涉筆自由無拘，品評詞人詞作，往往語意高妙，有獨得之見，且意到筆隨，涉筆成趣。在內容方面，一是洞識創作方法，如詞中起結、章法、句法、字法，乃至如何點染之法，提示原則，指點途徑，有時深得詞中三昧；二是建立詞學理論，如清空、本色、自然、寄託、沈鬱、境界諸說，脈絡自具，而內涵深刻，此類資料，於詞話中蘊藏豐富，頗具學術探討價值；三是歸納詞風派別，分析詞作風格而有詞品，歸納詞風流派則有詞派，自宋人詞評、詞序及筆記中，已約略透露消息㉕。至明人而正式標舉婉約、豪放二派名稱，後世雖有異說，或所說未免支離，或所分不能成派，而剛柔、疏密之分，仍不脫豪放、婉約之意。

注釋：

❶昔人或以鍾嶸《詩品》為詩話之始，然其書體制與後世詩話不同，當可視為論詩專著之始。唐時有皎然《詩式》、司空圖《二十四詩品》，亦與宋詩話有別。以隨筆話詩之體式，自當以歐公《六一詩話》為嚆矢。歷來彙編詩話之叢書，如清何文煥《歷代詩話》，收二十八種；民國丁福保《歷代詩話續編》，亦收二十八種；丁氏又編《清詩話》，收四十二種；近人郭紹虞《清詩話續編》，收三十四種；別有自署「不求聞達齋主人」所輯《古今詩話叢編》，收三十三種。此外，傳世者當尚有不少。

❷據《六一詩話》卷前自題：「退居汝陰時集之，以資閒談。」當是歐公於神宗熙寧四年（西元一〇七一年）致仕後所作。楊繪《本事曲》作於元豐初（西元一〇七八年為元豐元年），故梁啓超〈記時賢本事曲子集〉一文稱之為「最古之詞話」。吳熊和先生《唐宋詞通論》從之。而《碧雞漫志》一書，據卷前自序所署己巳年推之，書成之年當在高宗紹興十九年（西元一一四九年）。是為今存詞話完本之最早者，距歐公詩話已有七十九年。清李調元《雨村詞話》謂詞話之作，始於陳後山，此說未妥，參見拙著《歷代詞話敘錄·序》（臺灣中華書局）。

❸賦話如清劉熙載有〈賦概〉，文話如宋陳騤有《文則》，曲話如明王驥德有《曲律》等。

❹唐氏以金繩武活字本《花草粹編》為主，而以他本彙校，末附《四庫全書提要》、翁大年校本舊跋、陳去病《百尺樓叢書》本後序，及半塘老人王鵬運《四印齋所刻詞》跋文，校正精審，堪稱完善。

❺清杜文瀾《憩園詞話．卷一》：「說詞之書，宋世至為繁富，類皆散見於雜著中，惟明人楊升菴始以詞話名書。」按升菴所著稱《詞品》，清《八千卷樓書目》著錄題為《升菴詞品》，實未以詞話為書名。

❻拙著《歷代詞話敘錄》，頁十五、十六及頁十八、十九。

❼如錢曾《也是園書目．卷十》著錄說書人「詞話」有《燈花婆婆》、《種瓜張老》等十六種。

❽王國維跋今藏日本高山寺宋槧《大唐三藏取經詩話》說：「以其中有詩有話，故得此名。其有詞有話者，則謂之詞話。《也是園書目》有宋人詞話十六種，《宣和遺事》其一也。詞話之名，非遵王所能杜撰，必此十六種中有題詞話者。」

❾清錢大昕《十駕齋養新錄．卷十八》「語錄」條說：「佛書入中國，曰經、曰律、曰論，初無所謂語錄也。達摩西來，自稱教外別傳，直指心印。數傳以後，其徒日眾，而語錄興焉。支離鄙俚之言，奉為鴻寶，並佛所說之經典，亦東之高閣矣。」

❿清江藩《國朝宋學淵源記》附記說：「儒生辟佛，由來已久。至於宋儒，辟之尤力。然禪門有語錄，宋儒亦有語錄；禪門語錄用委巷語，宋儒語錄亦用委巷語。既辟之，而又效之，何歟？蓋宋儒言心性，禪門亦言心性，其法相似，自亦混同，故儒者亦不自知，而流入彼法矣！」

⓫拙著〈王維詩中的禪趣〉一文，文中有「禪與詩的融合」一節收在《古典文學散論》（臺灣學生書局），頁

一六二～一六六。又杜松柏：《禪學與唐宋詩學》（臺北：弘道書局）一書所言更詳。

⑫杜松柏〈唐宋詩中之禪趣〉，《禪與詩》（臺北：弘道書局），頁一五〇。

⑬胡雲翼〈詞的起源〉，《中國詞史》第一章（經氏出版社），頁十六～十七。

⑭拙著〈詞體興起的因素〉，《古典文學散論》（臺灣學生書局），頁二四四～二四六。

⑮章學誠《文史通義》「詩話」條說：「唐人詩話，初本論詩，自孟棨《本事詩》出，乃使人知國史敘詩之意。而好事者踵而廣之，則詩話而通於史部之傳記矣；間或詮釋名物，則詩話而通於經部之小學矣；或泛述聞見，則詩話而通於子部之雜家矣。雖書不一其端，而大略不出論辭論事，推作者之志，期於詩教有益而已矣。」

⑯如歐陽修於《六一詩話》中自題：「居士退汝陰時集之，以資閒談也。」後司馬光作《續詩話》亦云：「歐陽文章名聲雖不可及，然記事一也，故敢續書也。」

⑰關於歷代詞話的體例、性質、類別，參見拙著《歷代詞話敘錄》序文、凡例及目錄，頁一～八。

⑱引見是書，頁七四。

⑲江順詒《詞學集成・卷七》引劉氏此文，而加案語：「點與染分開說，而引詞以證之，閱者無不點首，得畫家三昧，亦得詞家三昧。」

⑳以上語意，全本江潤勳《詞學平論史稿》（香港：龍門書店：一九九六年元月），頁四五。

㉑江潤勳《詞學平論史稿》說鄧氏：「如此推崇白石，實是浙派詞人的傳統作風，但從寄託以窺白石，則似

是臯文之論了。」同⑳，頁二四四。

㉒〈論婉約與豪放詞風的形成〉，臺灣師範大學《國文學報》第五期（一九七六年六月五日），頁二四三～二五二。

㉓《睹棋山莊詞話·卷九》：「宋詞三派，曰婉麗，曰豪宕，曰醇雅，今則又益一派曰餖飣。」按：詠物之詞若堆砌辭藻，如餅餌累積，既無鮮活生機，當無價值可言，似不必成一派別。

㉔同㉒，頁二四五。

㉕如《復齋漫錄》引晁補之評東坡說：「居士詞人多謂不諧音律，然橫放傑出，自是曲子中縛不住者。」又胡寅《酒邊詞·序》說：「眉山蘇氏，一洗綺羅香澤之態，擺脫綢繆宛轉之度，使人登高望遠，舉首高歌，而逸懷浩氣，超乎塵垢之外。」這兩段話，雖未明言「豪放」二字，但已充分形容出東坡詞豪放的風格。最顯著的莫過於俞文豹《吹劍錄》的一段記載，前文述詞話體式的淵源時，在「筆記雜著」部分曾加引錄，以耆卿〈雨霖鈴〉中寫景名句「楊柳岸，曉風殘月」與東坡〈念奴嬌〉中感懷名句「大江東去，浪淘盡，千古風流人物」相比，可見二人風格迥異：耆卿婉約，東坡豪放。

詞史研究的過去與未來

前言

詞史研究是詞學研究課題中重要的一環，也可看成是文學史研究中文學分體的歷史研究。它的研究範疇，當包含詞的起源、發展與流變，也就是詞的發展歷史的全面或階段性回顧。全面性的歷史回顧，等於是詞的通史研究；而階段性的歷史回顧，等於是詞的斷代史研究。

詞的通史研究，基本上是一條長線式的研究，可以從詞的起源處開始，循著詞在歷代發展的軌跡，研究其流向與變遷的歷史事蹟；而詞的斷代史研究，則是就歷史上的某一兩個朝代，如兩宋、金元或清代詞史，截斷其前源後流，作短線式的研究。長線式的通史研究，可以觀察詞史發展的全貌，是一種整體性的觀照；而短線式的斷代史研究，則可以察知在某一特定的歷史時空中，詞史發展的現象與痕跡，是一種局部性的觀照。長線可以截斷為若干短線，短線也可以連接成一條完整的長線。

線型詞史研究的重點在詞的發展史蹟，有時學者可以截取全線或某一階段線上的一點，就這一點作點型研究，也就是選取某一詞家，來審視他在詞史上的貢獻，衡量他在詞史上的影響。由點回顧到線，則點線之間的關係可以清楚地看出，因為一部詞史的線型發展，便是由歷史上對詞的發展具有貢獻、地位與影響力的作者所連成的綿長的史蹟。

詞史研究的過去業績

如果我們將詞的起源研究包含在詞史研究的範圍內，則國人詞史研究者的研究年限可以上溯至胡適於一九二四年十二月在《清華學報》一卷二期發表〈詞的起源〉開始算起，直到當前為止，前後有七十餘年的歲月。在這七十餘年的時光中，讓我們來回顧詞學界在詞史研究方面所創造的業績。

吾人回顧過去詞史研究的業績，可從兩方面來觀察：一是成書的詞史著作，二是單篇的學術論文。

㈠成書的詞史著作

過去七十餘年間，以詞史為主題，寫成書本的著作，又可分成五類來各加評論，一是詞史專著，二是詩詞或詞曲合史，三是詩史、詩論中附述詞史，四是韻文史、韻文概論與美文史中附述詞史，五是專論詞體演進或詞派流變。茲分別論述如次：

1.詞史專著

詞史方面的專門著作，有詞的通史，有詞的斷代史。通史方面，近七十年來，第一個寫作詞史的當是劉毓盤，他的《詞史》原刊《東北大學周刊》，從第一期到四十六期斷斷續續刊出，時間從一九二六年十月到一九二八年三月，持續達一年半之久。一九三一年二月，由上海羣眾圖書公司彙印成書，一九四四年十一月再版，另外，中國聯合出版公司也同時出版。後來臺灣、香港先後三度印行這本書，一是一九七二年由臺北的臺灣學生書局所印，作者改為劉子庚，「子庚」當是劉毓盤先生字號；不久臺北盤庚出版社也出版了這本書，並未標明出版年月，版本與學生書局相同；又一九八五年五月，香港上海書店也曾翻印，版本與上海羣眾圖書公司相同。

劉氏《詞史》是最先寫作的第一部詞史，成書則晚至一九三一年，在此之前，已有李維所著《詞史》於一九二八年十月，由北平石棱精舍出版。是故如以最早出版專書而言，則當數李氏的

《詞史》，因為他的著作比劉氏早成書二年四個月。

第三部詞史專著，當是胡雲翼於一九三三年六月，由上海大陸書局出版的《中國詞史略》，是年九月，北新書局又出版胡氏《中國詞史大綱》一書，前書二三八頁，後書二一三頁，前書固為略史，後書似尤為簡略，故以「大綱」稱之，不知內容是否相同？後書在臺灣曾三度出版，先是臺北啟明書局於一九五八年印行，書名改為《中國詞史》，次為經氏出版社於一九七七年翻印，三為信誼書局於一九八七年七月再度翻印，收在《詞學研究》一書中。

除了以上三部具有開創性的詞史專著之外，後來香港及大陸學者又陸續寫成了五部詞史，茲依出版年代先後羅列於次：

一是方乃斌的《詞史大全》，一九六三年由香港葵廬出版社出版。

二是郭揚的《千年詞》，一九八七年六月由南寧廣西人民出版社出版。

三是黃拔荊的《詞史》，一九八九年四月由福州福建人民出版社出版。

四是許宗元的《中國詞史》，一九九〇年十二月由合肥黃山書社出版。

五是金啟華的《中國詞史論綱》，一九九二年四月由南京出版社出版。

在此附帶一述的，是以「詞學」為主要內容的史籍，據我所知也有兩本，一本是江潤勳的《詞學平論史稿》，一九六一年香港龍門書店出版，一本是謝桃坊的《中國詞學史》，一九三三年四川巴蜀書社出版。

其次，在詞的斷代史方面，依出版先後列舉，兩岸學者有下列五部書問世：

一是楊海明的《唐宋詞史》，一九八七年十二月由南京江蘇古籍出版社出版，內容頗為豐富。

二是嚴迪昌的《清詞史》，一九九〇年一月由南京江蘇古籍出版社出版，也極具份量。

三是蕭世杰（傑）的《唐宋詞史稿》，一九九一年四月由武昌華中師範大學出版社出版。

四是陶爾夫、劉敬圻合著的《南宋詞史》，一九九二年十二月由哈爾濱黑龍江人民出版社出版，內容十分充實。

五是黃兆漢的《金元詞史》，一九九二年十二月由臺北臺灣學生書局出版。

自唐、宋以迄清代，多有斷代詞史等專著，獨缺明代，以明代為詞之衰落時期，豈有明一代詞之發展，不足以成史？此一空白，當有待今後學者為之彌補。

2.詩詞或詞曲合史

以詩詞或詞曲合併為詩詞史或詞曲史的，各有一部專著，詩詞合史有秘哲的《中國詩詞演進史》，初由香港開源書店出版，一九五六年再版。至一九五八年，臺北力行書局翻印，書名改作《中國歷代詩詞史》；一九七二年，臺北華聯出版社、一九九〇年九月，臺北莊嚴出版社又先後翻印是書。

至於詞曲合史，眾所周知的是王易的《詞曲史》，這部書最初於一九二六年九月刊於《學衡》五十七期，一九三一年又刊於《神州中國新書月報》一卷十二期，約一九三二年由上海神州國光社以書本型態出現，一九三三年五月再版，作者所撰〈後序〉，一九三六年五月，刊於《青鶴》四卷二期，一九四四年十二月，改由上海中國聯合出版公司出版；一九六〇年，臺北廣文書局分上、下兩冊出版，一九七一年七月再版；一九八一年一月，臺北洪氏出版社改書名為《中國詞曲史》出版。

3.詩史、詩論中附述詞史者

從廣義的角度來看，詞也是詩，故歷來寫詩史的人，往往不純就詩來敘史，而兼及於詞。這類在詩史中述及詞史的專著有下列七部書：

一是陸侃如、馮沅君合著的《中國詩史》，一九三一年一月由大江書鋪初版，後來一九五六年九月，又由北京作家出版社再版，至一九六九年一月，臺北明倫出版社翻印。是書分三卷，卷三「近代詩史」中有三篇分別論述唐五代詞、北宋詞、南宋詞。

二是葛賢寧的《中國詩史》二冊，一九五六年由臺北中華文化出版事業委員會出版。

三是王瑤的《中國詩歌發展講話》，一九五六年五月及一九八二年先後由北京中國青年出版社出版。

四是梁石的《中國詩歌發展史》，一九七六年由臺北經氏出版社出版。

五是劉尚文的《中國詩歌發展簡史》，一九八一年九月由香港上海書局出版。

六是鄭孟彤的《中國詩歌發展史略》，一九八一年十月及一九八四年六月，先後由哈爾濱黑龍江人民出版社出版。

七是張建業的《中國詩歌簡史》，一九八六年十二月由北京中國青年出版社再版。

這些詩史中都涉及詞史，無論作者將詞史看成是詩史的一部分也好，或有意附論詞史也好，詞史都包含在他們的著作之內。至於詩論中附論詞史的只有一種，就是曾鐸的《詩談》，有上下二冊，一九七九年十月由南昌江西人民出版社出版，其中談詞部分有詞史性質。

4. 韻文史、韻文概論與美文史中附述詞史者

詩、詞、曲、賦是中國文學中的四大韻文，詞既然是韻文的一種，詞史便當然成為韻文史的一部分；從字句、意境之美來說，詩、詞、曲、賦也同樣可稱為美文，詞既然是美文的一種，詞史也當然成為美文史的一環。

七十餘年來，約有五部韻文史、一部美文史涉及詞史，茲依著作出版先後序列如次：

一是龍沐勛的《中國韻文史》，一九三四年上海商務印書館初版，一九三五年再版。後來一九六四年香港太平書局、一九七〇年臺北樂天出版社曾先後印行。

二是日人澤田總清著、國人王鶴儀編譯的《中國韻文史》，一九三七年由上海商務印書館出

版，內容份量比龍氏所著書厚重。後來一九八四年臺北的臺灣商務印書館與香港的上海書局曾同時印行。

三是吳烈的《中國韻文演變史》，一九四〇年十月由上海世界書局出版。

四是陸道孚的《中國歷代韻文文學概論》，一九六〇年臺北興漢出版社出版。

五是詹同章的《中國韻文之演變》，一九八四年作者在臺北自印。

一部美文史是梁啟超的《中國之美文及其歷史》一書，一九三六年三月由上海中華書局出版。

以上六部韻文或美文史，以澤田氏、詹氏二書敘述較詳，內容都有部分言及詞的歷史。

此外，一些斷代文學史中，自然也會論及詞史，如柯敦伯的《宋文學史》，一九三四年上海商務印書館出版；陳子展的《宋代文學史》，一九四五年重慶作家書店出版；程千帆、吳新富的《兩宋文學史》，一九九一年二月上海古籍出版社出版。

5.專論詞體演進或詞派流變者

除全面性或局部性詞史專著，或詩詞、詞曲合史，或相關史、論附述詞史等類別之外，另有一類是專論詞史上某一階段詞體演進與詞人風格，或某一詞派的流變者，如以下兩本：

一是孫康宜撰、李奭學譯的《晚唐迄北宋詞體演進與詞人風格》，一九九四年六月由臺北聯經出版事業公司出版。

二是艾治平撰寫的《婉約詞派的流變》，一九九四年一月由瀋陽遼寧大學出版社出版。

(二)單篇的學術論文

以單篇形式發表於學術刊物的論文來說，有關詞史的學術論文，七十餘年來，約有二百四十篇左右。這些詞史論文，以討論詞的起源問題者最多，據一九九三年四月臺北文津出版社出版、黃文吉主編的《詞學研究書目》上冊「起源」部分所彙集的篇目，除去重複的不計外，總篇數約有七十八篇之多，如胡適、胡雲翼、唐圭璋都曾寫過〈詞的起源〉，蕭滌非、葉嘉瑩也曾寫過〈論詞之起源〉，我也曾發表過〈詞體興起的因素〉一文。更有日本學者鈴木虎雄的〈詞源〉、目加田誠的〈詞源流考〉。其他作者尚有豐田穰、伊藤喬、大塚繁樹等。

專論詞的起源問題的論文，黃先生所編書目已搜羅得十分詳備，這些論文所論的主題，應該屬於詞史的範疇，因論文篇目繁多，僅在此簡略述及，不一一羅列，請參看是書。其餘涉及詞史的一百多篇論文，則可分成八個方面加以論述。

1.泛論詞之通史者

論文內容，係就詞之通史加以泛論，或論述詞興衰之史跡，或討論詞史的分期問題，這方面的論文約有七篇，茲依發表先後臚列如次：

一是絜文的〈詞的發展史論〉，一九三四年刊於《冀北平高》二卷四、七、八期。
二是西神的〈詞史卮談〉，一九四一年四、六月分別刊於《同聲月刊》一卷五、七號。
三是徐慰慈的〈詞的發展史〉，一九四五年四月刊於《文友》四卷十一期。
四是黃坤堯的〈張說詞史〉，一九七七年四月刊於《中華文化復興月刊》十卷四期。
五是郭揚的〈千年詞分期問題〉，一九八五年刊於《廣西民族學院學報》第一期。
六是郭天沅的〈晚唐至清詞之興衰概述〉，一九八九年九月刊於《中國文化月刊》一一九期。
七是張璋的〈千年詞史簡述〉，一九九〇年刊於《文史知識》第九期。

2.合論詩詞曲史者

偶有合論詩詞曲演進的歷史者，這類論文只有一篇，就是：
盧重華的〈詩歌詞曲之演進史〉，一九三六年十二月刊於《民鐘季刊》二卷四期。

3.專論斷代詞史者

集中論題於某一兩個朝代，專論一兩代詞史，或出以史話性質，或討論一代詞史中的問題，或研究一代詞史的重要階程，這類論文約有四篇：
一是周嘉琪的〈宋詞史話〉，一九三四年九月刊於《刁斗》一卷三期。

二是陸侃如的〈唐宋詞及散文〉，為陸氏等《中國文學史稿》中的一部分，一九五五年刊於《文史哲》第四期。

三是楊海明的〈論宋詞發展史中的「雅」與「俗」之辨〉，一九八三年刊於《昆明師院學報》第三期。

四是徐敏的〈北宋詞史上的兩座里程碑——從柳詞「曉風殘月」說到蘇詞「大江東去」〉，一九八八年刊於《北京師大學報》第二期，同年六月又刊於《中國古代、近代文學研究》第六期。

另有四篇論文，專門探討宋詞興盛或發達的原因，也應該屬於「專論斷代史」的範疇，這四篇論文篇目如下：

一是陳一舟的〈結構的優勢是宋詞興盛的一個內因〉，一九八七年刊於《文學遺產》第二期。

二是蔡艮俊的〈宋詞興盛原因摭談〉，一九八七年刊於《鹽城師專學報》第三期。

三是徐信義的〈詞的詩化——宋詞蓬勃發展的一項重要因素〉，一九八二年十二月刊於《古典文學》第四集，臺北學生書局出版。

四是楊勝寬的〈宋詞發達原因的再思考〉，一九八八年刊於《蘭州社會學報》第四期。

4.論個人、區域或專題詞史者

在詞史研究的課題中，間或有就詞家個人述其史事者，有時某一地區人才蔚起，風氣鼎盛，故區域性詞史乃受注目，又偶然也有涉筆專題詞史者，論個人詞史的論文一篇，就是：

趙尊嶽的〈蕙風詞史〉，專論臨桂況周頤蕙風詞之創作及其詞論的歷史，一九三四年四月，刊於《詞學季刊》一卷四號。

論區域詞史的論文有三篇：

一是潘重規的〈敦煌詞史〉，一九八〇年七月五日，刊於《中央日報副刊》，一九八一年三月，收入臺北石門圖書公司出版之《敦煌詞話》一書中。

二是陳兼與的〈閩詞談屑〉，一九八五年二月，刊於上海華東師範大學出版部出版的《詞學》第三輯。

三是陳永正的〈粵詞概述〉，一九八六年刊於《學術研究》第五期。

論專題詞史的論文只有一篇，就是：

韋勇的〈古代農村詞史略〉，一九八九年刊於《福建師範大學學報》第一期。

5.評論或評介詞史專著者

就已出版的詞史專著加以評論或評介的文章甚多，約有十餘篇，如：

蕭滌非的〈為「詩史」進一解〉，一九四四年六月，刊於《國文月刊》二十七期，一九五九年又收入濟南山東人民出版社出版的《解放集》。蕭氏所評的是陸侃如、馮沅君合著的《中國詩史》，而詩史也兼述詞史，前文已有論及。

另有署名「愚」的作者，寫了一篇評論王易《詞曲史》的文章，題為〈評「詞曲史」〉，一九四七年六月，刊於北平《圖書季刊》八卷一、二期合刊。

第三篇是宋哲美的〈方乃斌教授編著「詞史大全」之特色〉，一九六五年十月，刊於《東南亞學報》一卷三期。

第四篇是施議對的〈關於「日本填詞史話」〉，一九八二年九月三十日，刊於《文學研究動態》十八期。《日本填詞史話》為日人神田喜一郎所著，見《神田喜一郎全集》六、七卷，東京株式會社同朋舍印行。

第五篇是楊海明自介的〈我是怎樣寫「唐宋詞史」的〉，一九八八年七月二十日，刊於《古典文學知識》第四期。

第六篇是曦瑩的〈「唐宋詞史」評介〉，一九八九年一月十日，刊於《蘇州大學學報》第一期，評介的是楊海明所著的《唐宋詞史》。

第七篇是趙伯陶的〈篳路藍縷，提綱挈領——讀嚴迪昌「清詞史」〉，一九九〇年七月一日，刊於《古籍整理出版情況簡報》二三八期。

第八篇是劉凌的〈詞學理論和詞史的開拓性研究——「詞學綜論」讀後〉，一九九一年三月一日，刊於《古籍整理出版情況簡報》二三九期，同年又刊於《湖州師專學報》第二期。

第九篇是高積的〈一部嶄新的詞史——評許宗元所著「中國詞史」〉，一九九一年刊於《江淮論壇》第三期。

第十篇是程自信的〈一部完整的詞史力作——「中國詞史」略評〉，一九九一年三月七日，刊於《人民日報》海外版第三版。

第十一篇是曹旭的〈全景式的清詞流變觀照——評嚴迪昌新著「清詞史」〉，一九九一年刊於《文學遺產》第三期。

第十二篇是岳珍的〈網路結構的全景觀——「清詞史」評介〉，一九九二年刊於《中國社會科學》第五期。

第十三篇是王兆鵬的〈深化與拓展——評「南宋詞史」〉，一九九三年刊於哈爾濱《學習與探索》第五期，所評論的是陶爾夫、劉敬圻合著的《南宋詞史》。

有些評論古代詞人作品或詞論、詞話的文章，只因題目中出現「詞史」二字，因而被編輯研究書目的人或電腦資料分析時，歸入「詞史」一類，其實它們的性質應該是詞作、詞論、詞話的評論，如夏承燾的〈評李清照的「詞論」——詞史札叢之一〉、〈讀張炎的「詞源」——詞史札叢之一〉、顧之京的〈論詞史上的第一首悼亡之作——蘇軾在密州的「江城子」記夢〉等皆是。

6.論詞之發展、演進或流變者

詞在歷史上如何發展、如何演進、如何產生流變？當然是詞史問題，這類論文約有二十多篇，茲依發表時間先後列舉如下：

最早的是劉雁聲的〈兩宋詞人之蜂起與頹風之演進〉，一九四一年刊於《國民雜誌》一卷一期。

第二篇是鄭騫的〈柳永、蘇軾與詞的發展〉，一九四四年十一月，刊於《讀書青年》一卷三期，一九五七年九月二十日，重刊於臺北《文學雜誌》三卷一期；一九六一年收入臺北科學出版社《從詩到曲》中；一九七一年三月，臺北中國文化雜誌社出版的《從詩到曲》一書，也收錄這篇論文；一九七二年一月，又收入臺灣中華書局《景午叢編》上編；一九七六年十月，臺北順先出版社翻印《從詩到曲》，書中自然收錄此文；以後又被收入兩種論文集，一是一九七九年四月，臺灣學生書局的《中國文學史論文選集》；一是一九八〇年八月，臺北幼獅文化事業公司出版的《中國古典文學論文精選叢刊》詩歌類。

第三篇是龍榆生的〈宋詞發展的幾個階段〉，一九五七年刊於《新建設》第八期，一九八二年三月，收入上海古籍出版社出版的《詞學研究論文集》。

第四篇是歐文的〈宋詞的盛衰與發展〉，一九六一年三月，刊於《黨聲》。

第五篇是王韶生的〈宋詞流變論〉，一九六二年十二月，刊於《文學世界》三十六期。

第六篇是翟友坤的〈略論宋詞之進展〉，一九六五年六月，刊於香港新亞書院《中國文學系年刊》第三期。

第七篇是蔡家珠的〈詞至北宋之發展〉，一九六八年刊於新加坡《南洋大學學報》第二期。

第八篇是陳弘治的〈唐五代詞的發展趨勢——兼談溫、韋、馮、李詞的內容與風格〉，一九七九年四月，刊於《中華文化復興月刊》十二卷四期。

第九篇是詹安泰的〈宋詞發展的社會意義〉，一九七九年刊於《學術研究》第三期；同年又刊於《中國古代、近代文學研究》第六期；一九八〇年十一月，收入廣州廣東人民出版社出版的《宋詞散論》；一九八二年三月，又收入上海古籍出版社《詞學研究論文集》；一九八七年四月，再收入古籍出版社《詹安泰紀念文集》。

第十篇是何為的〈從唐詩、宋詞到元曲的演變〉，一九八一年刊於《中國音樂》第三期。

第十一篇是姜書閣的〈論蘇軾詞的源和流〉，一九八二年九月，收入成都四川人民出版社《東坡詞論叢》。

第十二篇是王熙元的〈唐五代詞〉，一九八五年十一月，收入臺北巨流圖書公司《中國文學講話》第六輯。

第十三篇是朱德才的〈從柳、周、吳三家看慢詞藝術的發展軌跡〉，一九八六年刊於《齊魯學刊》第四期。

第十四篇是彭凡明的〈周邦彥對「以賦為詞」的發展和創新〉，一九八六年六月五日，刊於《文學遺產》第三期。

第十五篇是劉揚忠的〈李清照詞是怎樣繼承文學傳統的〉，一九八六年十二月，收入上海古籍出版社《李清照研究論文選》。

第十六篇是劉瑞蓮的〈論李清照對南唐詞的繼承關係〉，同年同月收入上述《李清照研究論文選》中。

第十七篇是張玉順的〈略論兩宋詞的發展〉，一九八七年刊於《臨沂師專學報》第一期，同年又刊於《中國古代、近代文學研究》第八期。

第十八篇是薛祥生的〈對宋詞的發展分期問題的思考〉，一九八八年刊於《山東師大學報》第五期。

第十九篇是王水照的〈從蘇軾、秦觀詞看詞與詩分合趨向——兼論蘇詞革新和傳統的關係〉，一九八八年刊於《復旦學報》第一期，同年又刊於《中國古代、近代文學研究》第五期。

第二十篇是黃炳輝、劉奇彬的〈論周邦彥柳永詞的繼承和發展〉，一九八八年刊於《河北大學學報》第三期。

第二十一篇是鄧魁英的〈北宋詞人創作環境和創作觀念的變化〉，一九八九年刊於《文史知識》一、二期，同年又刊於《中國古代、近代文學研究》第三期。

第二十二篇是祝三的〈宋詞演化的軌跡〉，一九九一年刊於《中文自學指導》第五期。

第二十三篇是陶第遷的〈宋代聲妓繁華與詞的發展〉，一九九一年刊於《學術研究》第一期。

7.論詞人、詞論、詞派或區域詞在詞史上的作用、貢獻、地位或影響

某一詞家，或某人詞論，或某一詞派，或某一區域的詞作，在詞史或詞的發展上，曾產生什麼作用？有過什麼貢獻？具有何種地位？曾產生何種影響等？過去大陸詞學研究者頗熱衷於這一主題的探討，發表的論文約有數十篇之多，內容頗為可觀。

北宋詞人柳永與蘇軾的詞，無論在形式上、風格上、題材上、意境上，都有不同層次的提昇或擴大，在宋詞發展史中曾發生一些關鍵性的作用，這方面有四篇論文：

一是石瑩的〈柳永在宋詞發展中的作用〉，一九八〇年刊於《喀什師院學報》第一期。

二是楊海明的〈略論蘇軾在宋詞發展中所起的作用和影響〉，一九八二年刊於《重慶師院學報》第二期；同年又刊於《中國古代、近代文學研究》十四期；一九八八年五月，收入《唐宋詞論稿》，杭州浙江古籍出版社出版。

三是蔣哲倫的〈柳永為何自稱「奉旨填詞柳三變」，他對詞的發展起了什麼作用？〉一九八六年十二月，收入上海古籍出版社《古典文學三百題》。

四是何滿子的〈蘇軾在宋詞發展中起了什麼作用〉，同年同月收入《古典文學三百題》。

南唐詞人李煜、北宋詞人柳永、蘇軾、南北宋之交的女詞人李清照、南宋豪放派詞人辛棄疾與辛派詞，對詞或宋詞的發展有些什麼貢獻？很受大陸學者的關心，尤其是蘇、辛二家對詞體的革新，特別受到眷顧。此外，李清照的詞論、張炎的《詞源》在詞史上的貢獻，也受他們關注，這類論文約有十五篇，茲依發表時間先後，一一列舉：

薛瑞生〈評蘇軾對詞的貢獻〉，一九八一年刊於《陝西師大學報》第三期，同年又載《中國古代、近代文學研究》十八期。

李希躍〈論李煜對詞發展的貢獻〉，一九八二年刊於《廣西大學學報》第一期，同年又載《中國古代、近代文學研究》第十七期。

張永芳〈簡論蘇軾對宋詞發展的貢獻〉，一九八三年刊於《遼寧教育學院學報》第三期。

李霜草〈新天下耳目，開一代詞風——淺談蘇軾對詞的發展之貢獻〉，一九八四年刊於《電大學刊〉第五期。

黃銳光〈略談蘇軾對詞發展的貢獻〉，一九八五年刊於《廣州師院學報》第一期。

呂紅〈輝煌而又短暫的詞界革新——對宋代辛派詞興衰的思考〉，一九八七年刊於《安慶師院學報》第四期，次年二月又載《中國古代、近代文學研究》第二期。

劉繼才〈從「虞美人」看李煜的藝術風格及其在詞史上的貢獻〉，一九八七年十一月，收入《唐宋詩詞論稿》中，瀋陽遼寧人民出版社出版。

洪非〈淺談柳永對宋詞發展的貢獻〉，一九八八年刊於《瀋陽師院學報》第三期。

榮憲賓〈李清照對宋詞發展的兩個重要貢獻〉，一九八八年刊於《東岳論叢》第六期。

張士昉〈試論辛棄疾在詞壇上的革新〉，一九八八年刊於《甘肅教育學院學報》第二期。

周健自〈略論李清照「詞論」對詞史的貢獻〉，一九八九年刊於《貴州大學學報》第四期。

陳少欽〈試論「詞源」在詞史上的地位與貢獻〉，一九九一年刊於《集美師專學報》第二期。

葉嘉瑩〈激蕩盤旋，一本萬殊——談豪放詞人辛棄疾在詞體創作上的成就與貢獻〉，一九九一年十月，收入北京中國青年出版社《詩馨篇》上冊。

鄧魁英〈宋人對詞學的貢獻〉，一九九二年刊於《北京師大學報》第二期。

許金榜〈蘇軾在山東期間對詞的重大貢獻〉，一九九二年九月，山東省煙臺市「第七屆蘇軾學術討論會」論文。

論詞人、斷代詞、區域詞、詞派、詞說在詞史上的地位，這類論文多達二十四篇，涉及的詞人有韋莊、李煜、歐陽修、柳永、王安石、晏幾道、蘇軾、秦觀、李清照、辛棄疾、姜夔、張炎、陳子龍等十三家，斷代詞有宋詞，區域詞有敦煌詞，詞派有花間派，詞說有雅正說，學者們撰文探討並衡定這些名家、作品、詞派或詞說在詞史上居有何等地位，頗有史家論史意味，也依論文發表先後為序，一一羅列如次：

鄧魁英〈歐陽修在詞史上的地位〉，一九六三年四月十四日，刊於《光明日報》「文學遺產」四五九期；一九八二年三月，收入上海古籍出版社《詞學研究論文集》。

黃瑞枝〈姜白石在詞學上的獨特地位〉，一九七四年九月，刊於《藝文志》一〇八期。

葉嘉瑩〈論晏幾道詞在詞史中之地位〉，一九八三年刊於《四川大學學報》第四期；後分別收入一九八七年十一月上海古籍出版社、一九八九年十二月臺北國文天地雜誌社出版之《靈谿詞說》一書。

朱靖華〈蘇軾的豪放詞及其在詞史上的地位〉，此文原係一九八三年十一月在上海市華東師大召開的「第一次全國詞學討論會」中發表之論文，一九八五年刊於《徐州師範學院學報》第一期。

杜淑貞〈柳永在詞學上的地位〉，一九八四年十二月，刊於臺灣《花蓮師專學報》十五期。

吳穎〈重新論定李煜詞在中國文學史上的地位〉，一九八五年刊於《汕頭大學學報》第二期，又載《中國古代、近代文學研究》十七期。

曾棗莊〈蘇軾與北宋豪放詞派地位辨——與吳世昌先生商榷〉，一九八五年刊於《四川大學學報》第一期。

姜書閣〈蘇軾在宋代文學革新中的領袖地位〉，一九八六年六月五日，刊於《文學遺產》第三期，同年亦載《中國古代、近代文學研究》第八期。

王鎮遠〈張炎的詞與詞學理論有何特點？在詞史上有何地位？〉，一九八六年十二月，載上海古籍出版社《古典文學三百題》中。

熊大權〈略論王安石在詞史上的地位〉，一九八七年刊於《江西社會科學》第一期，同年又載《中國古代、近代文學研究》第五期。

張惠民〈論雅正說在詞史上的價值和地位——「南宋詞論三題」之三〉，一九八七年刊於《汕頭大學學報》第一期。

梁超然〈略論辛棄疾在詞史上的地位〉，此文係一九八七年五月十一日至十六日，在山東省濟南市「首屆全國辛棄疾學術討論會」中發表之論文，同年刊於《西北大學學報》第四期；一九九三年二月，收入北京中國文聯出版公司《辛棄疾研究論文集》。

何瑞澄〈淺談秦觀在詞史上的地位和影響〉，一九八八年十月二十三日至二十六日，在廣西橫縣「第二屆秦觀學術討論會」中發表。

莫礪鋒〈論晚唐、五代詞風的轉變——兼論韋莊在詞史上的地位〉，一九八九年十月七日，刊於《文學遺產》第五期，一九九〇年又載《中國古代、近代文學研究》第二期。

柏寒〈風花中有大家詞——論歐陽修詞的歷史地位〉，一九八九年刊於《文史哲》第二期，同年又載《中國古代、近代文學研究》第六期。

周承銘〈個體意識與羣體意識的互動——論辛棄疾詞壇領袖地位的取得和抗戰詞派的形成〉，一九九〇年刊於《成都大學學報》第四期，一九九一年又載《中國古代、近代文學研究》第三期。

錢鴻瑛〈論宋詞在文學史上的地位〉，一九九一年刊於上海社科院《學術季刊》第一期，同年又載《中國古代、近代文學研究》第七期。

卞建林〈論宋詞的變遷和歷史地位〉，一九九一年刊於《上海文論》第四期，又載次年《中國古代、近代文學研究》第三期。

張晶〈論花間派在詞史上的地位〉，一九九一年刊於《遼寧師範大學學報》第三期，同年又載《中國古代、近代文學研究》十一期。

孫康宜著、李奭學譯〈蘇軾與詞體地位的提昇〉，一九九一年十一月，刊於《中外文學》二十卷六期。

許金榜〈婉約派之宗主——李清照在詞史上的地位〉，一九九二年刊於《山東師大學報》第一期。

王兆鵬〈唐宋詞的嬗變與稼軒詞的地位〉，一九九二年四月六日至十二日，海南省海口市「第三屆辛棄疾研究國際會議」論文。

楊信義〈椎輪為大輅之始——敦煌民間歌辭在詞史上的地位〉，一九九二年刊於《遼寧師範大學學報》第十期，同年亦載《鹽城師大學報》第一期。

劉揚忠〈論陳子龍在詞史上的貢獻及地位〉，一九九四年十一月，刊於臺北南港中央研究院中國文哲研究所編委會主編《第一屆詞學國際研討會論文集》。

影響研究是文學史研究課題中的一環，一種文學對同一時代或後代另一種文學，可能發生某種影響，即使是同一種文體，彼此之間也可能產生影響，無論是同質性或異質性，這種影響作用都可能存在。

現代學者對詞的影響研究，從他們所發表的論文題意看來，大體可以分成兩截：一截是所受前代的影響，一截是對後世發生的影響。在異質與同質性之外，還有類似性。異質性的影響，如莊子對稼軒詞、禪宗美學對蘇軾、古文運動對宋詞革新等；同質性的影響，如柳永詞的作風、辛詞對南宋及後世、白石詞對後世的啟發等；類似性的影響；如屈賦、陶詩對辛詞、宋金俗詞對元散曲等。

論題涉及詞的影響研究的論文，據目前資料顯示，約有如下十三篇作品：

問耕〈北宋柳永詞的作風與影響〉，一九四六年十二月，刊於《魯青月刊》一卷一期。

陳宗敏〈三部最影響稼軒詞的作品〉，一九七八年十二月，刊於《花蓮師專學報》第十期。

李東鄉〈辛棄疾詞與陶淵明之影響〉，一九八二年十二月二十五日，刊於韓國《中國語文學》第五輯。

傅試中〈白石詞啟後之研究〉，南宋部分於一九八三年六月，刊於《輔仁學誌》十二期；元代部分於一九八四年六月，刊於《輔仁學誌》十三期；金源及清代部分於一九八五年六月，刊於《輔仁國文學報》一、二期。

張廷杰〈略論辛詞對南宋和後世詞壇的影響〉，一九八四年刊於《固原師專學報》第四期。

張敬〈由古文運動影響下所見的宋詞〉，一九八五年三月，刊於韓國《中國學報》。

殷光熹〈試論屈賦對辛詞的影響〉，一九八六年刊於《思想戰線》第四期。

季續〈宋詞革新與古文運動〉，一九八六年刊於《寧波師院學報》第二期。

嚴迪昌〈從清初曹爾堪等「江村唱和」辨蘇軾詞對後世的影響〉，一九八八年十一月，杭州「蘇軾研究學會第五次學術討論會」論文。

李博、曾廣開〈論莊子對稼軒詞的影響〉，一九八九年刊於《鄭州大學學報》第一期。

辛在鑄〈「陶縣令，是吾師。」——從稼軒詞看陶潛對辛棄疾思想的影響〉，一九九〇年刊於《天津教育學院學報》第一期。

高林廣〈淺論禪宗美學對蘇軾藝術創作的影響〉，一九九三年刊於《內蒙古師大學報》第一期，同年又載《中國古代、近代文學研究》第七期。

趙義山〈論宋金俗詞及其對元散曲的影響〉，一九九三年九月二十五日，刊於《四川師院學報》第五期。

另一種是就當代詞壇現象或社會現象對詞體興衰所發生的影響作專題論述，如臺灣彰化師範大學黃文吉教授所撰寫的兩篇：

一是〈唱和與詞體的興衰〉，為國立彰化師範大學國文學系八十二學年度第一次系學術討論會所發表之論文，擬刊載於該校國文系學報創刊號。

二是〈宋代歌妓繁盛對詞體之影響〉，一九九五年三月刊於臺南國立成功大學中文系所《第一屆宋代文學研討會論文集》。

8.對詞人或詞作的評價

大陸學者們過去曾一度興起對古代詞人或詞作的評價研究，出現過數十篇這類作品，大家的注意力都集中在柳永、蘇軾、辛棄疾身上，評價柳永的有八篇，評價蘇軾的有十三篇，評價辛棄疾的有十篇。其中柳、辛二人是純粹的詞人，而蘇既是詞人，也是詩人與古文家，如果評價蘇軾或蘇軾文學，則內容不止針對詞而發。這些論文當然也可納入詞史範圍，如取直接與詞人或詞作評價有關的論文，可舉如下數例：

王季思〈怎樣評價柳永的詞〉，一九五九年六月，刊於廣州《中山大學學報》一、二期合刊。

黃偉宗〈試談對柳永詞的評價問題──與王季思先生商榷〉，一九六〇年刊於《理論與實踐》六、七期合刊。

殷光熹〈柳永詞中的悲慘世界和藝術天地──柳永歌妓詞再評價〉，一九八八年刊於《雲南師大學報》第三期。

潘天寧、黃其佑等〈對宋代蘇軾「念奴嬌」赤壁懷古一詞的不同評價〉，一九八二年刊於《教學通訊》第五期。

王水照〈蘇軾豪放詞派的涵義和評價問題〉，一九八四年分別刊載於《中國古代、近代文學研究》十七期、《中華文史論叢》第三輯、濟南齊魯書社出版《唐宋文學論集》。

葉嘉瑩〈怎樣評價蘇軾詞〉，一九八五年八月十三日，刊於《文史知識》第八期。

安作璋〈關於辛棄疾歷史評價的幾個問題〉，一九六一年刊於《山東文學》七月號。

韓廣澤〈如何評價辛棄疾的農村詞〉，一九八四年刊於《天津社會科學》第五期。

黨天正〈有關辛棄疾愛國主義思想評價的幾個問題〉，一九八七年刊於《寶雞師院學報》第二期。

詞史研究的未來展望——結論

總結過去七十餘年間的詞史研究，學者們所締造的業績，固然相當可觀，如詞的通史專著有八種之多，詞的斷代史則有五種，包括唐宋、南宋、金元、清代而獨缺明代，形成一個斷層現象，明代詞雖然衰微，仍宜有此一時代的詞史專著，方為完整，此為詞學界需要彌補的一項工作。此外，包括詩詞史、詞曲史、詩史、韻文史、美文史中的詞史，尚有十五種之多，可供學者通觀詞史發展的全局，或別觀一代詞史的片段。

單篇學術論文約一百四十餘篇中，泛論詞之通史者七篇，合論詩詞曲史者一篇，專論斷代詞史者八篇，論個人、區域或專題詞史者五篇，評論或評介詞史者十三篇，論個人、區域或專題詞史者五篇，評論或評介詞史者十三篇，論詞之發展、演進或流變者二十二篇，論詞人、詞論、詞派或區域詞在詞史上之作用、貢獻、地位或影響者多達六十篇，對詞人或詞作予以評價者三十一篇，論文性質約可區分為以上八類。

論個人詞史，如趙尊嶽論況蕙風，是唯一而特殊的一篇；論區域詞史，如潘重規論敦煌詞，陳兼與論閩詞，陳永正論粵詞，都是難得的篇章；論專題詞史，僅有韋勇論農村詞一篇，其實田園詞與農村詞應有差別，其他如詠物詞、詠史詞、邊塞詞、閨怨詞、別情詞等，也未嘗不可作為專題，一述其發展史跡。

幾部著名的詩史、詞史，都有評論或評介的文章，以論述或介紹它們的內容特色，如蕭滌非評陸侃如、馮沅君的《中國詩史》，宋哲美評方乃斌的《詞史大全》，高積、程自信評許宗元的《中國詞史》，曦瑩評楊海明的《唐宋詞史》，趙伯陶、曹旭、岳珍評嚴迪昌的《清詞史》，施議對評神田喜一郎的《日本填詞史話》等，都各有鑑識與確評。

論詞的發展、演進與流變的論文，大約從四方面進行觀察：一是從個別看整體發展，幾位關鍵性詞家，都成為論述的焦點，如溫、韋、馮、李之於唐、五代詞，柳永、蘇軾之於北宋詞，柳、周、吳三家之於慢詞藝術等；二是從整體看演進趨勢，如唐、五代詞的發展趨勢，宋詞的發展、流變或演化的軌跡，宋詞發展的分期或階段，兩宋詞人之蜂起到衰頹的演進等；三是從歷史流變看前後的繼承或分合，如周邦彥對柳永的繼承，李清照對南唐詞的繼承，唐詩、宋詞與元曲間的繼承，從蘇、秦詞看詞與詩的分合等；四是從社會背景看詞的發展，如宋代聲妓繁華的社會現象、北宋詞人的創作環境等。

至於論某一詞人，或某種詞論，或某一詞派，或某一區域詞在詞史上曾產生何種作用？具有何種貢獻、何種地位？或產生何種影響等，這方面的論文產量十分豐富。就所論個別詞人來說，包括晚唐韋莊、南唐李煜、北宋歐陽修、柳永、王安石、晏幾道、蘇軾、秦觀、李清照、南宋辛棄疾、姜夔、張炎、明陳子龍等十三家，占此類論文的多數，可見詞人是詞史的靈魂，猶如歷史人物是歷史舞臺的主角一樣。

以古人詞論為主題的，如周健自論李清照「詞論」，陳少欽、王鎮遠論張炎《詞源》，張惠民論南宋「雅正說」等，以古代詞派為主題的，如張晶論花間派，許金榜論婉約派，朱靖華論豪放派，呂紅論辛派詞，錢鴻瑛論抗戰詞派等。至於以特殊區域詞為論題的，如楊信義論敦煌民間歌辭等。或論詞學理論的特點，或論詞說在詞史上的價值，或論詞派的形成，或論詞派的興衰，或論定在詞史上的地位等，都各有重點，各有洞見，也都是論旨明確而深具意義的學術探討。

學者們的影響研究，從所受前代、前人的影響，到對後世詞作、詞風的啟發；從同質性到類似性，更擴展到異質性的影響，都已涵蓋，幾位重要詞家如柳、蘇、辛、姜對後世的影響屬於同質性；屈賦、陶詩對辛詞，宋金俗詞對元散曲則屬類似性；而莊子對稼軒詞，禪宗美學對東坡詞，古文運動對宋詞革新又屬異質性。這些影響研究的課題，大可啟發未來詞學研究在這方面的拓展，如李後主詞對納蘭容若詞，周邦彥對姜、吳詞，李清照詞對後世閨秀詞，兩宋婉約與豪放派詞對清初詞風的影響等，都是很值得去探討的詞史課題。

就個別詞人而言，學者們研究與評價的對象，多集中於柳、蘇、辛等少數大家，間及歐、秦、姜、張數人而已，其實我們回顧詞史上具有特色或關鍵性的詞人，如晚唐溫庭筠，北宋晏殊、張先、周邦彥，南宋陸游、吳文英、王沂孫等，都有待學者為他們衡定在詞史上的貢獻或地位，給予確切的歷史評價。以詞的歷史發展為縱軸，看某一詞人在詞史上所具有的貢獻或地位，以及所產生的作用或影響，是一種由線而點，再由點而線的循環論證，應屬具有史觀的作家論或人物論，是值得推展的詞史研究論題。

再就詞史上的詞派來說，花間可以成派，何以草堂不能成派；婉約、豪放之外，周、姜等格律一派，對南宋詞影響極深，值得研究。清詞早期更有以吳偉業、納蘭性德為代表的婉約派，以陳維崧、顧貞觀為代表的豪放派；後期則有朱彝尊所倡的浙派，張惠言所倡的常州派之分；這些詞派詞史上有何貢獻、地位或影響，當是詞的發展上值得探討的重要問題。

至於古人詞論在詞史中的貢獻或影響之類，單篇學術論文中只有三、四篇而已，此類論題應大有發展餘地，詞史上豐富的詞學理論，甚至可以整理成一部有系統的詞論史，而重要的詞說，除了有人寫過李清照的「詞論」、張炎的《詞源》、南宋的雅正說之外，還有不少題材可以寫作，如歷代詞話中便蘊藏了許多未經發掘的詞論，像清空、本色、自然、寄託、沈鬱、境界諸說，都是深具脈絡而頗有價值的詞學理論。假若以詞論為中心，從詞史的角度以考察它們的歷史意義、學術價值與對後來詞論的影響，當是很有探討意義的課題，很有開發價值的礦源。

未來詞史研究的開拓，如能作有計畫的推動，將締造顯著而全面性的成效，個人謹嘗試作如下幾個規畫的重點，也是對今後詞學界的期待和展望。

第一，結合海峽兩岸的學術資源與研究人力：在兩岸學術、文化、資訊交流日趨頻繁的今天，以臺灣的資訊發達與進步，加上大陸學術資料的豐富，研究人才的豐沛，相信有效地結合兩岸詞學界的人力物力及各自的優越條件，必然是最具成效的研究發展方略。

第二，建立一部完整詳盡的詞的通史：先檢視過去已出版的八種通史，以比較方法發現它們的優點缺點，再從宏觀的視野作整體性觀照、客觀的史實考察與深入的史事論辨，以建構一部體系完密、資料豐富而嶄新的中國詞史的通史著作。

第三，分朝代作成詞的斷代史：內容比通史中的各代詞史詳盡，也要先檢視已有的五部斷代詞史，保留其精華及優長，彌補其闕漏，增強其不足，充實其材料，並注意前後各代之間的傳承關係，務使脈絡分明，歷史發展的軌跡、流向不因斷代而模糊不清。

第四，歷代詞話中有不少片段的記載，是非常可貴的詞史材料，尤其幾部大型詞話，如馮金伯的《詞苑萃編》、丁紹儀的《聽秋聲館詞話》等，還有少見的清人詞話，如郭則澐的《清詞玉屑》

中，有不少關於詞人軼事、詞作本事的歷史紀錄，甚有詞史價值。

第五，整理、爬梳歷代詞話中的詞論，編寫成一部完整的中國詞論史，以呈現各種詞學理論的結構與內容，並梳通其發展脈絡，如張炎《詞源》的清空說、本色說，王灼《碧雞漫志》的自然說，張惠言《詞選》、周濟《介存齋論詞雜著》的寄託說，陳廷焯《白雨齋詞話》的沈鬱說，王國維《人間詞話》的境界說等皆是。

第六，周濟曾說：「詩有史，詞亦有史。」詩中如唐人杜甫、清初吳偉業，其詩號稱「詩史」，其實詞何獨不然？如南宋末年周密、劉辰翁、蔣捷、王沂孫諸家詞中，不但寫家國之情，且往往深有寄託，足為一代詞史。學者可從以詞代史角度，貫串宋末、明末詞人詞作的民族意識、愛國思想，以為詞史見證。

第七，搜羅過去已發表的詞史單篇論文，分門別類，逐次就某一範圍之論文，進行有系統的閱讀，分析其內容主題，以發現有那些課題是學者熱衷探討的，如詞人在詞史中的地位、詞人對後世的影響等，有那些問題還有待開發，如專題詞史比較匱乏，農村詞之外，田園詞、詠物詞、詠史詞等，也可分別作一縱線的詞史探討。結合詞史與主題學研究，以建立以主題為中心的詞史觀，當是未來詞史研究深具潛力的發展方向。

元散曲中的陶淵明影像

在中國文學史上，一個詩人的思想、行為與作品，對後世文學與文學家，能產生鉅大而深刻影響的，陶淵明是一個十分特殊的典型。在他以前，惟有屈原堪與相比；在他之後，只有杜甫可以並論。他們三人所遭逢的時世、境遇雖然不盡相同，但屈原與杜甫的思想、行為比較接近，大體可以代表儒家忠君愛國的類型；而陶淵明雖具有深厚的儒家思想根柢，卻因具道家曠達的人生觀，故遭逢晉、宋政局的變革，而能自我調適、自我塑造成另一種獨特類型。

陶淵明獨特的思想，融合了儒、道二家的精華，參以佛學的哲學與智慧，因而形成他各方面圖融無礙的人生觀[1]，表現在他的生活行為與詩文作品中。許多被史傳作者們津津樂道的軼事，常成為後世文人模仿的對象、吟詠的題材，如「三徑」、「五柳」、「漉酒巾」、「無絃琴」、「彭澤令」、「五斗米」等，常在唐、宋詩人的筆下出現；尤其淵明辭官歸隱田園、不屈於權貴的高風亮節，東籬採菊的逸興，寄情於酒的深致，嚮往桃花源的理想等等，是唐以來詩人最感興趣而屢見於詩詠的題材。

從東晉到劉宋的詩壇，因受魏、晉玄學思想的影響，正是從「理過其辭，淡乎寡味」❷的玄言詩，過渡到傾向自然的田園山水詩的時代，誠如劉勰所說：「宋初文詠，體有因革，莊老告退，而山水方滋。」❸陶淵明正是這一演變的關鍵。陶詩也曾說理，但不像一般玄言詩那麼枯淡乏味；也曾描摹景物，但不像謝靈運詩那麼雕琢刻畫；而是自然而然，寓理於詩，寓景於詩，往往融化無迹，所以耐人尋味。

南朝盛行唯美文學，崇尚駢偶聲律，故詩風趣於綺靡浮豔；而陶詩早期有慷慨悲歌之作，後來轉以自然平淡見長，不事雕章琢句、麗詞華采，故當時頗受冷淡，如劉勰《文心雕龍》對淵明詩竟隻字未提，鍾嶸《詩品》列陶氏於中品❹，位居潘岳、陸機之下，這顯示南朝評論家受時代風尚所囿，未能發現陶詩之美與真價值。當時及稍後，對陶氏人格備極推崇的，有顏延之的〈陶徵士誄〉與蕭統的〈陶淵明傳〉，顏誄稱淵明「賦詩歸來，高蹈獨善，亦既超曠，無適非心」。蕭傳謂「淵明少有高趣，博學，善屬文；穎脫不羣，任真自得」。

南北朝時，對淵明詩文有所評論的，可得三家，於南朝有鍾嶸與蕭統，鍾氏《詩品》評論說：

宋徵士陶潛：其源出於應璩，又協左思風力。文體省淨，殆無長語。篤意真古，辭興婉愜。每觀其文，想其人德。世嘆其質直，至如「歡言酌春酒」、「日暮天無雲」，風華清

> 靡，豈直為田家語耶！古今隱逸詩人之宗也。

所論雖大體平允，然源出應璩之說，最為後世非議⑤，至許為「古今隱逸詩人之宗」，則頗能一語中的，迄今千餘年來，縱觀文學史迹，亦可證所言不虛⑥。

蕭統不但為陶淵明立傳，而且為他編詩文集，序中曾不勝景慕地說：「余愛嗜其文，不能釋手，尚想其德，恨不同時。」並有一段讚揚淵明文學成就的評語：

> 其文章不羣，詞采精拔，跌蕩昭彰，獨超眾類，抑揚爽朗，莫之與京。橫素波而傍流，干青雲而直上。語時事則指而可想，論懷抱則曠而且真。

如此推重，非真知淵明而深契其心者不能道，故蕭統堪稱是淵明第一位異代知音。

北朝僅有陽休之對淵明作品有所評論，陽氏曾編有《陶潛集》十卷，補蕭統之不足，〈序錄〉綴有數語⑦如下：

> 余覽陶潛之文，辭雖未優，而往往有奇絕異語，放逸之志，棲托仍高。

陽氏措意於辭采，正代表當時文壇風習，自然欠缺深見。

淵明的為人與詩文，對後世作家與作品的影響，不僅廣泛深遠，而且有兩個顯著的特色：一是模仿其體作詩，一是將淵明當成嚮慕的對象，甚至看作尋求精神解脫與人生安慰的憑藉。早在南朝時，鮑照、江淹已開始模仿陶詩。唐代效陶詩體製、風格的擬作尤盛，至於用其語、詠其事的情形，更是不勝枚舉。陶氏的田園詩及其風格，對唐詩的影響極深，如盛唐至中唐的王維、孟浩然、韋應物、柳宗元、劉長卿、儲光羲等，常以古近體詩歌，描寫田園風光的靜美，或抒寫幽居生活的閒趣，風格平淡恬適，顯然從陶詩而來，故常被文學史家稱為田園詩派，而以淵明為此一詩派的開山祖❽。

宋人大多對陶淵明十分崇敬，著名文學家如歐陽修、王安石、蘇軾、陸游等，都在詩文中評論過淵明，東坡不僅對陶詩評價極高，而且遍和陶詩達一百餘首❾，其傾倒之心、摯愛之情，可以想見。南宋詞人辛棄疾，常在詞中借淵明之酒杯，澆自已的塊壘❿，詞集中有三十多處涉及淵明，可見稼軒之於淵明，頗能「遙遙相契，莫逆於心」⓫。不但文學家崇仰淵明，理學家如朱熹也對他極表推崇⓬。當時評論淵明的話、筆記，多達七十餘種，編刻陶集的也有十七家以上，並掀起研究陶淵明的熱潮，且頗具廣度與深度。

元代是一個特殊的時代環境，蒙古人以異族而入主中原，統一中國，開歷史上從來未有的大變局。由於政治上廢除科舉考試制度，社會上有種族間的歧視，學術上又不重視文化發展，使漢族中的讀書人備受壓制，遂將滿腔憤懣不平的情緒，藉新起的散曲與戲曲，作痛快淋漓的傾訴與宣洩。散曲中出現最多的題材，是作者看破功名富貴，沈醉美酒，遨遊山水，追求逍遙自適，欣羨漁父生活，特別喜愛陶淵明[13]。因而淵明成為他們的精神知己，對元散曲產生特殊的影響力，如果把元散曲看作一面鏡子，則反映在這面鏡子中的陶淵明影像，便成為一個有趣而值得探討的問題。

在本文進行探討「元散曲中所反映的陶淵明影像」這一中心主題之前，先安排了兩個必要的前奏：一是就陶淵明對後世文學的影響一端，從南朝到唐、宋，分項作一時間上縱線的陳述，以為淵明影響元散曲作家作一歷史源流的探索；一是就元散曲作家生活的時代背景，作一空間上橫面的掃描，以為元散曲作家嚮慕陶淵明的事實作一社會環境的研討。茲依次分述如下：

陶淵明對後世文學的影響

前文已將陶淵明對南朝以來，歷唐、宋至元代文學影響的痕跡，作了概略的描述，此處須說明的有兩點：一是再區分作家、作品、風格三端，分別具體探討淵明對後世文學作家思想、行為的影響，對後世文學作品如詩體、詩派方面的影響，對後世文學風格如自然、淡遠等風格的影響。二是本章標題及行文中所謂「後世」，斷自元以前的宋代，因為主題範圍是元散曲，故自然止於元朝，而不及明、清與現代。

(一)對文學作家的影響

對一個人的思想意識或處世行為來說，最能產生影響力的因素，不外文化傳統、時代潮流、社會風氣、家族遺傳、師友行誼、個人性格等數端。但一位文學作家，因為常閱讀前人的文學作品，由於性之所近，或處境相似，因而對前代某一作家，心有所繫，情有獨鍾，於是由羨慕他、崇敬他、進而吟詠他、模仿他。陶淵明對後世文學作家來說，正是這樣一位被廣泛傾慕的典型性人物。

試回顧劉宋以後，南宋末年以前的中國文壇，有多少作家在他們的作品中吟詠淵明，歌頌淵明，甚至在思想上傾向淵明，在行為上模仿淵明。先看作家們在詩詞中，對淵明的為人表示愛敬，而生尚友、師法之心的情形。如盛唐詩人孟浩然，本具儒家入世思想，頗有進取之心，然又常為仕進與退隱的矛盾所苦，故有「魏闕心常在，金門詔不忘」、「坐觀垂釣者，徒有羨魚情」之句。他在〈仲夏歸南園寄京邑舊遊〉一詩中，有如下的感慨：

嘗讀高士傳，最嘉陶徵君。日耽田園趣，自謂羲皇人。余復何為者？栖栖徒問津。中年廢

丘壑，上國旅風塵。

詩中對淵明淡泊無營的處世態度，歸隱田園的高士風節，不勝欽仰之至，並對自己栖栖遑遑於問津，僕僕風塵於仕途，結果徒然無益，卻遠離山川之可親，言下頗有自悔之意。

李白是何等灑脫不羈的詩人！對淵明的高風也無限欽遲，竟至魂夢縈牽，在一首題為〈寄韋南陵冰余江上乘興訪之遇尋顏尚書笑有此贈〉的五言古詩中，頗有嚮往企慕之情的流露：

夢見五柳枝，已堪挂馬鞭。何日到彭澤？長歌陶令前。

北宋文學家蘇軾，由於性情與遭遇的關係，一生常受貶謫，貶瓊州南荒時，只有陶詩與柳集隨身，可見對淵明何其鍾愛！他不但是文學史上第一位大量和陶的詩人，而且其服膺淵明之真情，堪稱為淵明第二位異代知音。當時有淵明後裔陶驥字子駿，東坡有詩題其佚老堂說：「淵明吾所師，夫子乃其後。」又說：「我歌歸來引[14]，千載信尚友。」言詞之間，顯然以淵明為精神上的前代師友。

南宋愛國詞人辛棄疾，在抒寫慷慨情懷之餘，在報國壯志不獲騁之後，對「北窗高臥，東籬自醉」的淵明，也時時追慕懷念，曾在〈最高樓〉一詞中明白地說：「陶縣令，是吾師。」又在〈水龍吟〉一詞中堅定地說：「須信此翁未死，到如今，凜然生氣。」可見淵明的人格精神，依然活在稼軒的心中。同是豪放詞人的劉克莊，也在一首〈水龍吟〉中，一開始便自白說：「平生酷愛淵明」，則淵明之深得其心可知。

淵明因維護讀書人的尊嚴，不肯為五斗米的俸祿而向督郵折腰，終於辭去彭澤令，棄官而歸田園，賦〈歸去來兮辭〉以見志，這是最受後人崇仰的高風靖節，唐宋文人詠而慕之者甚多，如李白的五古〈九日登山〉，以「淵明歸去來，不與世相逐」起詠；高適的七古〈封丘縣〉，則以「生事應須南畝田，世情付與東流水。夢想舊山安在哉？為銜君命日遲迴。乃知梅福徒為爾，轉憶陶潛歸去來」數句以寄慨結尾。文同〈讀淵明集〉詩中，有「我也待將身學歸去」之句；蘇軾宦途顛沛，常想歸隱而未能，〈寄黎眉州〉一詩中所說：「且待淵明賦歸去，共將詩酒趁當年。」正是東坡心跡的表白。

淵明〈五柳先生傳〉自述說：「性嗜酒，而家貧不能恆得；親舊知其如此，或置酒招之，造飲輒盡，期在必醉。既醉而退，曾不吝情去留。」集中有〈飲酒詩〉二十首，〈述酒〉、〈止酒〉、〈連夜獨飲〉各一首，他自己在詩中說：「酒能消百慮」，蕭統在〈陶淵明集序〉中說：「有疑陶淵明之詩，篇篇有酒；吾觀其意不在酒，亦寄酒為跡也。」後世詩人不得志時便託意淵明，醉酒以自遣，如初唐詩人王績〈醉後〉一詩說：

阮籍醒時少，陶潛醉日多。百年何足度？乘興且長歌。

在〈將進酒〉一詩中，曾高歌「人生得意須盡歡，莫使金樽空對月」，並以為「古來聖賢皆寂寞，惟有飲者留其名」的李白，對酒中同好陶淵明，自然倍覺親切，故在〈戲贈鄭溧陽〉一詩中說：

陶令日日醉，不知五柳春。素琴本無絃，漉酒用葛巾。清風北窗下，自謂羲皇人。何時到栗里？一見平生親。

白居易作〈效陶潛體詩〉十六首，其中一首提出「吾聞潯陽郡，昔有陶徵君，愛酒不愛名，憂醒不憂貧」的事實後，道盡慕而效之、以酒養真的感懷說：

歸來五柳下，還以酒養真，人間榮與利，擺落如泥塵。先生去已久，紙墨有遺文，篇篇勸我飲，此外無所云。我從老大來，竊慕其為人，其他不可及，且效醉昏昏。

晚年自號「醉翁」，曾作〈醉翁亭記〉的歐陽修，在〈偶書〉一詩中先引出「吾見陶靖節，愛酒又愛閑。二者人所欲，不問愚與賢」四句，然後寫出世人碌碌一生，難得清閑，最後以「決計不宜晚，歸耕潁尾田」自勉，兼以奉勸世人。所以曾經位極人臣、也是當時文壇祭酒的歐陽修，晚年致任後，果然歸隱潁州，實現了平生的願望。

㈡對文學作品的影響

唐、宋詩人對淵明的文思之高、佳句如珠，常在自己詩中表示愛之讚之，慕之學之，或自愧不如，如杜甫在〈江上值水如海勢聊短述〉一詩中說：「焉得思如陶謝手？令渠述作與同遊。」白居易在〈題潯陽樓〉一詩中，開章便說：「常愛陶彭澤，文思何高玄！」蘇轍因東坡和陶公〈讀山海經〉詩，意欲同作而未成，夢中得數句，醒後補之成詩，詩末有「永愧陶彭澤，佳句如珠圓」之句。陸游於淵明詩，可說拳拳服膺，《劍南詩稿》中有〈讀陶詩〉、〈讀淵明詩〉、〈讀陶淵明詩〉五七言古近體多首，對淵明三致其意，如說：「我詩慕淵明，恨不造其微。」又說：「千載無斯人，吾將誰與歸？」又在〈自勉〉一詩中指出：「學詩當學陶，學書當學顏。」將陶詩作為自己學詩的指標。

淵明對文學作品的具體影響，可見於四方面，就後世詩作立場來說：一是用陶，二是詠陶，三是仿陶，四是和陶。換句話說：就是用其詞，詠其事，仿其體，和其詩。說得更明白一點，也就是後世詩人常用淵明作品中的詞語，或常在詩中吟詠與淵明有關的事迹、典故，或模仿淵明詩的體製、題材，或依韻追和淵明的詩篇。分別略述如下：

用其詞語和詠其事迹，有時不易截然劃分，如淵明有〈五柳先生傳〉，傳中詮釋得名的由來，是「宅邊有五柳樹，因以為號焉」。王維〈戲贈張五弟諲之三〉說：「秋風自蕭索，五柳高且疏。」自然是用其詞語；但白居易〈訪陶公舊宅〉詩說：「每讀五柳傳，目想心拳拳。」似乎是詠其事迹。此外，茲就唐宋詩詞中，可以確定為採用淵明詩文詞語者，擇其較普遍的情形，略舉數例，以見一斑。

淵明辭官歸田時，作〈歸去來兮辭〉一篇，篇中有「歸去來兮！田園將蕪胡不歸？」這樣感慨警醒的句子，唐詩人薛能〈春題〉詩說：「人生只有家園樂，及取春農歸去來。」宋蘇軾〈出都船上所和詩〉說：「田園處處好，淵明胡不歸？」二人分用其前後語。

淵明〈飲酒詩〉之五有「采菊東籬下，悠然見南山」的千古名句，盧照鄰〈山林休日田家〉詩說：「南澗泉初冽，東籬菊正芳。」辛棄疾詞中共出現七次之多，如〈新荷葉〉一詞是這樣寫的：「向尊前採菊題詩。悠然忽見，此山正遶東籬。」將原句拆散重組，活用其語。淵明在〈與子儼等疏〉中說：「嘗言五六月中，北窗下臥，遇涼風暫至，自謂是羲皇上人。」於是後人常用「北窗」、「羲皇人」二語，如李白〈贈崔秋浦之三〉說：「崔令學陶令，北窗常晝眠。」孟郊〈奉報翰林張舍人見遺〉說：「忽吟陶淵明，此即羲皇人。」

至於詠其事迹的例子，真是不勝枚舉，如《宋書》及《南史．隱逸傳》、蕭統〈陶淵明傳〉都記載葛巾漉酒的故事，以見淵明性情之真率可愛，於是這事便常被後人吟詠，而成為代表淵明的典故，如顏真卿〈詠陶淵明〉說：「手持山海經，頭戴漉酒巾。」顯然以此勾出陶公畫像。杜甫〈寄張十二山人三十韻〉一詩也說：「謝氏尋山屐，陶公漉酒巾。」以「漉酒巾」作為淵明的標誌。《宋書》及《南史．隱逸傳》、蕭統〈陶淵明傳〉都記載：「潛不解音聲，而畜素琴一張，無絃，每有酒適，輒撫弄以寄其意。」《晉書．隱逸傳》、《蓮社高賢傳》則文字稍有不同：「性不解音，畜素琴一張，絃徽不具，每朋酒之會，則撫而叩之，曰：『但識琴中趣，何勞絃上聲？』」故「無絃琴」遂成為一個有趣而別致的典故，如歐陽修〈夜坐彈琴有感〉讚美說：「吾愛陶靖節，有琴常自隨。無絃人莫聽，此樂有誰知？」似乎很欣賞淵明「無聲之樂」的超然美感。蘇軾〈和蔡準郎中見邀遊西湖〉也描述說：「君不見拋官彭澤令，琴無絃，巾有酒，醉欲眠時遣客休。」當成淵明平生的韻事來寫。

淵明曾任彭澤令，故後世稱他為「陶彭澤」或「陶令」，而「彭澤」這一地名，遂成為淵明的代稱，如杜甫〈石櫃閣〉一詩說：「優遊謝康樂，放浪陶彭澤。」李白〈江上答崔宣城〉一詩說：「尋仙下西嶽，陶令忽相逢。」以「陶令」比作衷心敬重的人物。又如白居易〈春眠〉詩結句：「全勝彭澤醉，欲敵曹溪禪。」則顯然以「彭澤」代淵明。

不為五斗米折腰的故事，表現了淵明自尊與不屈的品格，史傳無不津津樂道，後世詩人也無不競相吟詠，或藉以抒懷，如岑參〈峨眉東腳臨江聽猿懷二室舊廬〉有感地說：「久別二室間，圖他五斗米。」以淵明所謂「五斗米」作為微薄官俸的代稱。李白〈經亂後將避地剡中留贈崔宣城〉一詩也慨然說：「華髮長折腰，將貽陶公誚。」以淵明所稱「折腰」為屈節的代語。

淵明作〈桃花源詩〉，詩前序文以散句描述桃花源之恬靜優美，令人神往，而武陵漁人親身經歷，也令人羨慕！如此理想國土，後世詩人、詞人莫不心馳神醉，歷來吟詠不絕，清唐開韶蒐採有關資料，輯成《桃花源志略》一書，內容豐盛可觀。南北朝時，庾信、徐陵詩中已詠桃源，唐以後詩更頻繁，唐詩當以張旭的〈桃花溪〉最有名，這首七言絕句寫的是：

隱隱飛橋隔野煙，石磯西畔問漁船。桃花盡日隨流水，洞在清溪河處邊？

人間真有桃源洞天？結意寫出了詩人的疑慮。不管是實境也好，寓言也好，秦觀以「桃源」為題，寫成〈點絳脣〉詞，意境極美，頗饒煙水迷離之致。全詞是：

醉漾輕舟，信流引到花深處。塵緣相誤，無計留春住。
煙水茫茫，千里斜陽暮。山無數。亂紅如雨，不記來時路。

語意詞境，令人咀嚼回味不盡。至於唐宋人以歌行體詩詠桃源事，如王維、王安石各有〈桃源行〉一首，都膾炙人口。

淵明幾已成為許多詩人心目中的楷模，他的詩遂成為後人羣起摹擬的對象，或仿效其體製意味，而泛稱「陶彭澤體」、「陶潛體」、「陶體」。以鮑照的〈學陶彭澤體〉為最早，後來白居易有〈效陶潛體詩〉十六首，韋應物有〈與友生野飲效陶體〉與〈效陶彭澤〉各一首，前者仿效淵明〈諸人共遊周家墓柏下〉一詩，後者周紫芝《竹坡詩話》評為「語到意隨」，頗得陶公神韻。

也有就淵明某類詩而摹擬的，如江淹有〈擬陶徵君田居〉一首[15]，淵明〈歸園田居〉五首之三說：「種豆南山下，草盛豆苗稀。晨興理荒穢，帶月荷鋤歸。」江氏擬詩仿其意說：「種苗在東皋，曲生滿阡陌。雖有荷鋤倦，濁酒聊自適。」又如淵明有〈挽歌〉三首以自挽，秦觀曾仿陶氏而自作挽詞，胡仔《苕溪漁隱叢話》評：「淵明之詞了達，太虛之詞哀怨。」

和陶詩始於東坡，坡與蘇轍書曰：「古之詩人，有擬古之作矣，未有追和古人者也；追和古人，則始於吾。」因東坡深得陶詩之奇趣，復景仰其平生風節，更由志同道同，氣味相侔，故元祐二年於潁州始和〈飲酒〉二十首之後，紹聖二年與四年，先後貶謫惠州、儋州。在艱困的處境中，乃遍和陶詩以寄意，兼以自慰，誠如謝榛《四溟詩話》所說：

> 和古人詩，起自蘇子瞻。遠謫南荒，風土殊惡；神交異代，而陶令可親；所以飽惠州之飯，和淵明之詩，藉以自遣爾。

東坡如此鍾愛淵明，傾力和詩，則東坡於淵明精神之相契，淵明於東坡影響之深切，不言可喻。

㈢對文學風格的影響

淵明詩的風格，從歷來學者、詩評家的評論來看，可以歸納為三種：

一是沖澹。在司空圖二十四詩品中，「沖澹」居第二品，他描述這一風格說：「素處以默，妙機其微，飲之太和，獨鶴與飛。」宋、明人以為：陶詩的風味在於「淡」，除「沖澹」之外，用語略有不同，如「平淡」、「清淡」、「雅淡」等，諸家的共同點，都著重一個「淡」字，如以下幾則評語：

陶潛、阮籍之詩，長於沖澹。

——秦觀〈韓愈論〉

陶淵明詩所不可及者，沖澹深粹，出於自然。

——楊時《龜山先生語錄》

作詩須從陶、柳門中來乃佳，不如是，無以發蕭散沖淡之趣。

——陶澍《靖節先生集》引朱熹

淵明託旨沖澹，其造語有極工者。

——王世貞《藝苑卮言》

余嘗評陶公詩，語造平淡而寓意深遠。

——李公煥《箋注陶淵明集》引曾紘

陶潛、謝朓詩，皆平淡有思致。

——葛立方《韻語陽秋》

淵明詩平淡出於自然，後人學他平淡，便相去遠矣！

——朱熹《朱子語類》

淵明意趣真古，清淡之宗，詩家視淵明，猶孔門視伯夷也。

——蔡絛《西清詩話》

五言古詩句雅淡而味深長者，陶淵明、柳子厚也。

——楊萬里《誠齋詩話》

二是高古。「高古」居二十四詩品之五，司空圖描述說：「月出東斗，好風相從，太華夜碧，人聞清鐘。」在用語上，也有用「真古」、「簡古」或「近古」的，如：

篤意真古，辭興婉愜。

——鍾嶸《詩品》

以淵明之高古，偏放於田園。

——白居易〈與元九書〉

淵明意趣真古。

——蔡絛《西清詩話》

淵明所說者莊老，然辭卻簡古。

——朱熹《朱子語類》

陶詩質厚近古，愈讀而愈見其妙。

——李東陽《懷麓堂詩話》

三是自然。「自然」一品，居司空圖《詩品·第十》，表聖描述說：「俯拾即是，不取諸鄰，俱道適往，著手成春。」陶詩風格自然，也是各家共見，引述如下：

至於淵明，則所謂不煩繩削而自合著。

——黃庭堅〈題意可詩後〉

陶淵明詩所不可及者，沖澹深粹，出於自然。

——楊時《龜山先生語錄》

淵明詩所以為高，正在不待安排，胸中自然流出。

——陶澍《靖節先生集》引朱熹

陶詩合乎自然，不可及處，在真與厚。

——沈德潛《說詩晬語》

山谷所謂「不煩繩削而自合」，已道出陶詩的特色，在自然而然，不費工夫，雖沒有拈出「自然」二字，實則深有會心。

此外，不屬於眾人共識，只是一家獨見的還有兩種：一是自在，二是豪放。自在與自然稍有不同，「自然」原是老、莊常用的觀念，後來轉用於詩文評論。凡不是人工造作、而是天然渾成的稱為「自然」，周策縱先生從字面意義解為「自身是怎麼樣就怎麼樣」，並曾就「自然」一詞，由道家到文學評論的轉化過程與含義演變，作詳盡的探討⑯。至於「自在」一詞，當是佛學術語，指心離束縛、通達無礙的狀態；用在文學上，當指一種悠閒適意而無所拘束的境界。雖不見於司空圖《詩品》，前人以之論陶詩的是：

右丞、蘇州皆學於陶，王得其自在。

——陳師道《後山詩話》

至於「豪放」一格，在二十四詩品第十二品，司空圖有這樣的描寫；「天風浪浪，海山蒼蒼，真力彌滿，萬象在旁。」淵明早年作品如〈詠荊軻〉等詩，豪情奔放，與後來的平淡作風迥不相類，故朱熹特為拈出：

> 陶淵明詩，人皆說是平淡，據某看他自豪放，但豪放得來不覺耳。
>
> ——《朱子語類》

上述幾種陶詩的風格，對後世文學所產生的影響，都有或多或少的痕跡可尋，茲依次大略探討如後：

先看沖淡、平淡這類風格，最顯而易見的，是盛唐、中唐的自然詩派，如王維、孟浩然、韋應物、柳宗元、儲光羲等，他們的共同特色便是詩風平淡。無論寫作題材，或作品風格，他們都有意學陶，故自然深受淵明影響。

王維是唐代自然詩派的代表人物，與淵明後先輝映。二人所作田園詩，風格都平淡閒遠。從一些具體事實看來，王之於陶，是一脈相承、而陶之影響於王，是迹象明顯的，如王維常用「陶令」、「五柳」等詞入詩，又常有詩句從淵明詩文化來[17]，並曾以淵明的性格、生活與理想為歌詠題材[18]，然則淵明對王維影響之深可知。試看王維的一首〈渭川田家〉：

斜光照墟落，窮巷牛羊歸。野老念牧童，倚杖候荊扉。雉雊麥苗秀，蠶眠桑葉稀。田夫荷鋤立，相見話依依。即此羨閒逸，悵然吟式微。

寫得閒靜平淡，風味絕似陶淵明。清施補華《峴傭說詩》說：

摩詰五言古，雅淡之中，別饒華氣，故其人清貴。

施氏以「雅淡」代表王維五古的風格，而前引楊萬里評淵明詩風，正是「雅淡而味深長」。孟浩然與王維齊名，並稱「王孟」，所作田園詩與王維同風，也是有意學陶而受其風格影響的詩人。他自己曾在詩中明示：「嘗讀高士傳，最嘉陶徵君。」可見對淵明仰慕之深。他的詩中屢屢提到「彭澤令」、「彭澤酒」，逕以「彭澤」來代淵明；又常出現「桃源」、「武陵春」等詞語，可知他對桃花源淨土嚮往之情。他最有名的一首田園詩是〈過故人莊〉：

故人具雞黍，邀我至田家。綠樹村邊合，青山郭外斜。開軒面場圃，把酒話桑麻。待到重陽日，還來就菊花。

其中可看出淵明的影子，後四句尤有陶詩的風味。明李東陽《懷麓堂詩話》說：

> 唐詩李、杜外，孟浩然、王摩詰足稱大家。王詩豐縟而不華靡，孟卻專心古淡，而悠遠深厚。

「古淡」猶如「雅淡」，與「悠遠深厚」同是陶詩的風格特色。

韋應物晚年詩風閒適淡遠，當是從淵明而來。他自己曾說「慕陶真可庶」（〈東郊〉），《全唐詩》介紹他說：「其詩閒澹簡遠，人比之陶潛。」《四庫全書總目提要》說：「應物五言古體，源出於陶。」劉熙載《詩概》說：「蘇州出於淵明。」陳衍《石遺室詩話》也說他「晚學陶」。若從韋應物詩來看，更是具體明證，如前文所述，他曾有〈效陶彭澤體〉、〈與友生野飲效陶體〉二詩，是有意模仿之作。他的生活情趣是「獨無外物牽，遂此幽居情」（〈幽居〉）。他的人生期望是「方願沮溺耦，淡泊守田廬」（〈秋郊作〉）。全是淵明生命風調的翻版。至於像「偃仰遂真性，所求惟斗儲。披衣出茅屋，盥漱臨清渠」（〈寄馮著〉）。「形跡雖拘檢，世事澹無心。郡中多山水，日夕聽幽禽」（〈南園陪王卿遊矚〉）。這樣酷似淵明的詩句、詩境，可說俯拾皆是。

前人評韋詩風格，如：

韋蘇州五言，高雅閒淡，自成一家。

——白居易《白氏長慶集》

韋詩至處，每在淡然無意，所謂天籟也。

——沈德潛《唐詩別裁集》

王、孟諸公，雖極造詣，然其妙處，似猶可得以言語形容之。獨至韋蘇州，則其奇妙全在淡處，實無跡可求。

——翁方綱《石洲詩話》

三家都拈出一個「淡」字以評論韋詩，而「淡」正是淵明的風格特色，則淵明與應物間詩風的淵源關係由此可知。

柳宗元的詩風，也大體接近淵明，不過受淵明影響的跡象，似不如其他各家那麼鮮明，幾位宋人的評語，總是以柳與陶相提並論，也許由此稍可見出端倪，如前引朱熹論沖淡之趣，楊萬里論五古詩句之雅淡，都是陶、柳並舉，其他宋人意見，也大略相近，如：

所貴乎枯澹者，謂其外枯而中膏，似澹而實美，淵明、子厚之流是也。

——蘇軾〈東坡題跋〉

子厚詩雄深簡淡，迥拔流俗，至味自高，直揖陶、謝。

——姚寬《西溪叢語》

二人都著重在「淡」的風味，而且上及於淵明，或與淵明同論，則陶詩風格或有影響於柳氏，觀子厚如下詩句：「但願得美酒，朋友常共斟。是時春向暮，桃李生繁陰。」（〈覺衰〉）情趣、風味，頗似淵明。

其次，再看高古、真古一系風格。前人以此評淵明詩風，大約偏重四言詩而論，後世四言衰落，故影響亦少見。稱高古的，如陳子昂便是，他生當文風綺靡的初唐，故常以清雅簡古之作矯之，並力主興寄風雅，開唐代復古詩學的先聲。如明人評論子昂：

唐初承襲梁、隋，陳子昂獨開古雅之源。

——胡震亨《唐音癸籤》

子昂感遇，盡削浮靡，一振古雅，唐初自是傑出。

——胡應麟《詩藪》

後來韋應物、柳宗元詩，也有「簡古」作風，宋人有此評論，如：

> 李、杜之後，詩人繼出，雖間有遠韻，而才不逮意。獨韋應物、柳宗元發纖穠於簡古，寄至味於淡泊，非餘子所及也。
>
> ——蘇軾〈書黃子思詩集後〉

惟子昂之古雅，韋、柳之簡古，是否受淵明影響，或得自淵明啟沃，有待探尋其跡，但至少風調相近，自不待言。

詩以自然為高，淵明詩妙處正在自然，至於陶氏自然詩風對後世的影響，如王孟諸家，偶能造於此境，清沈德潛《唐詩別裁集》評王維詩：「正從不著力處得之。」便是得於自然。宋僧惠洪《冷齋夜話》引淵明「採菊東籬下」、「靄靄遠人村」（按靄靄今陶詩作曖曖）詩句，評為「似大匠運斤，不見斧鑿之痕」，指出其筆意自然，後又引東坡對句：「山中老宿依然在，案上楞嚴已不看。」評為「更無齟齬之態，細味對甚的而字不露，此其得淵明之遺意耳。」

至於「自在」的詩風，清施閏章《蠖齋詩話》評孟浩然說：「襄陽五言律絕句，清空自在，淡然有餘。」則浩然或有得於淵明。朱子論淵明有「豪放」風格，而唐詩人王維、韋應物等，早期也曾豪放，至後期一如淵明，悉歸於平淡自然。

元散曲作家的時代背景

上章已就文學史上縱線發展的方向，將詩人陶淵明的生活思想與處世行為對後世文學作家所產生的影響，淵明詩文對後世作品在詩體、詩派等方面的影響，陶詩平淡、自然的作風對後世詩歌風格的影響三方面，分別舉例作了概略的敘述。當歷史進展到一個空前而特殊的時代——元朝，而本文將進行探討元散曲中陶淵明所留下的影像之前，為深一層了解當時散曲作家何以特別嚮慕陶淵明的環境因素，本章擬就時空交錯的元代這一特殊的時代背景與空間環境，分政治、社會、學術三方面，以探討橫面的環境因素與散曲作家的創作意識或生活傾向的關係。

(一)政治因素

孔子晚年所修的《春秋》一書，其中最重要的政治主張，莫過於「尊王攘夷」的思想，他特別強調「華夷之辨」，並力主以漢文化的高度優勢，來維繫一個大一統的政治局面，夷狄一直是被擯斥於中原文化之外的「化外之民」，孔、孟都主張以華夏文化去教化夷狄、進而同化夷狄[19]。從歷史事實來看，早在夏、商、周三代時，便有獯鬻、鬼方、玁狁，秦、漢時有匈奴，兩晉、南北朝有五胡，唐有突厥、回紇、吐蕃，宋有契丹、女真、西夏等，這些文化低落的夷狄，時時侵擾邊疆，造成嚴重的邊患，構成漢民族生存的威脅。若再從歷史的發展來看，一部幾千年的中國史，漢民族雖然居於政治上的主體，也是文化上的主導力量，但中國歷史的形成，卻無疑是一部華夷衝突與交融過程的歷史。

在元朝以前，中國領土曾一再被塞外的夷狄所侵入，版圖曾數度被夷狄所分割，如東晉與氐人所建的前秦，南朝與鮮卑人所建的北魏、北齊、北周，南宋與女真族所建的金，都只能與漢民族形成南北對峙的分裂局面，漢族還能在南方保持半壁江山，維持一個偏安的局勢，但蒙古以散居北方的游牧部族，崛起於貝加爾湖與外興安嶺之間的荒寒之地，挾其精騎善射的強悍驍勇，南下牧馬，鐵騎所至，如一陣狂飆，席捲南北，於是吞金滅宋，入主中原，竟以異族而首度征服了漢民族，建立統一的王朝。這個殘酷的事實，為古老中國帶來了一個史無前例的新局面，過去漢人長久以來所創建的政教傳統，所維繫的民族文化，便面臨一次無情的衝擊與重大的挑戰。

隋、唐以來，設科取士的考試制度[20]，使士人可以藉讀書應舉的階梯，踏上仕進之路。只要熬過數年寒窗苦讀的生活，便可一舉成名，青雲直上：上焉著，可以逐步實現儒家政治哲學之理想，由個人修身的功夫，而達到齊家、治國、平天下的目的；下焉者，也可博得一官半職，躋身官宦之列，進而謀取一世的富貴榮華。

行之數百年、被歷來讀書人看成進身之階的科舉考試，在元朝卻被廢棄達七十餘年之久，當元太宗初定中原時，採耶律楚材的建議，曾首開科舉以選士[21]，不久便中止。仁宗至順帝時，時復時罷㉒。且當時朝廷用人，並不重視科舉出身的人才㉓，未能發揮設科取士的功能，可見蒙古人對這種傳統制度並無多大誠意。這對廣大社會的讀書人來說，等於斷絕了他們的生路，他們空讀聖賢書，有志而不得伸，有的淪為奴隸，供人驅使㉔，有的隱遁山林，或從事寫作，將他們的學問、才華，表現在著述的名山事業中，或新興的散曲、戲曲中，以獲得精神上的寄託。

㈡社會因素

由於儒家尚賢觀念的影響，使以讀書、從政為志業的士人階層，成為傳統中國社會最受尊崇的知識分子，古代以士居四民之首㉕，俗諺有「萬般皆下品，惟有讀書高」之語。歷代帝王多憑武力創業，但「天下以馬上得之，不可以馬上治之。」為了長治久安，有學問的讀書人自然受到重用。漢武帝罷黜百家，獨尊儒術，於是儒家思想定於一尊，儒士更成為社會的中心。魏晉南北朝儒學衰微，儒士地位已不如前。後來唐、宋的儒學復興運動，加上宋代帝王的重文輕武，於是儒士的社會地位乃真正得以奠定，並在政治、經濟等各方面備受優遇㉖。

元朝的統治階層，原是逐水草而居的游牧部族，於底定中原前後，只知施展武力，擴張土地，而不知學術文化的重要。初期實行高壓政策，將人民分為蒙古人、色目人、漢人、南人四等，蒙古人地位最高，在軍事、政治上身居高位，色目人（西域或歐洲各藩屬人）次之，漢人（指遼、金統治下的北方漢人）又次之，南人（指南宋統治下的南方漢人）地位最卑㉗。故南方漢族中的儒士，在社會上備受壓抑，地位與從前相比，真是一落千丈，如南宋遺民謝枋得〈送方伯載歸三山序〉說：

> 滑稽之雄，以儒為戲者曰：「我大元制典，人有十等，一官二吏，先之者，貴之也；貴之者，謂有益於國也。七匠八娼、九儒十丐，後之者，賤之也；賤之者，謂無益於國也。」嗟乎！悲哉！介乎娼之下、丐之上者，今之儒者也。

又如鄭思肖〈大義略序〉說：

> 韃法：一官、二吏、三僧、四道、五醫、六工、七獵、八民、九儒、十丐，各有所統轄。㉘

謝、鄭二氏所說，雖不一定是當時社會的實情㉙，儒士的地位也不一定果真低到娼妓之下、乞丐之上的地步，但至少可以反映出：元代讀書人的社會地位，比任何朝代都要低微得多，則是不爭的事實㉚。

在過去一向受尊重的傳統被打破之後，在現實社會備受限制與歧視的環境下，許多讀書人深感苦悶，當時，趨向於通俗而適於自由發揮的散曲、植根於羣眾而適於寄託諷刺的戲曲應運而生，一般具有文才的書生，便將他們滿懷憤懣的情緒，傾訴於散曲、宣洩於戲曲中，以尋求精神的出路。陶淵明也正是不滿於當時社會而退隱田園的前代詩人，他的生活態度與生活情趣，便自然成為散曲作家們心目中嚮慕的偶像。

㈢學術因素

學術文化是一個國家立國的根本，過去漢民族經過數千年歷史所累積的文化基礎，到元代幾乎發生動搖。文學史作者對元代學術的貧乏，常以嚴重的語氣來述說，如劉大杰《中國文學發展史》以為：蒙古統治者對儒生的壓迫與他們當日地位的低微，「使中國的學術思想，淪入了黑暗時期。」又如羅錦堂先生的《中國散曲史》說：

> 當時蒙古人統治中國後，便實行一種高壓手段。——不但在經濟上、政治上陡然起了大的變更，即在學術思想上，也遭受了空前的浩劫。任何一本中國的哲學史或學術史，在這一個階段裡，都留下了一片空白。……這個新政治局面，幾乎澈底摧毀了中國古代傳統的禮法與精神文化。

因此，兩家都認為：由於元代學術思想的低落，遂使文學得到新的發展機運，為大眾所欣賞的曲子與歌劇，便代替正統文學的古文詩詞，而放出了異樣的光彩。

他們所說的雖不免稍帶誇張意味，但若就元朝初期的情形來說，則所謂「淪入了黑暗時期」、「遭受了空前的浩劫」，可能是接近事實的描述。當我閱讀了幾本現代學者有關元史的專門著述㉛以後，發覺元代學術不似想像那麼空虛，大約不至於在學術史上「留下了一片空白」，只是朝廷一向不很重視，也沒有積極提倡，但由於幾位儒臣的獻策，使儒學無論在朝政的改革、制度的建立方面，都有具體的貢獻，曾數度造成大規模的儒治與漢化㉜。至於在野學者的勤於著述或傳授生徒，使性理之學能繼宋儒之後，延續一線生機㉝。故《宋元學案．敘錄》說：

有元立國，無可稱者，惟學術尚未替，上雖賤之，下自趨之，是則洛、閩之沾溉者宏也。

禮樂是中國文化的具體表徵，由於宋末、元初的亂世，傳統禮樂制度漸趨喪失，深得窩闊臺信任的耶律楚材，嗜好中國雅樂，因而引起朝廷注意。太宗十一年十一月，由於孔子五十一代孫元措的晉見與建議，才收錄散失的禮冊樂器，並製作冠冕法服㉞。又世祖至元八年，初定朝儀，而由國子祭酒許衡、太常卿徐世隆「稽諸古典，參以時宜，沿情定制，而肄習之」㉟。

由上述情形看來，可知元朝在學術、儒治、禮樂等方面，除最初約三十年的兵荒馬亂時代，的確是一段黑暗時期，也確是一場空前的浩劫，但後來在學術文化上得以興起發展，使「浩劫」

不致持續。初期所謂「東平興學」[36]是一大關鍵，這是史家所樂道的一件事，興學校，行科舉，制禮樂是幾個主要項目，對後來影響很大。由於前述儒臣與學者的努力，使蒙古人漸受漢族文化薰陶，而開展儒治的局面，尤其在世祖忽必烈時代，使儒學備受尊崇，保存並延續了學術文化的生機，他們真是功不可沒！也證明了中國文化富有韌性，常使異族因受感染而同化。

元代學術文化從極衰而漸甦，就在這一「由剝而復」的過程中，元代文學也在其影響下發生變遷。傳統詩文方面，如元好問、劉因、楊載、范梈、柳貫、揭傒斯、虞集、黃溍等，都各有成就，堪稱大家。散曲是由詩詞逐漸蛻變而成的新文體，在新的時代環境中，造就了關漢卿、白樸、馬致遠、張養浩、貫雲石、張可久、喬吉、鄭光祖等散曲大家，學者如元好問、劉秉忠等也曾參與創作，於是開展了一個嶄新的文學局面。

元散曲中所反映的陶淵明影像

貞固如松、清逸如菊、幽香如蘭的陶淵明[37]，不但是元代散曲作家心中嚮慕的偶像，也是當時詩人欽仰學習的對象。宋代自東坡和陶後，元初詩人劉因也傾力和陶[38]，可見他對淵明的詩與為人何等傾慕！而且他有心學陶，故詩風閑婉沖澹[39]。劉因的和陶、學陶與詩風的近陶，在元代的文學空氣中，對散曲作家自然會發生一些影響作用。元人散曲中，有以陶淵明為主題、而整首詠淵明的，內容大多約述其生平行事，而歌頌其人品志節，欣羨其生活的閒逸自適，顯示淵明在他們心目中的地位，簡直是他們精神上的歸宿。如以下五首：

陶淵明自不合時，採菊東籬，為賦新詩；獨對南山，泛秋香有酒盈卮。一箇小顆顆彭澤縣兒，五斗米懶折腰肢。樂以琴詩，暢會尋思。萬古流傳，賦歸去來辭。

——盍志學〈蟾宮曲〉

晉時陶元亮，自負經濟才，恥為彭澤一縣宰。栽，繞籬黃菊開。傳千載，賦一篇歸去來。

——吳弘道〈金字經〉

那老子覷功名如夢蝶，五斗米腰懶折，百里侯心便捨。十年事可嗟，九日酒須賒。種著三徑黃花，栽著五株楊柳，望東籬去了也。

——徐再思〈紅錦袍〉

五柳逸莊菊滿籬，自謂羲皇世。三徑可怡顏，一榻堪容膝，尋一箇穩便處閑坐地。

——王仲元〈江兒水〉

那老子彭澤縣懶坐衙，倦將文卷押。數十日不上馬，柴門掩上咱，籬下看黃花。愛的是綠水青山，見一箇白衣人來報，來報五柳莊幽靜煞。

——無名氏〈紅錦袍〉

也有因題畫而作曲的，如曹德的〈題淵明醉歸圖〉，以淵明愛好詩酒與去官等行事綴合成篇：

先生醉了也，童子扶著，有詩便寫，無酒重賒。山聲野調欲唱些，俗事休說。問青天借得松間月，陪伴今夜，長安此時春夢熱，多少豪傑，明朝鏡中頭似雪，烏帽難遮。　星般大縣兒難棄捨，晚入廬山社，比及眉未攢，腰曾折，遲了也去官陶靖節。

——〈三棒鼓聲頻〉

陶淵明寫過一首〈桃花源詩〉，詩前的序文描述武陵漁人發現桃源洞天的經過及洞中和諧美好的生活畫面，極為引人入勝，頗使後人心嚮往之。在散曲大家張可久的作品裡，便常出現「桃源」、「小桃源」、「桃源洞」、「桃花洞」等詞語，如：

落花流水出桃源。

——〈湘妃怨・武夷山中〉

入蓬萊行見桑田，看梅花誤入桃源。

——〈寨兒令・桃源亭上〉

小桃源暮景，數枝黃花勾詩興。

杏花村沽酒客，桃源洞打魚人。 〈醉太平・金華山中〉

〈寨兒令・山中〉

桃花洞，白雲千萬重。 〈金字經・偕葉雲中山行〉

看小山對淵明筆下的桃花源，如此殷殷致意，足見其深切的嚮往之情。

如果把全部元人散曲作品比喻成一面鏡子，一片湖水，則鏡湖中可以清晰地反映出淵明的影像，那是透過散曲作家心靈與筆致，勾勒映現出來的影像。從涉及淵明的一些散曲作品來分析歸納，我發現這影像有四個顯著的特徵：一是棄官歸隱的高節，二是東籬賞菊的清趣，三是飲酒自適的雅興，四是田園生活的閒情，這便是散曲作家所勾繪出來的陶淵明。若與文學史上的淵明形像相比，並說明他們何以如此傾慕淵明的心理，和寄意於淵明的一份情感，以與前述時代與社會環境諸因素相應，當是一個很有趣味也值得探討的問題，因為這樣可以全面呈現這位隱逸詩人的處世風節與生活情趣，對元代這一特殊時代所產生的散曲，在作品風格與作家意識方面影響的實況。茲依上述四項特徵，分別引述作品為例，一一析論如下：

(一)棄官歸隱的高節

陶淵明質性自然，本愛好山水田園，而不喜歡逢迎虛偽的官場生涯，但因為家道貧窮，為了一家生活所資，乃不得不出任官職[40]。他一生先後做過三次幕僚、一任縣令，就是州祭酒、鎮軍參軍、建威參軍和彭澤令。最後因不肯為五斗米折腰，毅然辭官歸隱田園，賦〈歸去來辭〉以見志[41]。這是淵明出處大概，由此可見他性格之真，自尊心之強，不肯屈節趨附權勢，這種高風勁節，深得散曲作家的敬重激賞，故歌詠淵明去官歸隱，藉「歸去來」以抒懷、興嘆的作品特別多見。

淵明不為五斗米折腰，無心做縣令，撇棄功名，寧可歸田住竹籬茅舍，在散曲作家看來，是古今達時務的俊傑，如以下二例：

> 除彭澤縣令無心做，淵明老子達時務。
>
> ——鄭光祖〈塞鴻秋〉

> 達時務呼為俊傑，棄功名豈是癡呆？腳不登王粲樓，手莫彈馮驩鋏。賦歸來竹籬茅舍，今古陶潛是一絕，為五斗米腰肢倦折。
>
> ——汪元亨〈沈醉東風〉

鄭光祖是元曲四大家之一[42]，為人方直而情厚，自然與淵明性行相契。汪元亨以「歸田」為題，作了二十首小令，這是其中第十六首，對淵明極為心折，至許為「今古一絕」。故汪氏又曾以去官棄職的陶潛為例，心許他的傲骨，歌詠閑樂之情，他在〈一枝花〉套曲中的〈梁州〉一曲寫道：

> 恥干求自抱憨愚，厭追陪懶混塵俗。傲慢似去彭澤棄職陶潛，疏散如困夔府豪吟杜甫，清高似老孤山不仕林逋。

於是淵明的休官歸隱，成了散曲作家們行為的準則，他們曾這樣抒寫感慨：

> 老來自羞，學人種柳，笑殺沙鷗。從此便休官，已落淵明後。
>
> ——薛昂夫〈慶東原〉

> 罷手，去休，已落在淵明後。百年心事付沙鷗，更誰是忘機友？
>
> ——張可久〈朝天子〉

二人同以淵明為典型，而自覺已瞠乎其後，又同以沙鷗來藉物抒懷，薛作題為〈自笑〉，故說「笑殺沙鷗」，張作題為〈山中雜書〉，故以「百年心事付沙鷗」自抒，因為沙鷗是散曲作家所欣羨而願與親近的忘機友，從沙鷗來看人生，馳騁於終南捷徑的干祿行為實在可笑，而一個心胸淡泊的人，自然要將他的「百年心事」付與自在的沙鷗了。薛昂夫就是馬九皋，他是蒙古畏吾爾族人，居然也被漢化，而心儀淵明，《太和正音譜》評其曲「如雪窗翠竹」，自是風格清雅一流，則其人品可知。至於張可久一生仕途際遇，實在微不足道，故常以懷才不遇的抑鬱感懷之情，抒發於散曲歌詞。他是專力於散曲的大家，與馬致遠並稱「曲中雙絕」，《太和正音譜》評其曲「如瑤天笙鶴」，又說他「有不吃煙火食氣」，則小山風格與人格之瀟灑超俗，可以想見，這正與蕭統稱讚淵明的「文章不羣」、「獨超眾類」，及史家形容淵明的「少有高趣」、「穎脫不羈」[43]相類，難怪小山曲中總是以淵明為他的精神知己。

東晉至劉宋之間，變亂紛乘，官場汚濁黑暗[44]；元朝自世祖滅宋之後，也是政治苛暴，民怨沸騰[45]。故淵明去職以求自清，以求自由；元人也深有體會，而嚮往休官後清靜自由的真實生活。如：

抖擻了元亮塵，分付了蘇卿印。喜西風范蠡舟，任雪滿潘安鬢。乞得自由身，且作太平民。

——張養浩〈雁兒落兼得勝令・退隱〉

自休官清煞陶家，為調羹俗了梅花。飲一杯金谷酒，分七碗玉川茶。嗏！不強如坐三日縣官銜。

——張可久〈寨兒令·次韻〉

張養浩在元朝做過好幾任官，且官位還不小，他出任過監察御史、翰林直學士，累拜禮部尚書。因敢於疏論時政，故為當道所嫉，曾一度變姓名遁去以避禍。《四庫全書總目》載有《雲莊歸田類稿》，這是他的文集；又有《雲莊閑居自適小樂府》，則是他的散曲集，看他以「歸田」與「閑居自適」為作品命名，可知他休官隱居雲莊別業後的心境一如陶淵明。張可久只做過掌稅收文牘的小吏，浙江桐盧縣典史，休官閑居的時候多，故能深得其中真味。

陶淵明罷官歸田後，為了表明心跡，抒寫感懷，作了一篇〈歸去來兮辭〉，寫得頓挫抑揚，自出機杼，且語意自然，深具高致，頗獲宋人好評，如歐陽修說：「晉無文章，惟陶淵明〈歸去來兮辭〉一篇而已。」李格非說：「陶淵明〈歸去來兮辭〉，沛然從肺腑中流出，殊不見有斧鑿痕。」㊻二人皆推崇備至，故宋以後尤膾炙人口。唐、宋詩人如高適、薛能、蘇軾、文天祥等，常在詩中用為典故，以抒寫歸田之意，或思歸之情。到元人散曲，引用更為普遍，最特殊的如馬致遠作〈四塊玉〉四首，每首末句都用「歸去來」結尾，極盡詠歎之情，摘錄如下：

三頃田，五畝宅，歸去來！

——其一

紫蟹肥，黃菊開，歸去來！

——其二

三逕修，五柳栽，歸去來！

——其三

本是箇懶散人，又無甚經濟才，歸去來！

——其四

四首的總題目是「恬退」，馬氏借用淵明語意，以表恬然退隱之心。他一生懷才不遇，自稱「困煞中原一布衣」（見所作〈金字經〉曲），頗思幽棲林泉，故作品閒適恬靜，風格頗近淵明。

又如滕斌一連作了十一首〈普天樂〉，每句各以「歸去來兮」結尾，尤盡詠歎頓挫之極致。摘取數例，可見一斑：

輸與淵明陶陶醉，儘黃菊圍繞東籬。良田數頃，黃牛二隻，歸去來兮！

——《樂府羣珠‧題歸去來》

秋色南山獨相對，傲西風菊綻東籬。疏林鳥栖，殘霞散綺，歸去來兮！

筆硯詩書為活計，樂甕鹽稚子山妻。茅舍數間，田園二頃，歸去來兮！

——《樂府羣珠・題四季道情》

——《樂府羣珠・題勸世》

宋代蘇東坡和陶，不但和他的詩，而且和他的〈歸去來辭〉，且門客羣起而和，形成一時風氣[47]。元散曲作家則取「歸去來」意作曲，然後彼此依韻相和，張可久《小山樂府》中便有兩首：

東鄰西舍酒債，春花秋月詩才，兩字功名困塵埃。青山依舊好，黃菊近新栽，沒商量歸去來。

——〈紅繡鞋・次韻歸去來〉

草堂空，柴門閉。放閒柳枝，伴老山妻。誰傳紅錦詞？自說白雲偈。照下淵明休官例，和一篇歸去來兮。瓜田後溪，梅泉一竺，菊圃東籬。

——〈普天樂・次韻歸去來〉

此外，張可久還有一首〈翻歸去來辭〉[48]，是用〈點絳脣〉套曲，櫽括淵明原作全文之意寫成，開頭說：

歸去來兮，故鄉近日。田園內，蕪草荒迷，催把微官棄。

數句猶如小序，在散套中稱為「引子」。繼用〈混江龍〉、〈天下樂〉等七調八曲，附以尾聲鋪寫，或套用原文，或變化句型，或略予增飾，或稍添想像，倒也別開生面，如其中〈油葫蘆〉一曲：

眄月鋤田夜始歸，有歡迎僮僕，候門稚子笑牽衣。栽五株翠柳籠煙密，種一籬黃菊凝霜媚。三徑邊雖就荒，兩喬松喜不移。盼庭柯木葉交蒼翠，我只是常把笑顏怡。

還有從各種角度，以不同的語言結構來抒寫各自情懷的，於是「賦歸」、「歸去來」、「歸去來兮」、「歸去來辭」等，頻頻出現元散曲中，令人目不暇接。例如：

賦歸休，便抽頭，黃花恰正開時候，籬下自教巾漉酒。

——陳草庵〈山坡羊・嘆世〉

看了些榮枯，經了些成敗。子猷興盡，元亮歸來，把翠竹栽，黃茅蓋。

故園風景依然在，三頃田，五畝宅，歸來去！

——張養浩〈普天樂・隱居謾興〉

西風了卻黃花事，是淵明酒醉時……再誰題歸去來兮？

——馬致遠〈四塊玉．恬退〉

這歸去來兮，明是箇安身計，人都道陶潛有見識。

——徐再思〈水仙子．重九〉

何苦孜孜，莫待偲偲，細看淵明：歸去來辭。

——湯式〈一枝花套．贈錢塘鑷者〉

——汪元亨〈折桂令．歸隱〉

以上數例，有的只是泛詠恬退心情，有的藉此自抒感懷，有的認定是安身之計，有的點出了歸隱之意，都是受淵明影響而引發的歸思或情懷。

綜合以上所引述的散曲情形來看，它們共同反映出淵明一個清晰的影像：棄官歸隱的高節，當是作者心中所仰慕、筆下所歌詠，屬於淵明行為人格的最大特徵。

(二)東籬賞菊的清趣

淵明與菊，常令人聯想在一起，因為菊是淵明的精神知己，而菊之清逸淡雅的特色，與詩人清高淡泊的性格一致，所以菊堪稱是高人隱士的特徵。淵明之愛菊，正是人格與物性的相融，物理與人情的合流，這是中國文學極大的特徵：作者的主觀心靈與外在的客觀世界，往往不是對立而是統一，甚至可以物我交融，這當是中國傳統文化中天人合一思想的一種具實表現。

當年淵明辭去彭澤令，「載欣載奔」地回到久別後的自家田園，除了有「僮僕歡迎，稚子候門」的人情溫慰之外，雖然頗憐惜「三徑就荒」，但卻欣然於「松菊猶存」，他在〈歸去來兮辭〉中，描寫這些歸田的情景和心情，是如此親切有味！似乎詩人一看到青松依舊，黃菊繞籬，便精神一振，忘懷了一切得失，可見松與菊給他心靈多大的安撫！他在詩中詠菊的名句，真是膾炙人口，傳誦千古，如：

> 采菊東籬下，悠然見南山。山氣日夕佳，飛鳥相與還。此中有真意，欲辨已忘言。
>
> ——〈飲酒詩〉之五

> 秋菊有佳色，裛露掇其英。汎此忘憂物，遠我遺世情。
>
> ——〈飲酒詩〉之七

陶淵明東籬採菊，構成一幅鮮明的歷史形象，也成為這位隱逸詩人最具代表性的生活寫真，元散曲作家看準了這一焦點，曾寫出不少與此有關的作品。其中最值得注意的是馬致遠，他以「東籬」為號，曲中常以「東籬」自稱[49]，散曲集稱《東籬樂府》，可見他對淵明之心儀。

元人散曲作品中，寫得最多的是「東籬」與「菊」，換句話說，是直接採用淵明「採菊東籬」的典故，來象徵由淵明這樣高人隱士為代表的生活清趣。他們有時也將「東籬」省為「籬」，「菊」則逕以「花」來表示，讀者自然能意會：那定是淵明筆下的「東籬菊」。試看以下這些曲中的散句：

黃菊繞東籬。

——關漢卿〈碧玉簫〉

黃菊綻東籬下。

——馬致遠〈新水令套・題西湖〉

儘黃菊圍繞東籬。

——滕斌〈普天樂・次韻歸去來〉

東籬好在，黃菊先開。

——張可久〈普天樂・秋懷〉

東籬寂寞舊栽花。

——湯式〈醉太平・重九無酒〉

菊籬秋處處分金。

——曹德〈沈醉東風・村居〉

由以上各句看來，可見黃菊（菊、花）與東籬（籬）的相偕出現，已成為富有代表性的意象：那便是淵明塑成的隱逸或淡泊的意象。

陶淵明在東籬採菊或賞菊，是一位隱逸詩人在一個特定的地點採摘或欣賞菊花這樣特殊的植物，簡單地說：人、地、物三者是一個完整的關係架構，在元散曲中，有時三者同時出現，如：

學淵明籬下栽花。

——盧摯〈沈醉東風・閑居〉

淵明賞菊在東籬下。

——貫石屏〈村裏迓鼓套・隱逸〉[50]

除了「東籬菊」這樣地與物的關係，前文已多例舉之外，有時也以人與物或人與地兩兩結合的方式呈現。如：

人與物：

採菊淵明，清淡老生涯。
——查德卿〈慶東原〉

菊栽栗里晉淵明。
——鍾嗣成〈凌波仙〉

菊花開……陶淵明。
——馬致遠〈撥不斷〉

旋栽陶令菊。
——索羅御史〈一枝花套・辭官〉51

陶令松菊。
——任昱〈上小樓・隱居〉

陶令白蓮社，愛秋來那些、和露摘黃花。
——馬致遠〈夜行船套・離亭宴煞〉

看紅葉，賞黃花，……陶淵明歡樂煞。
——薛昂夫〈甘草子〉

人與地：

陶元亮醉在東籬。

——白樸〈得勝樂・秋〉

東籬陶令。

——張可久〈折桂令・桃花菊〉

以上數句，有的二者在一句中同時出現，有的隔若干句分別出現。陶淵明曾作彭澤令，故稱陶令，而稱菊為「陶令菊」，似乎以菊專屬淵明；淵明於東籬採菊，故又稱「東籬陶令」，似乎東籬也專屬淵明。這是文學詞語的特殊結構，已將普通意義的名詞，轉化為專有意義的名詞，因為其中有典故，乃造成它特殊而專指的含義。

元散曲作家當十分欣羨淵明東籬賞菊的清幽情趣，當他們構思創作時，自然聯想到陶令、東籬與黃菊，這樣的千古詩人，庭園中這樣的籬落，籬邊這樣清淡的幾叢菊花，竟讓他們如此心醉情癡，反映出淵明就是一位清趣如菊的詩人，正如他詩中所說的「素心人」[52]。

(三)飲酒自適的雅興

文士飲酒之風，約始於漢末，而盛行於魏晉。《後漢書・孔融傳》記孔融的自白：「坐上客常滿，尊中酒不空。」曹操〈短歌行〉感慨：「對酒當歌，人生幾何？」「何以解憂？惟有杜康。」

千。」

《魏志．陳思王傳》說曹植「飲酒不節」，他自己在〈名都篇〉中也說：「歸來宴平樂，美酒斗十

漢魏時時局動盪，戰亂頻仍，文士們深感歲月飄忽，人生短促53，因而對生命產生強烈的留戀，於是鍊丹求仙，以期長生的風氣大行，但結果不如所願，便自然藉飲酒以求快意與享樂。如〈古詩十九首〉說：「服食求神仙，多為藥所誤。不如飲美酒，被服紈與素。」范雲〈贈學仙者〉詩：「春醸煎松葉，秋杯浸菊花。相逢寧可辭？定不學丹砂。」

流風所及，以致競相仿效，如晉時竹林七賢，日日沈湎於酒，幾乎到了縱酒無度的地步，《世說新語．任誕篇》載：「七人常集於竹林之下，肆意酣暢。」可見酒已成為他們生活的全部。又載王佛大言：「三日不飲酒，覺形神不復相親。」劉伶常乘鹿車，以壺酒自隨，肆意放蕩，並著〈酒德頌〉54。當時名士之酣飲沈醉，當是藉以澆胸中壘塊55，是時代苦悶的宣洩。

到東晉末年的陶淵明，也以飲酒聞名，但卻與阮籍、嵇康、劉伶輩任性放誕與縱欲肆意的行為迥然不同。當時政治黑暗，社會混亂，幾至不可收拾地步，所以無力挽狂瀾的陶淵明，只有嘆息地說：「理也可奈何，且為陶一觴。」（〈雜詩〉之八）道出了詩人的無奈。

淵明之嗜酒好飲，在他自己寫的〈五柳先生傳〉裏說得很清楚：

性嗜酒，家貧不能常得；親舊知其如此，或置酒而招之。造飲輒盡，期在必醉。既醉而

退，曾不吝情去留。

在幾篇史傳中，也分明地記載著他幾件飲酒的故事，如《宋書·隱逸傳》：

嘗九月九日無酒，出宅邊菊叢中坐久，值弘送酒至，即便就酌，醉而後歸。潛不解音聲，而畜素琴一張，無絃，每有酒適，輒撫弄以寄其意。貴賤造之者，有酒輒設。潛若先醉，便語客：「我醉欲眠，卿可去！」其真率如此。郡將候潛，值其酒熟，取頭上葛巾漉酒，畢，還復著之。[56]

若從他自己的作品來，陶集中有〈飲酒詩〉二十首，〈止酒〉、〈述酒〉、〈連雨獨飲〉各一首，其他詩篇，也時時寫到飲酒生活。他以平淡歡悅的心情飲酒，如：

歡然酌春酒，摘我園中蔬。

——〈山海經〉十三首之一

忽與一樽酒，日夕歡相持。

——〈飲酒詩〉二十首之一

又以遣情忘憂的心意飲酒，如：

中觴縱遙情，忘彼千載憂。——〈遊斜川〉

何以稱我情？濁酒且自陶。——〈己酉歲九月九日〉

可見飲酒已成為淵明生活中重要的一部分，因為他已體會到「酒中有深味」〈飲酒詩〉之十四，但他與其他魏晉名士飲酒以尋求短暫的痲醉與快意的享樂為目的不同，他自有一番深情寄託。蕭統〈陶淵明集序〉說：

有疑陶淵明之詩，篇篇有酒，吾觀其意不在酒，亦寄酒為跡也。

如〈述酒〉一詩，雖然言辭隱晦，多不可解，但頗見悼國傷時之意，自宋湯漢注以來，詩旨漸明，當是述晉、宋易代之事，故有「流淚抱中歎」、「平王去舊京」等語，其中寄託了詩人一片忠憤之情。

其次，淵明飲酒不在藉酒逃避現實，而在進一步面對生活、欣賞生活，故〈飲酒詩〉所寫的，往往意不在酒，而是以「酒」來代替生活[57]。他只需要「清琴横床，濁酒半壺」（時運），便已覺得「黃唐莫逮」，十分滿足了。一人獨飲也能盡致，如〈飲酒詩〉之七說：「一觴雖獨進，杯盡壺自傾。」又如〈飲酒詩〉之十四說：「故人賞我趣，挈壺相與至。班荊坐松下，數斟已復醉。」可見飲酒已成淵明生活中一種情趣，一種雅興。至於〈飲酒詩〉之十九所謂：「雖無揮金事，濁酒聊可恃。」由是可以看出他處貧乏與亂世惟求自適的生活態度。

淵明與酒，已結不解之緣，故在元散曲作家心目中，酒便代表淵明，江湖載酒便是陶令風流，如：

駕銀漢星槎夢，載金莖玉露酒，江湖上陶令風流。

——喬吉〈凌波仙・菊舟〉

元人深知淵明飲酒別有寄意，所以說：

淵明圖醉，陳摶貪睡，此時人不解當時意。志相違，事難隨，不由他醉了齁睡。

——陳草庵〈山坡羊・嘆世〉

他們有時因對仕途、人生深有所感，而欣賞淵明飲酒的情趣與雅興，便歸隱以學淵明醉酒，如：

秋景堪題，紅葉滿山溪。松徑偏宜，黃菊繞東籬。正清樽斟潑醅，有白衣勸酒杯。官品極，到底成何濟？歸，學取淵明醉。

——關漢卿〈碧玉簫〉

裴公綠野堂，陶令白蓮社。愛秋來那些：和露摘黃花，帶霜烹紫蟹，煮酒燒紅葉。人生有限杯，幾度登高節？囑咐俺頑童記者，便北海探吾來，道東籬醉了也！

——馬致遠〈夜行船套·秋思〉

關、馬二人堪稱元曲家巨擘，他們一生都不很得志，如漢卿只在金末做過太醫院尹，金亡後不仕，寄身倡優間，以寫劇本為生；致遠只做過江浙行省務官，半生逢場作戲，而終老於江南。他們都曾在散曲中歌頌酒的價值，描寫飲酒的快樂；或攜酒以驅煩惱，沽酒以賞雲山；甚至勸人不辭杯酒，不爭醉醒，感嘆世事盛衰，人物成敗，而以醉酒為超越。如關漢卿說：

四時春富貴，萬物酒風流。

舊酒沒，新醅潑，老瓦盆邊笑呵呵。

——〈白鶴子〉

因為關氏主張「人生貴適意」（〈喬牌兒套〉），自然欣賞陶氏飲酒自適的雅興，而願學淵明醉。至於深慕淵明的馬致遠，也是性情中人，生活裏總離不開酒，他曾開懷地說：

帶野花，攜村酒，煩惱如何到心頭？

——〈四塊玉・閑適〉

酒旋沽，魚新買，滿眼雲山畫圖開。

——〈四塊玉・嘆世〉

又主張不辭故人杯酒，以免辜負他一片心意，至於屈大夫所謂：「眾人皆醉我獨醒」，有什麼好爭？他說：

酒杯深，故人心，相逢且莫推辭飲，君若歌時我慢斟，屈原清死由他恁，醉和醒爭甚？

——〈四塊玉・恬退〉

——〈撥不斷〉

曾以雙調〈慶東原〉六首，對歷史人物項羽、諸葛亮、曹操等大興嘆世之情，如以下數段：

楚歌四起，烏騅漫嘶，虞美人兮。不如醉還醒，醒還醉。

出師未回，長星墜地，蜀國空悲。不如醉還醒，醒還醉。

奸雄那裡，平生落的，只兩字征西。不如醉還醒，醒還醉。

每首末尾都以「不如醉還醒，醒還醉」作結，可見他認定飲酒之樂實在勝過這些人物的缺陷，豪傑、謀士或梟雄，事業總有成敗，而挫折遺憾往往不免。因此，馬致遠自然大感人生有限，而樂得效陶令逍遙自適，醉臥東籬。

淵明曾因重陽無酒而悵然有待，佳節當有美酒應景，這景自然是菊花，故元散曲作家常因重陽寫到酒興與花情，如《小山樂府》與《夢符散曲》裏這兩首：

東籬誤約陶元亮，過了重陽，自感傷。何情況，黃花惆悵，空作去年香。

——〈小梁州・失題〉

重陽雨冷風清，阻卻王宏，淡了淵明。昨日寒英，今朝香味，未必多爭。蜂與蝶從他世情，酒和花快我平生。縱步蓬瀛，會此同盟，醉眼青青。

——〈天香引．重九後一日遊蓬萊山〉

張可久與喬吉，堪稱元代散曲雙璧，明人李開先序二家小令，謂樂府之有喬張，猶詩家之有李杜，真是推崇備至。二人都潦倒不遇，一生寄情詩酒，如小山以為：

醉李白名千載，富陶朱能幾家？貧不了詩酒生涯。

——〈水仙子．山齋小集〉

其嗜酒愛詩之深，可以想見。而夢符常醉風月，情趣瀟灑，他曾寫道：

醉來起我成三箇，是清風明月我。

——〈水仙子．涼夜清興〉

二人作品中常描述他們的「詩酒生涯」，略舉數例可見：

竹籬邊沽酒去，驢背上載詩來。

——張可久〈寨兒令・鑑湖上尋梅〉

又詩成冷泉亭上，醉歸來晚風生嫩涼。

——張可久〈落梅風・月明歸興〉

時時酒興，處處詩禪。煙霞狀元，江湖醉仙。

——喬吉〈綠么遍・自述〉

虛花世態，潦草生涯。酒腸渴柳陰中揀雲頭剖瓜，詩句香梅梢上掃雪片烹茶。

——喬吉〈折桂令・自敘〉

他們如此醉心於詩，陶然於酒，和陶淵明的生活情趣一樣，陶氏〈移居〉二首之一說：

春秋多佳日，登高賦新詩。過門更相呼，有酒斟酌之。

然則淵明飲酒賦詩的雅興，小山、夢符正自同風。

元人常因淵明而識破興亡之理，由是也沽酒而醉，以求自適；或勘透富貴之虛幻，欲傾杯與陶令相應。如鄭光祖的兩首小令：

門前五柳侵江路，莊兒緊靠白蘋渡。除彭澤縣令無心做，淵明老子達時務。頻將濁酒沽，識破興亡數，醉時節笑撚著黃花去。

——〈塞鴻秋〉三首之一

金谷園那得三生富？鐵門限枉作千年妬。汨羅江空把三閭汚，北邙山誰是千鍾祿？想應陶令杯，不到劉伶墓，怎相逢不飲空歸去？

——〈塞鴻秋〉三首之三

號稱元曲四大家之一的鄭光祖，戲曲作品較多，散曲僅存小令、散套各三首。他也是一位流連詩酒的典型文人，如另首〈塞鴻秋〉說：「王維舊畫圖，杜甫新詩句，怎相逢不飲空歸去？」這樣的「詩酒生涯」，與小山、夢符一樣，全是淵明的影子。由前述二曲特別提到「彭澤縣令」、「淵明老子」、「陶令」來看，受淵明影響是必然的事實。

他們甚至對富貴功名、朝代興亡或壯懷高志，都一概看得平淡，並以屈原與陶潛相比，以為清醒不如醉酒適意，因而肯定淵明，作他的千古知音。如：

長醉後方何礙，不醒時有甚思？糟醃兩個功名字，醅渰千古興亡事，麴埋萬丈虹霓志。不達時皆笑屈原非，但知音盡說陶潛是。

試問屈原醒，爭似淵明醉？

——白樸〈寄生草·飲〉

——鍾嗣成〈清江引〉

白樸幼經喪亂，倉皇失母，故常悒鬱寡歡；長而放浪形骸，屏絕榮利，以求適意，後移家金陵，放情山水，優游詩酒，以遂雅志。從他的曲風來看，《太和正音譜》評他：「若大鵬之起北溟，奮翼凌乎九霄，有一舉萬里之志。」正如他自己在曲中所謂「萬丈虹霓志」，但終因時代所囿，有志而不獲騁，只有以酒麴埋沒，步陶潛後塵了。鍾嗣成於仕途不得志，以布衣終其身，曾感嘆「功名兩字原無命」的他，只得「光祿酒扶頭醉」（並見〈凌波仙〉）也成了淵明的酒中知己。

(四)田園生活的閒情

陶淵明原是一位出身農村、生長田園而「既耕且種」[58]的讀書人，在「弱年逢家乏」（〈有會而作〉）的貧窮生活中，為了免於飢餓，才出去擔任官職，他在〈飲酒詩〉中曾說：「疇昔苦長飢，投耒去學仕。」出仕之後，雖然羈身在外，仍然眷戀田園，如：

目倦川途異，心念山澤居。

——〈始作鎮軍參軍經曲阿〉

田園日夢想，安得久離析？

——〈乙巳歲三月為建威參軍使都經錢溪〉

淵明年輕時，曾懷有「丈夫志四海」（〈雜詩〉之四）的抱負，很想有一番作為，試看他詩中的自述：

少時壯且厲，撫劍獨行遊。

——〈擬古〉之八

猛志逸四海，騫翮思遠翥。

——〈雜詩〉之五

當他一旦踏入官場，接觸實際政治生活，才發現與自己個性格格不入，於是內心便產生矛盾痛苦，深感有如「冰炭滿懷抱」（〈雜詩〉之四）。「因意志與行為乖違，受不住精神的煎熬，所謂「違己交病」（〈歸去來兮辭並序〉），加上不願自尊心受屈，便毅然罷官歸田，他自述說：「歸去來兮！田園將蕪胡不歸？」歸田後的心情是：「悅親戚之情話，樂琴書以消憂。」仍然回到他耕讀的本位上來，故對田園倍覺親切，不由得高興地歡呼：「久在樊籠裏，復得返自然。」（〈歸園田居〉之五）終於尋回了落實的生命。

辭官歸隱後的陶淵明，從此便「日耽田園趣」，一面躬耕隴畝，一面徜徉田園，度過二十幾年寧靜恬適的田園生活，這時期他寫了不少描繪田園風光、記述農家生活、抒寫田園情趣、歌詠自然生命的田園詩，摘錄如下：

開荒南野際，守拙歸園田。方宅十餘畝，草屋八九間。榆柳蔭後簷，桃李羅堂前。曖曖遠人村，依依墟里煙。狗吠深巷中，雞鳴桑樹巔。

——〈歸園田居〉之一

白日掩荊扉，虛室絕塵想。時復墟曲中，披草共來往。相見無雜言，但道桑麻長。

——〈歸園田居〉之二

種豆南山下，草盛豆苗稀。晨興理荒穢，帶月荷鋤歸。

——〈歸園田居〉之三

農務各自歸，閒暇輒相思，相思輒披衣，言笑無厭時。

——〈移居〉之二

孟夏草木長，遶屋樹扶疏。眾鳥欣有託，吾亦愛吾廬。……歡然酌春酒，摘我園中蔬。

——〈讀山海經〉之一

淵明平淡自然的田園詩風，對唐代王、孟諸人的影響至深，故形成田園詩派；南宋時陸游、楊萬里、范成大等，也描寫田園生活，歌詠田園之樂，當也是由淵明一脈相傳而來。詩發展到元代，雖然出現過如元好問、薩都剌、劉因等大家，劉氏且有〈和陶詩〉一卷，顯然受淵明影響，但新興的散曲畢竟已成時代主流。散曲中雖然沒有形成田園一派，但就全面來觀察，大部分散曲作家，幾乎都傾向田園生活的閒情，他們在作品中，常以閒居、退隱、歸山、樂閒、適興、田家即事等為題，以歌詠閒適生活的快樂，如以下數首：

對綠水青山依舊，曲肱北牖，舒嘯東皋，放眼西樓。

——王實甫〈集賢賓套・逍遙樂〉

林泉隱居誰到此？有客清風至，會作山中相，不管人間事，爭甚麼半張名利紙？

——馬致遠〈清江引・野興〉

似雞犬樵漁武陵，被東君畫出昇平。

——盧摯〈蟾宮曲・田家即事〉

就山家酒嫩魚活，當歌，百無拘逍遙，千自在快活。

見斜川雞犬樂昇平，繞屋桑麻翠煙生。杖藜無處不堪行，滿目雲山畫難成。泉聲，響時仔細聽，轉覺柴門靜。

——張可久〈齊天樂過紅衫兒・隱居〉

——張養浩〈十二月兼堯民歌・歸田樂〉

他們寫林泉隱居的清閒，自在無拘的逍遙，都深得淵明的精神意趣，「北牖」、「舒嘯」、「東皐」、「雞犬」、「武陵」、「桑麻」、「柴門」等詞語，全從淵明筆下來。元散曲作家對田園生活的嚮往與歌頌，是因為田園寧靜而沒有風浪，遠離名利塵俗，故仿效淵明隱居。如：

譬如風浪乘舟去，爭似田園拂袖歸？本不愛爭名利，嫌貧汚耳，與鳥忘機。

——馬致遠〈哨遍套・耍孩兒三〉

陶朱公釣船，晉處士田園，潛居水陸脫塵緣。

——張可久〈醉太平・無題〉

南山歸敝廬，收拾園圃，安排隱居，效靖節先生歸去。

——秦竹村〈行香子套・碧玉簫・知足〉

可見田園已成為元代書生精神生命的避風港，塵緣世界的桃花源，這裏可以潛隱，可以安居，實在是心靈的故土，自然的樂園。

淵明曾以〈五柳先生傳〉為自己寫照，於是「五柳莊」便成為田園的代稱，連帶五柳，甚至種柳、插柳等，也成為這一典故的引申，而不時出現在元人散曲中，如：

農夫陶令……五柳莊甆甌瓦鉢。

——盧摯〈蟾宮曲．箕山感懷〉

瓜田邵平，草堂杜陵，五柳莊彭澤令。

——張可久〈朝天子．野景亭〉

這幾箇百般，要安不安，怎知俺五柳莊逍遙散誕？

——張養浩〈沽美酒兼太平令．嘆世〉

太平幸得閑身在，三徑修，五柳栽，歸去來！

——馬致遠〈四塊玉．恬退〉

柴門外春風五柳，竹籬邊野水孤舟。

陶潛種柳。

——張養浩〈折桂令〉

遍插淵明柳。

——馬致遠〈行香子套・錦上花〉

——宋方壺〈雁兒落過得勝令・閑居〉

中國隱士的類型：或隱於野，或隱於市。隱於野者，或隱於江湖，或隱於山林，或隱於田園；或隱於漁，或隱於樵，或隱於農。淵明便是隱於田園、隱於農的典型，而且他與高蹈派的隱士不同，他仍然生活在農村社會，仍然從事農作勞動，是個不折不扣的自耕農，為中國文學史上極少見的農夫詩人，元散曲家頗能認識這一特徵，如：

巢由後隱者誰何？試屈指高人，卻也無多。漁父嚴陵，農夫陶令，儘會婆娑。

——盧摯〈蟾宮曲・箕山感懷〉

愛龐公不入城闉，喜陳摶高臥煙雲，陸龜蒙長散誕，陶元亮自耕耘，這幾君，都不是等閑人。

——張養浩〈寨兒令・閑適〉

他們肯定：淵明是農夫中的高人，躬耕田畝，卻不是一般莊稼人。

淵明田園生活的樂趣，或樂在物得其所，而人與物自然交融，或樂在己適其性，而寄情託意於琴書。他在〈讀山海經〉第一首中寫道：「孟夏草木長，遶屋樹扶疏。衆鳥欣有託，吾亦愛吾廬。」草木扶疏，欣欣向榮，鳥有棲託，而詩人也欣愛自己的家，萬物與人間，都生意盎然，俯仰宇宙，處處可樂。「琴書」是淵明情感的寄託、快樂的源泉，〈歸去來兮辭〉說：「樂琴書以消憂。」〈始作鎮軍參軍經曲阿〉一詩也說：「弱齡寄事外，委懷在琴書。」元散曲家頗能欣然會心，故作品中常拈出此意，如：

不如歸去，香爐峯下，吾愛吾廬。

——張可久〈人月圓・三衢道中有懷會稽〉

不從方外遊，且向寰中住。但能通大道，何必厭亨衢？吾愛吾廬，選得陶詩句，楣間籀字書。

——湯式〈一枝花套・題心遠軒〉

生計無多，陶令琴書，杜曲桑麻。

——張可久〈折桂令・幽居〉

樂以琴詩，暢會尋思。萬古流傳，賦歸去來辭。

——盍志學〈蟾宮曲・詠淵明〉

張可久欲歸隱香爐峯下，與淵明同一心情：「吾愛吾盧」；而湯式本淵明「結廬在人境，而無車馬喧，問君何能爾？心遠地自偏」之意，住向人寰，心通大道，以陶詩「吾愛吾盧」句題他的「心遠軒」。又張可久以幽居生計，端在琴書桑麻；而盍志學詠淵明賦歸，以琴詩為樂。或主觀抒懷，或客觀寫陶，都反映出他們心中慕陶的傾向，所欣慕的便是他田園生活的閒情。

結論

以上三個單元中，第一單元，從時間的縱線發展，探討陶淵明對南朝以至唐宋文人的影響。唐宋詩人、詞人，常在思想、行為上欽慕淵明、模仿淵明；在古近體詩或宋詞中，或用淵明詩文中詞語，或詠淵明平生故事，或仿效其詩體，或追和其詩篇；淵明平淡、高古、自然的詩風，對唐宋詩人的文學風格也發生明顯的影響，更產生王孟田園詩派。

第二單元，從空間的橫面環境，探討元代政治、社會、學術三方面的因素，對元散曲作家創作意識與生活傾向所產生的影響。如政治上因科舉考試的廢棄，斷絕了士人進身之路，使他們隱遁山林田園，以淵明自比；社會上因漢族士人社會地位低落，備受歧視與壓抑，遂將憤懣苦悶傾訴於散曲，以求精神出路；學術上以遊牧部族發跡的元廷，輕視學術文化，致使學術發展停滯，文化傳統衰微，間接造成散曲的興盛。

第三單元，以元散曲作為一面鏡子，試觀察鏡中所反映的陶淵明影像。據作品分析歸納，有四項顯著的特徵：一是棄官歸隱的高節，這是行為、人格上的特徵；二是東籬賞菊的清趣，這是性格、生活上的特徵；三是飲酒自適的雅興，酒是淵明深情的寄託；四是田園生活的閒情，田園是淵明精神的樂土。各以淵明的歷史形像，與散曲中所反映的影像相印證，並以作家的性情、生活、行為與淵明相映照，一一若合符節。

元散曲作家筆下，凡內容、詞語涉及淵明的作品，可說不勝枚舉，本文當已網羅殆盡，至少已擷取具有代表性的絕大多數例證。若就這些作品的主題作一歸納，可得如下結果：除無題的作品十七首不計外，以恬退、知足、閑樂、閑適、逍遙樂為主題的有十二首；以村居、閑居、幽居、隱居、隱逸、歸逸、退隱為主題的有十一首；以辭官、歸去來、歸田、歸田樂、田家即事為主題的也有十一首；這些主題中，都有淵明的影子，也是元散曲作家最嚮往的生活與心情。其餘如以嘆世、勸世為題的有九首；詠陶淵明、感懷、以山中為題的各五首；屬題贈性質的也有五首；以重九與飲酒為主的四首；歸興、清興、野興三首；自敘、自述、自笑三首；他如寫梅、菊等花木的三首，寫季節或亭臺的二首，次韻一首。

本文採用元散曲中九十七首作為例證，或引用全文，或節用首尾，或截取一二句、數句不等。如就這些作品的體類略加分析，自然以小令居多，占七十九首，散套其次，有十三首，帶過曲只有五首。若就作者人數作簡要統計，引用最多的是張可久，達二十二首，其次是馬致遠，有十九首，可見他們兩人最傾慕淵明。其餘如張養浩六首，喬吉五首，關漢卿、盧摯、滕斌各四首，鄭光祖、汪元亨、湯式各三首，盍志學、徐再思、曹德、薛昂夫、陳草庵、白樸、鍾嗣成各二首，查德卿、吳弘道、王仲元、貫石屏、任昱、王實甫、秦竹村、宋方壺、索羅御史、無名氏各一首。以上共計二十七位作家，其中索羅御史當是蒙古人，薛昂夫是回鶻人，貫石屏若是貫雲石，則是畏吾爾人，其餘全是漢人。

本文以元散曲作品為基本材料，以其所映現的陶淵明影像為中心，透過時間發展的線索與空間環境的層面，作為這一中心的兩個前奏，以了解一位東晉隱逸詩人，如何受後世眾多文士仰慕的跡象，及首次由異族統治中國的元代社會，如何影響當時士人，造成散曲的蓬勃發展。而散曲的內容與風格，作家們的性情與生活，由於淵明的歷史形像與當代的特殊環境，便自然傾向於逍遙自適、淡泊自甘的田園情趣，他們也歸隱山林，也飲酒賞菊，常以淵明自比，以淵明自許。從二十七位作家、九十七首作品中，多數以歸田、隱逸為主題，並一一涉及淵明的情形來看，可見陶氏已成為這些散曲作者心靈中的偶像，也成為元代不得志的文士們精神上的安慰與寄託，這樣深刻的影響，當是中國文學史上一個獨特的顯例。

注釋：

❶以往學者論及陶淵明的思想，或專主儒家，如宋陸九淵《象山全集》以為「淵明有志於吾道」。真德秀跋黃瀛甫〈擬陶詩〉說：「淵明之學，正自經術中來。」或專主道家，如宋朱熹《朱子語類》說：「淵明所說者莊老。」近人朱自清〈陶詩的深度〉說：「陶詩裏主要思想，實在還是道家。」也有主張受佛家影響的，如清查慎行詩評說：「先生精於禪理。」實則淵明的思想特質，當為儒、道二家的融合，而參以佛學智慧。觀其詩文中所表現的人生觀，如早期的奮發進取、求志善身，為人之嚴正執著、篤實踐履，正是儒家入世的精神；處世求自然和諧、逍遙自適、曠達超逸、歸真返樸與知足自樂，顯然是道家淡泊的人生態度；歸田後求寧靜禪定，體悟無常無我，並趨於出世解脫，則是佛家智慧孕育而成。詳見拙作〈陶淵明的思想與人生觀〉一文，載於《慶祝婺源潘石禪先生七秩華誕特刊》，民國六十六年三月，中國文化學院中文所系編印。

❷語見鍾嶸《詩品．序》：「永嘉時，貴黃老，稍尚虛談。于時篇什，理過其辭，淡乎寡味。」

❸引自劉勰《文心雕龍．明詩篇》。

❹《詩品》置陶詩於中品，大抵為時尚所拘，後世論者以為未允，如明閔文振《蘭莊詩話》曾深致其惑，清沈德潛《說詩晬語》以為不智，王士禛《漁洋詩話》主張：「陶潛宜在上品。」

❺陶詩源出應璩之說，頗受歷來詩話家訾議，如宋葉夢得《石林詩話》、清沈德潛《說詩晬語》等，都曾予以

批駁。今人王貴苓由類書中所輯應璩詩，從風格與思想特徵與陶詩比較，發現確有類似之處，以為陶詩當由應璩啟其端倪，因而證明鍾嶸的見解正確，說見所撰〈陶詩源出應璩說探討〉一文，載《陶淵明及其詩的研究》一書，民國五十五年五月，臺大文史叢刊，又載《文學雜誌》作品集：《中國文學評論》第一冊，民國六十六年十二月，聯經出版事業公司出版。

❻《晉書》、《宋書》、《南史》均列淵明於〈隱逸傳〉，清古直《陶靖節詩箋》說：「案六朝人如鮑照、江淹、梁昭明、梁簡文、陽休之等，均好陶詩。陶公固不僅為古今隱逸詩人之宗，然古今隱逸詩人，則未有不宗陶公者。」

❼數語見陶集序錄，引自清陶澍集注：《靖節先生集》卷首，諸本序錄，華正書局。

❽拙作〈田園詩派的形成與陶淵明田園詩的風格〉一文，亦有論述，載《幼獅學誌》第十四卷第二期。

❾東坡與蘇轍書說：「吾於詩人，無所甚好，獨好淵明之詩。淵明作詩不多，然其詩質而實綺，癯而實腴，自曹、劉、鮑、謝、李、杜諸人，皆莫及也。吾前後和其詩凡一百有九篇，至其得意，自謂不甚愧淵明。」

❿如〈水調歌頭〉：「我愧淵明久矣，猶借此翁湔洗，素壁寫歸來。」〈洞仙歌〉：「人生行樂耳，身後虛名，何似生前一杯酒？便此地，結吾廬，待學淵明，更手種、門前五柳。」〈水龍吟〉：「老來曾識淵明，夢中一見參差是。……問北窗高臥，東籬自醉，應別有、歸來意。」

⓫語見鄭騫先生〈辛稼軒與陶淵明〉一文，載《景午叢編》上編，臺灣中華書局。

⓬如《朱子語類》評陶詩說：「其詩無一字做作，真是自在，其氣象近道，意常愛之。」〈題霜傑集詩〉讚其為人說：「平生尚友陶彭澤，未肯輕為折腰客。胸中合處不作難，霜下風姿自奇特。」

⓭以上是拙作〈逍遙自適的元散曲世界〉一文中，據元人散曲歸納出的幾種特色，見《中國文學講話》第八冊，巨流圖書公司。

⓮所謂「歸來引」，據東坡自注：「余增損淵明〈歸去來〉以就聲律，謂之〈歸來引〉。」今河洛圖書出版社之《蘇東坡全集．卷十九》有〈歸來引〉一首，題〈送王子立歸筠州〉，仿淵明〈歸去來兮辭〉而作。

⓯此詩見《昭明文選．卷三十一》，在江文通〈雜體詩〉三十首中，俗本誤收在陶集中。

⓰詳見周先生所撰〈詩詞的「當下」美〉一文，載中國古典文學第一屆國際會議論文專輯：《古典文學》第七集下冊。

⓱如淵明〈歸園田居〉的「曖曖遠人村，依依墟里煙」，王維在〈輞川閒居贈裴迪秀才〉一詩中，化為「渡頭餘落日，墟里上孤煙」。又〈晚春嚴少尹與諸兄見過〉詩中，有「松菊荒三逕」一句，則是由〈歸去來兮辭〉的「三徑就荒，松菊猶存」而來。

⓲如維詩〈偶然作〉中「陶潛任天真」一首，詠淵明耽酒的性格與生活，又心慕桃花源的理想世界而作〈桃源行〉。

⓳如《論語．八佾篇》載孔子說：「夷狄之有君，不如諸夏之亡也。」是站在文化的立場來評論的。又〈子罕篇〉記：「子欲居九夷。或曰：『陋，如之何？』子曰：『君子居之，何陋之有？』」因為君子的文化涵養，

可以化鄙陋為文明。《孟子．公孫丑上篇》載孟子說：「吾聞用夏變夷者，未聞變於夷者也。」

⑳黎傑先生所著《元史》說：「隋文帝開皇七年罷州郡辟舉，建秀才科以考試取士，其後又設進士科，試士子以詩賦，此為中國科舉取士之始。自此以後，唐宋相沿，國家選才以用的方法，都採用科舉考試制度了。」見第二篇第三章考選制度。民國六十七年（西元一九七八年），臺北，九思出版社，頁一五六。

㉑《元史．選舉志》科目條：「太宗始取中原，中書令耶律楚材請用儒術選士，從之。」按：時在太宗九年（西元一二三七年）丁酉，當南宋理宗嘉熙元年。元好問〈廉訪使楊文憲公墓碑〉以為在次年戊戌。

㉒黎傑《元史》述元代科舉說：「按元之科舉始自仁宗元祐二年，其時已是宋末亡後四十年，此後三年一試，至順帝至元元年而罷，但至元六年又復開科，計有元一代，先後開科不過二十次而已（太宗時不計在內）。」

㉓如《續通典》提到，皇慶、延祐年間，由進士而入官的僅占百分之一，由吏而致顯達的則常居十分之九。

㉔如《黑韃事略》（收入王國維編注：蒙古史料四種）中記載：王宣撫家有推車僕役數人，曾在金朝任運使或侍郎。又《元史．耶律楚材傳》記楚材請太宗校試儒士，得被俘為奴之士四千三十人。

㉕四民之說，當始於管仲，《管子．小匡》：「士農工商四民者，國之石民也。」據戴望《管子校正》，「石民」當作「正民」。此說漢時已甚流行，屢見於《尚書．周官傳》、《漢書．食貨志上》、《公羊傳．成公元年解詁》。

㉖如政治上科舉考試使讀書人出路有了保障，成為最主要的登仕途徑；經濟上士大夫享有種種優免，官員

可以免除傜役；刑罰上繼承古來「刑不上大夫」的傳統，官員犯法，可以免杖；榮譽上士人成為萬民欣羨的對象。參見蕭啟慶《元代史新探》中〈元代的儒戶〉一文，民國七十二年（西元一九八三年）六月，臺北，新文豐出版公司。

㉗如《元史・百官志序》說：「世祖即位……官有常職，位有常員。其長則蒙古人為之，而漢人、南人貳之。」

㉘見《鐵函心史・下卷》。

㉙如陳援庵《元史研究》說：「九儒十丐之說，出於南宋人之詆詞，不足為據。」見〈元西域人華化考〉結論一。蕭啟慶《元代史新探》以為：「謝、鄭二氏原是宋遺民中有名的激進派，一方面哀故國的淪亡，一方面悼衣冠的沈喪，語出過激，並不意外。」見〈元代的儒戶〉。何況謝氏也明說是出於以儒為戲的滑稽之言。

㉚如蒙思明《元代社會階級制度》一書說：「儒人在元代地位的卑劣，雖不至於如謝疊山、鄭所南之所形容，居於娼之下、丐之上，要亦備受苛虐。」

㉛如黎傑的《元史》、陳援庵的《元史研究》、黎東方的《細說元朝》、孫克寬的《元代漢文化之活動》、袁冀的《元史論叢》、朱啟慶的《元代史新探》等。

㉜如耶律楚材建議太宗考試取士，並以儒術施於政事；劉秉忠、郭守敬等以天文技藝參與朝廷大計，劉氏更定朝儀、立官制，使中統、至元政治更趨漢化；姚樞獻策以預定儒治規模；郝經上〈立政議〉、許衡上

〈時務五事〉，各對儒治有詳明的規畫。

33如元好問以在野名士，力挽學術頹流，有功於文學、史學；趙復、許衡等，使程朱義理定於一尊，延續了宋學命脈；金履祥窮究義理之學，講學於麗澤書院，成為一代名儒；劉因邃於性理之學，闢斥邪說異端，德業世所景仰；吳澄深研《易》、《書》、《禮》學，精於考訂，堪為有清乾嘉諸儒的先驅。

34事載《元史．禮樂志》及《新元史．禮志》。

35其事及語俱見《元史．禮樂志》第十八。

36東平府轄今山東西南、河北南部、河南北部一帶。由東平行臺嚴實及其子嚴忠濟先後主其事。事見柯劭忞《新元史．一五八卷．嚴實傳》，孫克寬先生《元代漢文化之活動》一書有詳盡的考述。

37淵明詩中常以松、菊、蘭自比，拙作〈陶淵明與松菊蘭〉曾加論析，以青松、秋菊、幽蘭為淵明德性品格的象徵，詩人與植物間精神相通，靈性交融，見《文風》第四十四期，《木鐸》第十期。

38劉因有《靜修先生文集》二十二卷，其中十五卷是詩，第三卷全是和陶之作。

39《靜修先生文集》卷首李謙序：「若夫君之辭章，閑婉沖澹。」《元詩紀事．卷五》：「劉夢吉古選學陶沖淡。」按因字夢吉。

40淵明曾在自己詩中表白：「少無適俗韻，性本愛丘山。誤落塵網中，一去三十年。」（〈歸園田居〉）按：宋吳仁傑以為「三十年」當作「十三年」，見所著《陶靖節先生年譜》。在〈歸去來辭〉中也自述：「質性自然，非矯厲所得。」蕭統〈陶淵明傳〉說：「淵明少有高趣，博學，善屬文，穎脫不羈，任真自得。」又說：「親老家貧，起為州祭酒。」

㊶《宋書・隱逸傳》：「郡遣督郵至縣，吏白應束帶見之。潛嘆曰：『我不能為五斗米，折腰向鄉里小人！』即日解印綬去職，賦〈歸去來〉。」蕭傳、《蓮社高賢傳》、《晉書》及《南史・隱逸傳》都如此記載。

㊷世以關漢卿、馬致遠、鄭光祖、白樸為元曲四大家，稱「關馬鄭白」，或以王實甫易鄭，或加喬吉為六家。

㊸蕭統〈陶淵明集序〉說：「其文章不羣，詞采精拔；跌蕩昭彰，獨超眾類。」沈約《宋書・隱逸傳》說：「潛少有高趣。」令狐德棻《晉書・隱逸傳》說淵明「穎脫不羈」。

㊹朱熹評論淵明說：「晉、宋人物，雖曰尚清高，然個個要官職，這邊一面清談，那邊一面招權納貨。陶淵明真個能不要，此所以高於晉、宋人物。」則當時官場之汚濁黑暗可知。

㊺如黎傑先生《元史》說：「世祖滅宋而有整個中國之後，對於漢臣日漸疏遠，由是政治日壞，暴歛日甚，民怨沸騰，人心盡失。」見第二章第一節，頁六一。

㊻二氏評語，並見宋李公煥《箋註陶淵明集》引。

㊼洪邁《容齋隨筆》記載：「建中、靖國間，東坡和〈歸去來〉，初至京師，其門下賓客從而和者數人，皆自謂得意也。」所述為晁以道〈答李持國書〉中語。

㊽此作原載《詞林摘豔》，任中敏編《散曲叢刊》，錄入《小山樂府補集》。

㊾如「東籬半世蹉跎」，見〈蟾宮曲〉；「東籬本是風月主，晚節園林趣」，見〈清江引〉。

㊿貫石屏之名僅見《詞林摘豔》，隋樹森《全元散曲》錄之，校勘記以為或即貫酸齋。

51孛羅御史當為蒙古人，隋樹森《全元散曲》據《新元史・拖雷傳》，疑即乃刺忽不花子孛羅。

52〈移居〉二首之一：「昔欲居南村，非為卜其宅。聞多素心人，樂與數晨夕。」

53如〈古詩十九首〉之三：「青青陵上柏，磊磊澗中石。人生天地間，忽如遠行客。」又〈古詩十九首〉之十三：「浩浩陰陽移，年命如朝露。人生忽如寄，壽無金石固。」

54見袁宏《名士傳》、《世說新語・文學篇》。

55借用《世說新語・任誕篇》載王大說阮籍語意。王大云：「阮籍胸中壘塊，故須酒澆之。」

56蕭統〈陶淵明傳〉、《南史・隱逸傳》略同。

57詳見尉天驄先生〈從陶淵明的飲酒詩談起〉一文，載《陶淵明研究・卷二》。民國六十六年（西元一九七七年）七月，臺北，九思出版社。

58淵明〈讀山海經〉十三首之一說：「既耕亦已種，時還讀我書。」

從歷史淵源論元散曲中的漁樵鷗鷺

漁樵不過是捕魚、採薪的勞動者，鷗鷺不過是湖海之上、林野之間常見的水鳥而已，這兩種平凡人物和平凡鳥類，在中國歷史上、古書中卻由原有的尋常意義，逐漸轉化而寓有特別的意義，尤其在哲學上、文學上，是常被借用、引喻的象徵。

經過一千多年的演化，在文學作品中，從散文、詩、詞裏的普通描寫與偶或微有寄意，到元代散曲作家，意趣乃大不相同。由於當時特殊的政治環境與社會背景，使得一般文士無從也不願在異族統治下尋求仕進之路，而樂於過逍遙自適、蕭灑自由的快樂生活。因此，元人散曲作品中，便大量出現歌詠漁樵鷗鷺的生活情趣。

本文意在就此一普遍現象，探討其特殊涵義，分析作品中的實例，歸納其用意類型，以發掘元散曲作家心靈的寄託與曠達的人生觀。請先從歷史淵源說起：

古籍中的漁樵鷗鷺

「漁」字獨用時，初指捕魚的事。先秦經典中最早出現「漁」字的是《易經》，〈繫辭篇〉追述上古帝王包犧氏王天下時所創始的事業，便述及漁事，以及取象於八卦的關係。〈繫辭下〉說：

於是始作八卦，以通神明之德，以類萬物之情。作結繩而為罔罟，以佃以漁，蓋取諸離。

由這段記載，可知捕魚的事起源很早很早，當人類懂得結網捕魚或獵取野獸來維持生活時，有很長的一段時期，被上古史家稱為「漁獵時期」。

從戰國到秦漢的古籍中，也常將「漁」字用作捕魚之意的動詞或動名詞，如：

燧人之世，天下多水，故教民以漁。

——《尸子·君治》

是月也，命漁師始漁。

——《禮記·月令》

田則不漁。

——《禮記・坊記》

由以上這些記載來看，可見早在上古燧人氏、伏羲氏時代，便有捕魚的事，後來並設有漁師掌理其事。

「漁師」一詞，在《禮記・月令》中凡三見，他如「漁者」、「漁人」、「漁父」等詞，也屢見於戰國、秦漢時的古籍中，如：

中蒯侍漁者。

——《左傳・襄公二十五年》

漁人之入海。

——《管子・禁藏》

漁父見而問之。

——《史記・屈原傳》

漁者走淵。

——《淮南子・說林訓》

在《戰國策．燕策》中，記載趙國將伐燕國時，蘇代向燕惠王說了一個「鷸蚌相爭」的寓言故事，當鷸蚌相持不下時，「漁者得而并禽之」，故事末尾，蘇代諫惠王說：「臣恐強秦之為漁父也。」

至於「樵」字，初用作採薪的意思，通常作動詞用，最早見於《詩經》，如：

樵彼桑薪。

——《詩．小雅．白華》

如此作採伐講的用法，也見於《左傳》，如：

禁芻牧採樵，不入田，不樵樹。

——《左傳．昭公六年》

而《公羊傳》的用法十分特殊，傳文解說《春秋》經「焚咸丘」用字的含義：

焚之者何？樵之也。樵之者何？以火攻也。

——《公羊傳・桓公七年》

由採伐引申為採伐所得的柴薪，再引申用作當柴薪般燒毀之意，堪稱用意曲折。

採薪的人稱「樵夫」，漢人已常用，如：

樵夫牧豎。

——《史記・孟嘗君傳》

士有不談王道者，則樵夫笑之。

——《文選・揚雄・長楊賦》

從司馬遷和揚雄的語意，可以看出漢人已將樵夫代表一種低微的身分、一種極普通的平民階層。

鷗鳥最早見於《山海經》，《南越志》記載這種水鳥的習性說：

江鷗，一名海鷗，在漲海中，隨潮上下，常以三月風至，乃還州嶼，頗知風雲，若羣飛至峯，渡海者以此為候。

鷗鳥常飛翔海上或江湖，故稱海鷗或江鷗；時或停息於沙灘或沙洲上，故又稱沙鷗；以羽毛潔白，故又稱白鷗。

鷗鳥平時不懷機心，故常樂與人親近，但人若稍有機心，則鷗鳥也存戒心，以資提防，《列子．黃帝篇》中記載了這樣一段故事：

海上之人好鷗者，每旦之海上，從鷗鳥遊，鷗鳥之至者，百數而不止。其父曰：「吾聞鷗鳥皆從汝好，取來吾玩之。」明日之海，鷗鳥舞而不下。

這故事可能是事實，也可能是一則寓言，由此可以看出鷗的性情，與人相處，有無機心，因人而異，可知鳥性與人性是相對待且相互影響的。

鷺也是一種水鳥，全名鷺鷥，先秦古籍中單稱鷺，《詩經》中凡七見，如：

值其鷺羽。（次章）

值其鷺翿。（三章）

——〈陳風．宛丘〉

振鷺于飛，于彼西雝。

振振鷺，鷺于下。（首章）

——〈周頌．振鷺〉

振振鷺，鷺于飛。（次章）

——〈魯頌．有駜〉

《詩經》中常出現草木、鳥獸、蟲魚之類的自然生物，所以孔子在《論語》中曾指出：讀《詩》可以「多識於鳥獸草木之名」，也就是增長對自然界的認知。《詩經》之外，其他先秦古書中少見「鷺」字。

鷺常飛翔水上田野，棲息林間，羽毛潔白如雪，故名白鷺、白鳥，又名雪客。與鷗不同的是：鷺頂上有純白色長毛，體形比鷗輕巧，腿較細長，鷗羣飛往往爭鳴，而鷺則羣飛秩然有序，默然無聲。

出身漁樵的歷史人物

中國歷史上有幾位赫赫有名的人物出身於漁樵，其中有帝王、賢相、名臣、高士，他們分別是禪讓政治的要角、深受孔子所推崇的聖君虞舜；周文王得之於渭水之濱、曾輔佐武王克殷的姜子牙；西漢出身微寒的朱買臣；東漢光武帝摯友、卻終身隱於富春江畔垂釣一生、高風亮節的嚴子陵。

以至孝著稱於史冊的舜帝，年輕時做過許多勞動工作，曾經耕過田，捕過魚，製作過陶器、雜物用具等，後來卻被堯所識拔而為帝，《史記．五帝本紀》記載：

舜耕歷山，漁雷澤，陶河濱，作什器於壽丘。

關於舜之出身微賤，《孟子》中也曾指出，孟子強調「君子莫大乎與人為善」時，舉舜為實例，〈公孫丑上〉說大舜：

自耕稼陶漁以至為帝，無非取於人者。取諸人以為善，是與人為善者也。

朱熹《四書集註》據《史記》作註說：

舜之側微，耕于歷山，陶于河濱，漁于雷澤。

後世文人也常以此事稱許舜，如後魏溫子昇〈舜廟碑〉說他：「施罟雷澤，漁父於是讓川。」劉宋顏延之〈為張湘州祭虞帝文〉說他：「藏器漁陶，致身愛敬。」可說是美傳千古的史事。

至於姜子牙的故事，見《史記．齊太公世家》，司馬遷記述他與周文王奇妙的遇合經過說：

> 呂尚蓋嘗窮困，年老矣，以漁釣奸（通干）周西伯。西伯將出獵，卜之，曰：「所獲非龍非螭，非虎非羆，所獲霸王之輔。」於是周西伯獵，果遇太公於渭之陽，與語大說（通悅），曰：「自吾先君太公曰『當有聖人適周，周以興。』子真是耶？吾太公望子久矣。」故號之曰：「太公望」，載與俱歸，立為師。

這是一段君臣巧遇而相得的傳奇故事，為千古所傳誦。呂尚本姓姜氏，名尚，字子牙，先祖封於呂，故稱呂尚，後世多稱姜太公。

太公垂釣的地方，唐張守節《史記正義》引《括地志》說：

> 茲泉水源出岐州岐山縣西南凡谷。《呂氏春秋》云：「太公釣於茲泉，遇文王。」酈元云：「磻磎中有泉，謂之茲泉。泉水潭積，自成淵渚，即太公釣處，今人謂之凡谷。石壁深高，幽篁邃密，林澤秀阻，人跡罕及。東南隅有石室，蓋太公所居也。水次有磻石可釣

處，即太公垂釣之所。其投竿跪餌、兩膝遺跡猶存，是有磻溪之稱也。其水清泠神異，北流十二里注于渭。」

引文中對姜太公垂釣之處，不但實指其地，而且有詳盡的描寫，不知遺跡至今是否尚存？此外，《史記・范睢傳》也有類似的記載，述范睢對秦王說：

臣聞昔者呂尚之遇文王也，身為漁父而釣於渭濱耳。

可見這故事頗為後世人臣所樂於引用，後來更廣泛流傳於民間，明代許仲琳的神怪小說《封神演義》中，也曾大加渲染鋪寫。

漢初曾任中大夫、會稽太守、丞相長史的朱買臣，《漢書・朱買臣傳》記載他的家世說：

家貧，好讀書，不治產業，常艾（通刈）薪樵，賣以給食，擔束薪，行且誦書。

朱買臣出身樵夫，以採薪為業，猶時時讀書上進，終能貴顯的故事，常成為後世勉勵貧寒子弟的實例，元人劇曲《漁樵記》便是敷演買臣微時刈薪自給，與漁人王安道、樵者楊孝先為友，風雪中遇大司徒嚴助，受薦入朝，後除會稽太守的故事，故劇曲全名為《朱太守風雪漁樵記》。

嚴子陵的故事，見於《後漢書．嚴光傳》，為〈逸民列傳〉的一部分，傳文記嚴光的行事說：

嚴光，字子陵，一名遵，會稽餘姚人也。少有高名，與光武同遊學。及光武即位，乃變名姓，隱身不見。帝思其賢，乃令以物色訪之。……除為諫議大夫，不屈，乃耕於富春山，後人名其釣處為嚴陵瀨焉。

嚴光釣魚處，梁顧野王《輿地志》曾考其地遺跡：

七里瀨在東陽江下，與嚴陵瀨相接，有嚴山。桐廬縣南有嚴子陵漁釣處，今山邊有石，上平，可坐十人，臨水，名為嚴陵釣壇。

嚴子陵不慕富貴，終身以漁釣自樂的高風亮節，深受後世的推崇景仰，如北宋名臣范仲淹曾撰〈嚴先生祠堂記〉一文，文末以無限尊崇的語氣說：「先生之風，山高水長。」元代散曲中，也常見歌詠。

以上四位歷史人物，舜帝、姜子牙、嚴子陵都曾做過捕魚、釣魚的漁人，而朱買臣曾是一介樵夫，都是明白記載於史籍的人物故事，影響後世極為深遠。至於後來的文學家中，如唐張志和隱居江湖，自號煙波釣徒，並創〈漁歌子〉詞調，這類例子也有不少。

哲學、文學中的漁樵鷗鷺

道家的哲學思想，自老子、莊子以來，一向貴真、貴自然，不主張束縛人性的種種人為制度，《莊子》一書中便常假設寓言，來批評儒家的孔子，雜篇中有〈漁父〉一篇，乃是莊子藉一位老漁夫與孔門弟子子路、子貢及孔子間的對話，來批評孔子講忠信、仁義、禮樂、人倫，都是「苦心勞形以危其真」的作為，並進而闡釋「持守其真」、還歸自然的主張，因為真與自然都是「受於天」而「不拘於俗」的，這些思想不但與內篇的觀點一致，也與莊子的一貫主張相應，雖然有學者懷疑〈漁父〉的真偽，但就思想脈絡來說，仍可看成是莊子一派的學說。

莊子在〈漁父篇〉開場，有一段輕鬆的描寫，寫漁父與孔子相遇的前奏，對孔子林間絃歌的氣氛，漁父傾聽琴音的神態，都寫得十分生動。莊子寫道：

孔子遊於緇帷之林，休坐乎杏壇之上，弟子讀書，孔子絃歌鼓琴。奏曲未半，有漁父者，下船而來，鬚眉交白，被髮揄袂，行原以上，距陸而止，左手據膝，右手持頤以聽。曲終

> 而招子貢、子路，二人俱對。

這段描寫之後，先安排漁父與兩位弟子的幾番對話，然後寫孔子自動虛心求教，於是漁父便展開對孔道的評論，並反覆闡明「聖人法天貴真，不拘於俗」的自然哲學之精義，漁父說罷「乃刺船而去」，完全一派隱居有道之士的作風。文末更寫出孔子聽後的感悟：

> 且道者，萬物之所由也，庶物失之者死，得之者生，為事逆之則敗，順之則成。故道之所在，聖人尊之。今漁父之於道，可謂有矣，吾敢不敬乎！

這當然是作者所假設的寓言。全篇內容，以對話方式進行，其中漁父顯然是藉以代表道家發言，這是哲學家首度以逍遙自適的漁父為代言人而寓有微意的一種寄託。

後世哲學家也往往規仿莊子這種借箸代籌式的間接表達模式，如北宋理學家邵雍著有《漁樵問答》一卷，以說明天地間一切事物存在演變的道理，完全假託漁人與樵夫的相互問答之詞來表現。

文學作品中，也有虛構人物，藉問答來表現一種人生態度的作法，如《楚辭》中也有〈漁父篇〉，作者假託漁父與屈原的兩段對話，以表現屈原不隨波逐流，而固持己見的堅貞信念。當漁父得知屈原被放逐的原因，是他「舉世皆濁我獨清，眾人皆醉我獨醒」的人生觀時，乃以「聖人不凝滯於物，而能與世推移」相勸，但屈原仍固執地以「寧赴湘流，葬於江魚之腹中。安能以皓皓之白，而蒙世俗之塵埃乎」相應，充分表現他至死不屈的高潔人格，但卻也造成他個人生命的悲劇。文章結尾處，作者描寫道：

漁父莞爾而笑，鼓枻而去。乃歌曰：「滄浪之水清兮，可以濯吾纓；滄浪之水濁兮，可以濯吾足。」遂去，不復與言。

又是一派道家人物放曠自得的態度與作風，與《論語》中的隱者如出一轍。

他如陶潛〈桃花源記〉寫武陵漁人無意間發現人間淨土的故事，在文學史上是千古流傳的佳話。文章原列詩前，彷彿詩的序文。開頭寫發現洞天福地的緣起與經過：

晉太元中，武陵人，捕魚為業，緣溪行，忘路之遠近。忽逢桃花林，夾岸數百步，中無雜樹，芳草鮮美，落英繽紛，漁人甚異之。復前行，欲窮其林。林盡水源，便得一山。山有小口，彷彿若有光。便舍船，從口入。

在這段奇妙的經歷後，漁人從洞口探身進入，便發現一片豁然開朗的平曠土地，繼而描寫這片土地的自然風物，「雞犬相聞」的鄉野光景，「怡然自樂」的男女老少，人情味十足的酒食款待。洞中人並道出：先世因避秦亂而移居於此，與世隔絕已久，故不知外界朝代更替。一切情境，寫得十分引人入勝，彷彿是一篇具有吸引力與傳奇性的極短篇小說。

至於寫樵夫的作品，多見於歷代筆記小說，在多少帶點神怪傳說的故事中，樵夫往往居於關鍵性地位，如梁任昉《述異記》中記載一段奇事：

晉王質入山採樵，見二童子對弈，童子與質一物如棗核，食之不飢。局終，童子指示曰：「汝柯爛矣！」質歸鄉里，已及百歲。

這位樵夫的奇遇，使他已進入神仙世界而不自知，故事編者多少已賦予這類人物以神異色彩。

漁人生活於江湖之上，類多明智而隱遁之士，常在有意無意間編出一段歌詞，內容往往含有豐富的人生哲理，或寶貴的生活體驗，前引《楚辭．漁父篇》所載滄浪歌，也見於《孟子．離婁上》。其他書中也常見漁歌，通常歌詞簡短而富深意，如著名的地理書而兼具寫景文學之美的《水經注》一書，在〈江水注〉中寫三峽之景：

每至晴初霜旦，林寒澗肅，常有高猿長嘯，屬引淒異，空谷傳響，哀轉久絕。故漁者歌曰：「巴東三峽巫峽長，猿鳴三聲淚沾裳。」

前述陶潛〈桃花源記〉寫武陵漁人發現桃源洞天的故事，影響後世文學極為深遠，晉、宋以後，歷代散文、辭賦、詩歌中，以此為歌詠題材的不勝枚舉，清人唐開韶輯成《桃花源志略》十三卷，這些作品就占九卷之多。唐、宋詩人王維、王安石等作成歌行體詩，題為「桃源行」，維詩便從漁舟起筆。

漁舟逐水愛山春，兩岸桃花夾古津。坐看紅樹不知遠，行盡青溪不見人。

至於題材以漁樵為描寫或歌詠對象的詩也很多，如柳宗元有〈漁翁〉詩，陸龜蒙曾作〈樵人十詠〉。詞牌有〈漁父引〉、〈漁父家風〉、〈漁家傲〉、〈漁歌子〉等。宋人詞集有以漁樵為名的，如張輯《清江漁譜》、陳允平《日湖漁唱》、周密《蘋洲漁笛譜》、朱敦儒《樵歌》、毛幵《樵隱詞》、楊炎正《西樵語業》等。甚至古人有取漁樵為名字的，如南宋鄭樵，字漁仲；清初李漁，字笠翁。由此可見，國人受漁樵影響之大，因為漁樵象徵逍遙自在、瀟灑不拘的人生情趣；而文學作品吟詠漁樵者之豐富多彩，更可知漁樵在歷代文人、詩人、詞人心中，是一種心靈的慰藉、永恆的嚮往。

中國文學演進到明清小說與戲曲，漁樵常成為閱盡人世滄桑、感慨歷史興亡的見證人，如著名的歷史小說、羅貫中的《三國演義》，第一回開頭引用一闋詞，可看作全書的楔子，詞的下片寫道：

白髮漁翁江渚上，慣看秋月春風。一壺濁酒喜相逢，古今多少事，都付笑談中。

這詞調名〈臨江仙〉，詞句間寫出一位江渚上的白髮漁翁，看夠了世事的變幻無常，遂灑脫而開朗地把古今多少興亡事，在飲酒談話中付之一笑，這是多麼豁達的人生觀！多麼透徹的處世智慧！

清人孔尚任的傳奇劇本《桃花扇》，寫明末四公子之一的侯方域與名妓李香君淒涼的戀情故事，劇中著重抒寫明室覆亡的慘痛，而結局是男女主角都出家為僧尼，全劇劇情淒豔深刻，等於譜出一曲時代的哀歌，上演一幕歷史的悲劇。劇尾餘韻中點出：「漁樵閒話興亡。」又藉一首下場詩道出作者深沈的感慨，詩的前四句說：

漁樵同話舊繁華，短夢寥寥記不差。
曾恨紅箋啣燕子，偏憐素扇染桃花。

詩中不但抒發了繁華如夢的感傷，也點出了劇名「桃花扇」的含意。

鷗鷺在散文、詩詞中，常成為寫景鏡頭優美的點綴，如以下數例：

輕儵出水，白鷗矯翼。——王維〈山中與裴迪書〉

沙鷗翔集，錦鱗游泳。——范仲淹〈岳陽樓記〉

兩箇黃鸝鳴翠柳，一行白鷺上青天。——杜甫〈絕句〉

漠漠水田飛白鷺，陰陰夏木囀黃鸝。——王維〈輞川積雨〉

爭渡，爭渡，驚起一灘鷗鷺。——李清照〈如夢令〉

望飛來，半空鷗鷺。——辛棄疾〈摸魚兒〉

這樣描寫鷗鷺的文句、詩句、詞句，可說不勝羅列。杜甫晚年閒居成都草堂，在浣花溪畔渡過一段悠游的歲月，詩中常出現安詳和諧的鷗鷺畫面，如：

舍南舍北皆春水，但見羣鷗日日來。——〈客至〉

自去自來梁上燕，相親相近水中鷗。——〈江村〉

至於中年飄泊生涯，曾以沙鷗自比，如〈旅夜書懷〉：

飄飄何所似？天地一沙鷗。

此處則是取象於沙鷗飄飛於廣闊的天地，猶如自己之轉徙江湖，飄零無依。

因鷗鷺容易與人親近，最能代表人無機心的心境，如：

數叢沙草羣鷗散，萬頃江田一鷺飛。誰解乘舟尋范蠡，五湖煙水獨忘機。

鏡湖西畔秋千頃，鷗鷺共忘機。

——溫庭筠〈利州南渡〉

而心若浮游世外，則可訂鷗盟鷺約，回歸自然，如：

萬里歸船弄長笛，此心吾與白鷗盟。

——陸游〈烏夜啼〉

一堤風月，六橋煙水，鷺約鷗盟在。

——黃庭堅〈登快閣〉

——高觀國〈青玉案〉

詩人、詞人願與鷗鷺共結盟約，則鷗鷺在他們心中是多麼高潔出塵的想望可知。

元散曲對漁樵鷗鷺的歌詠

在唐詩、宋詞以後，戲曲、小說發達以前，元人散曲是一座中介橋樑，也是漁樵鷗鷺意識發展的重要關鍵，它承襲了千古以來哲學、文學中的漁樵形象與鷗鷺美感，在元朝這一特殊的民族、文化、政治、社會背景之下，塑造了更特殊的意涵，而漁樵鷗鷺也為當時散曲作家開拓了一片自由心境與逍遙生命寄託的憑藉。

元朝以蒙古族入主中原，使漢民族維持長久的傳統政權，第一次全盤落在異族手中，過去正史上雖然也有外族政權存在的事實，如北魏、北齊、北周、遼、金等朝代，都只占據部分土地，漢民族至少還留有半壁江山可以統治，如南宋之偏安江左，這一次來自北方的游牧民族，居然席捲了整個中國，造成民族發展史上最大的挫折、震撼和變局。

漢民族的傳統文化，可以遠溯數千年之久，自黃帝建立國家規模，經堯、舜、禹、湯、文、武的開闢經營，周公以至孔、孟儒家禮義文化的薰陶，使漢族形成一個源遠流長而光輝燦爛的歷史文化傳統。蒙古人南下牧馬，在文化上自然欠缺禮樂教化與修齊治平的大道。

蒙古人建立元帝國初期，如元世祖固然也雄才大略，開疆闢土，大振國威於歐亞大陸，但國內政治則長期限制漢人從政，廢除科舉考試達七十餘年之久，因而漢族知識份子無法如唐宋時代，經由個人努力、透過考試而踏上仕進階梯，在政治上謀求發展。

元朝的社會背景，也因當政的蒙古族懷有種族歧視，將當時主要族類分為四等，蒙古人地位最高，色目人（西域或歐洲各藩屬人）其次，北方遼、金統治下的漢人又其次，南宋統治下的漢人地位最卑，因而形成社會族羣的不平等。

因種族不同而衍生的文化低落、政治局限、社會不平，使得漢族讀書人內心苦悶，遂在新興的散曲中開闢他們精神舒放的新天地。

散曲從詩、詞演進而來，但沒有詩那麼典雅莊重，也沒有詞那麼含蓄委婉，通常語意明白清新，情意爽朗疏快，是一種自由放曠精神的表現。通觀元人所有散曲作品，吾人發現作者為追求逍遙快活，不惹紅塵是非，不管人間賢愚，卻樂與漁樵閒話，與鷗鷺共結忘機盟約。因此，元人散曲中，隨時都流露對漁樵的羨慕，常常出現對鷗鷺的歌詠。茲歸納各家用意，選取具代表性作品若干，一一析論如下：

(一)逍遙自適似神仙

由於現實環境對個人發展的種種拘束，使元代讀書人在政治上沒有任何出路，在社會上又得不到尊重，因而在精神上乃自然趨向於尋求舒放解脫的途徑。他們首先看破功名富貴，繼而沈醉美酒，遨遊山水，並積極追求逍遙自適的恬淡生活，故漁人、樵夫便成為他們欣羨、歌詠的對象。

散曲中寫漁人生活逍遙快樂的作品，可說不勝枚舉，有些整首以漁父為主題，如白賁〈黑漆弩〉：

> 儂家鸚鵡洲邊住，是箇不識字漁父。浪花中一葉扁舟，睡煞江南煙雨。覺來時滿眼青山，抖擻綠蓑歸去。算從前錯怨天公，甚也有安排我處。

先介紹自己的住處、身分，雖然不識文字，靠打魚為生，而生活卻逍遙自適、快樂自足。整日駕著一葉輕舟，在浪花中來去自由，在煙雨江南的美景中，可以盡情地享受清睡，小舟幕天席水，整個天地間的風雲山水，都是生活空間的景觀點綴。酣睡後一覺醒來，睜眼但見滿目青山，迤邐水涯，這時只要輕鬆地抖去蓑衣上的雨滴，便瀟灑地離船歸去。上天安排我在青山綠水間過這樣逍遙的生活，還有什麼可怨怪和不滿足的呢？大有昨非今是之感。全曲寫盡了漁人生活的快樂逍遙、心境的悠閒自在。

有些散曲作家，常以漁父為題，一連創作數首，甚至數十首組曲，一一細寫漁父的生活心情，如喬吉曾以〈滿庭芳〉一調連寫二十首漁父詞，將江湖美景，漁家快樂、悠然的生活情趣，逍遙自適的人生態度，描寫得淋漓盡致，如其中第九首：

> 沙隄纜船，樵夫問訊，溪友留連。笑談便是編修院，誰貴誰賢？不應舉江湖狀元，不愚凡蓑笠神仙。魚成串，垂楊岸邊，還卻酒家錢。

漁人釣罷歸來，繫纜沙隄，樵夫也來探問訊息，溪湖漁友也來盤桓留連，似乎好生羨慕。大家談談笑笑，彼此沒有貴賤賢愚之別，這樣平凡的人生況味，豈不勝過編修院生涯？不應科舉考試，自以為江湖狀元，不思凡塵富貴，豈不快樂似神仙？何況漁釣成果可觀，釣得鮮魚一串一串，垂楊岸邊隨意出售，所得足夠償還積欠的酒債。寫來快樂自在，筆下寫的是漁人的逍遙，而作者心中也因而意趣自適，這原是他精神的慰藉。

專寫樵夫生活的散曲，如張可久以〈朱履曲〉一調作曲九首，其中一首以「爛柯洞」為題寫道：

永日長閒福地，清風自掩巖扉，樵翁隨得道童歸。蒼松林下月，白石洞中棋，碧雲潭上水。

張可久屬清麗典雅派散曲大家，故修辭往往清雅脫俗，以古來樵夫觀棋而斧柯盡爛的傳說為主題，寫仙人弈棋的石室是一個洞天福地，洞中人的生活十分悠閒，巖洞簡陋的門扉，為自然吹送的一陣清風所輕掩，這時畫出一幅年幼的道童在前引路，而白髮樵翁隨著歸來的畫面。繼而寫樵翁生活環境之優美，生活情趣之自在，松林下的月色，碧潭上的水波，加上洞中人弈棋的自得其樂，讀者由此可以領略景物、人物與事件中，悠閒逍遙而自適其意的那份超凡之美。

(二)漁歌樵唱閒快活

歌唱可以解憂，也可以代表快活的心情，所以散曲作家多以漁歌樵唱來展現他們心中的快樂，如馬致遠以〈蟾宮曲〉感嘆世事，說：「醒時漁笛，醉後漁歌。」而貫雲石也以〈蟾宮曲〉寫道：「樵管驚秋，漁歌唱晚。」前者以醒與醉分寫漁人或吹笛、或歌唱以抒快樂心情；而後者則分寫樵夫、漁人或吹簫管、或唱漁歌，同樣快活。

又如徐再思曾以〈天淨沙〉一調專寫漁父：

忘形雨笠煙蓑，知心牧唱樵歌。明月清風共我，閑人三箇，從他今古消磨。

戴著斗笠擋雨、披著蓑衣遮蔽煙霧的漁人，往往忘形地歡唱漁歌，引得原野上牧童、樵夫也隨著歡唱牧歌、樵歌，他們真是漁人的知心朋友，故常以歌聲的應和引發心靈的共鳴。前兩句已寫出漁樵外加牧童都生活在一個無比快活的歌唱天地，後三句則共寫一個「閒」字，我閒風月也閒，天地間三箇最清閒的「閒人」，已經從古消磨清閒歲月到今天。在勞碌奔波的世俗生活中，得閒才是人間難得的清福，清風、明月千古不易，而「我」可以是每一個時空的自我，只要你真正懂得清閒。

漁歌樵唱是天地間最純樸的音樂，因為漁樵們隨口唱出的歌聲，完全是自然的流露，堪稱是原始的天籟，有時也最能傳達一種原始純樸之美。元散曲中到處散布這樣的歌聲，被作者們捕捉描寫，且看以下這些摘句：

綠楊隄數聲漁唱，掛柴門幾家閑曬網，都撮在捕魚圖上。

——馬致遠〈壽陽曲．漁村夕照〉

西風雁行，清溪漁唱，吹恨入滄浪。

——張可久〈小桃紅．寄鑑湖諸友〉

一輪皓月朗，幾處鳴榔，時復唱和漁歌。

——白樸〈惱煞人套．伊州遍〉

演習會牧歌樵唱，老瓦盆邊醉幾場，不撞入天羅地網。

——汪元亨〈沈醉東風．歸田〉

諸家所描寫的漁歌樵唱，各有不同的場景，或在綠楊隄上，或在滄浪清溪，或在皓月之下，或在老瓦盆邊，不管是柴門曬魚網，秋空雁飛高，幾處鳴榔聲，或酒醉好幾場，都透露出他們藉歌唱所得到的閒適快活之情。

㈢是非賢愚休去管

世人多喜歡爭辯是非，評論賢愚，往往各持己見，互不相讓，其實在元散曲作家看來，在漁人、樵夫的心中，一切是非得失、賢愚高下，都是微不足道、不值得爭論的世俗觀念，因為各有各的是非標準，各有各的賢愚尺度，何必定求意見相合？如果在道家莊子看來，一切物論相齊，幾乎沒有參差，人幾時能超脫至此地步？則那有必要論是非？何須煩惱計賢愚？

先看漁人勘破是非在散曲作品中的歌詠，張可久曾作小令〈滿庭芳〉數十首，各有不同的主題，其中一首題為〈感興簡王公寶〉寫道：

光陰有幾？休尋富貴，便省別離。相逢幾箇人百歲？歸去來兮。羊祜空存斷碑，牛山何必沾衣？漁翁醉，紅塵是非，吹不到釣魚磯。

作者對人生的感興，在曲一開頭便揭出歲月有限，勸人莫空求富貴，不如效淵明歸隱。當年晉將軍羊祜卒後，人們為感念他在峴山立碑，如今也只徒存斷碑而已；至於齊景公登牛山，因感慨生命短暫而淚下沾衣，其實達觀看來，何必如此傷感？不如醉酒漁翁，不管紅塵是非，心頭了無牽掛，豈不得大自在、大解脫？

拄，有些漁人、樵夫不免也會評論人的賢愚，而散曲作家則從而奉勸他們，不如「莫講賢愚話」，如陳草庵〈山坡羊〉寫道：

風波實怕，唇舌休掛，鶴長鳧短天生下。勸漁家，共樵家，從今莫講賢愚話。得道多助，失道寡助，賢也在他，愚也在他。

作者站在旁觀者的立場看賢愚問題，以自然界的「風波」比喻人間可能多嘴評論人的賢愚而惹來一些可怕的風波，這問題為何不必掛在唇舌間呢？因為賢愚往往是天生的，正如鶴腿一定長於鳧一樣。古訓得道者多助，反之自然寡助，則賢愚成敗的關鍵端在得道與否。全曲倒像以作者的人才觀點論處世哲學。

張可久作過一首〈端正好〉套曲，以「漁樂」為題，內容兼寫到漁樵與是非賢愚，在套曲的後兩曲中寫道：

〈醉太平〉相逢的伴侶，豈問箇賢愚？人間開口笑樵漁，會談今論古，放懷講會詩中句，忘憂飲會杯中趣，清閑釣會水中魚，俺兩箇心足來意足。

〈尾聲〉樵夫別我山中去，我離樵夫水上居，來日相逢共一處，旋取香醪旋打魚，散誕逍遙看古書，問甚麼誰是誰非，俺兩箇慢慢的數。

不必問是非賢愚，只管享受詩酒之樂、垂釣讀書的閒趣，豈不自在逍遙？

㈣談今論古漁樵話

元散曲中常出現「漁樵話」、「漁樵閑話」之類的話頭，不外是漁人、樵夫因為看多了世事變遷，看慣了朝代興亡，所以常憑他們豐富的閱歷和深刻的人生體驗談今論古，往往深含歷史智慧與人生哲理。

先看胡祗遹以〈沈醉東風〉一調描寫漁人、樵夫在豐收後的工作餘暇，偶然在林泉相遇，笑談今古的歡欣畫面：

漁得魚心滿願足，樵得樵眼笑眉舒。一箇罷了釣竿，一箇收了斤斧。林泉下偶然相遇，是兩箇不識字漁樵士大夫，他兩笑加加的談今論古。

「心滿願足」與「眼笑眉舒」，寫出漁樵知足常樂的人生態度。雖然都不識字，卻仍稱「士大夫」，是作者褒揚他們「談今論古」的智慧，只怕不輸一般士大夫。

再看鄧玉賓以〈叨叨令〉寫雲山茅舍隱居的閒情：

白雲深處青山下，茅庵草舍無冬夏。閑來幾句漁樵話，困來一枕葫蘆架。你省的也麼哥，你省的也麼哥，煞強如風波千丈擔驚怕。

山居生活清閒，說幾句無心的漁樵話，清眠葫蘆架下，可以舒解困倦，這樣的閒情逸致，真強過人間令人擔驚受怕的高度風波。「你省的也麼哥」二句是曲中正格以內的襯句，「省的」猶如「識得」，意指是否識得下句的含義。「也麼哥」三字是無意義的襯字。其他提到「漁樵話」、「漁樵閑話」的詞句，在散曲作品中幾乎俯拾皆是，如：

千古是非心，一夕漁樵話。

——白樸〈慶東原〉

夢到山家，柳下綸竿釣槎，水邊籬落梅花，漁樵話。

——張可久〈滿庭芳〉

塵埃野馬，風波海鷗，鼓吹池蛙，相逢半日漁樵話。

——張可久〈滿庭芳〉

基業隋唐，干戈吳越，付漁樵閑話說。

——汪元亨〈朝天子〉

閒共漁樵講論時，說富貴秋風過耳。

——汪元亨〈沈醉東風〉

從以上這些摘句中，可見散曲作家們多麼樂於以「漁樵話」當話題，「話」中含義十分深刻而豐富，因為在他們筆下的漁樵，可不是等閒人物，有時是歷史的見證人，有時是人生的解說者，聽「一夕漁樵話」，也許可以擺脫「千古是非心」；無論柳下水邊，到處可以聽到逍遙的漁樵話語；路途相逢，也許說上老半天的漁樵話也不厭倦；歷史上帝王創業或兩國戰爭，都成為漁樵的話題；在漁樵面前，富貴事有如過耳秋風，稍縱即逝。處處都寫出漁樵自在的形象、不凡的智慧，這智慧乃是來自他們對人世冷靜的觀察與真實的閱歷。

㈤知心忘機盟鷗鷺

沙鷗與白鷺在元散曲中，不但常成為林野景象的點綴，也常成為作家抒寫自己淡泊生涯的憑藉。因為一則鷗鷺羽毛純白，象徵純潔不染的生命形象；二則鷗鷺習性往往不存機心，容易與人親近；三則牠們生活在山林原野，天地遼闊，意志行動自由；故鷗鷺乃成為散曲作家們的知心朋友，且常欲與牠們結盟，作為此生忘機而無爭的寫照。

白樸以〈沈醉東風〉作漁父詞，寫漁人日常生活中，以白鷺沙鷗為忘機友：

黃蘆岸白蘋渡口，綠楊堤紅蓼灘頭。雖無刎頸交，卻有忘機友，點秋江白鷺沙鷗。傲殺人間萬戶侯，不識字煙波釣叟。

先寫漁父的生活環境，四季都有美麗景色，蘆葦、蘋花、楊柳、蓼草，黃白綠紅，色彩繽紛，自己常泛舟來往於這樣景象優美的岸邊渡口、堤旁灘頭，感覺眼明心豁，十分愜意。生活中雖然沒有以生命相許的至交，卻有忘懷機心的一羣朋友，那就是常在秋日江上點水輕翔的白鷺沙鷗。這樣悠閒自在而與世無爭的生活，其意義與價值足以傲盡人間食邑萬戶的列侯，但自己卻只是一個不認識文字、泛舟於煙波江上，以垂釣為生計的老叟。全曲合漁父與鷗鷺同寫，寫他們自然投緣的心契，人與鳥的生命精神機乎融而為一，而漁人生活的逍遙快樂，自在不言中。

前節曾引胡祗遹以一首〈沈醉東風〉寫漁樵談今論古，他還有另一首同調作品寫漁夫「避虎狼，盟鷗鷺」以「蓑笠綸竿釣古今」，茲引全曲以見其意：

月底花間酒壺，水邊林下茅廬。避虎狼，盟鷗鷺，是箇識字的漁夫。蓑笠綸竿釣今古，一任他斜風細雨。

別的作家寫漁父，多半說他「不識字」，散曲中屢見不鮮，即使胡氏本人的另一首〈沈醉東風〉，也順著說出「是兩箇不識字漁樵士大夫」，其中「不識字」與「士大夫」是語意相反的詞彙，可見他所謂「士大夫」有其特殊含意。如今這首曲中的主人，卻偏說他「是箇識字的漁夫」，與常情有所不同，從上文「避虎狼」一語來看，揣想他當是歸隱漁釣的真正士大夫吧！

這首曲先寫漁夫的生活與環境：經常在月光底下，或花叢之間，攜一壺酒自酌自飲，這樣的生活已經夠詩意了；加上居住在綠水之濱、幽林之下的茅廬，景象寧靜而優美。為了避開人間可怕的虎狼，來此與可親的鷗鷺結盟，說起自己的身分來，可算是有知識的漁夫，天下漁夫，都只憑一襲蓑衣、一頂箬笠、一枝釣竿、一根釣絲，便從古垂釣到而今，這樣漁釣一生，不也是一種可愛的人生嗎？正如張志和〈漁歌子〉詞所說：「斜風細雨不須歸」，這樣的平凡生活，豈不逍遙一世自在一生嗎？看來這位漁夫釣的不只是魚，而是釣取一種世俗以外的人生高趣。

其他有關鷗盟、鷗鷺相伴、鷗鷺忘機或知心的句子，在散曲作品中常見，如以下諸例：

有分訂鷗盟，無意展鵬程。

——汪元亨〈雁兒落過得勝令・歸隱〉

庭前樹，籬下菊，老漁樵相伴閑鷗鷺。

——張可久〈慶東原·越山即事〉

茅舍疏籬小過活，有情分沙鷗伴我。

——張可久〈沈醉東風·幽居〉

感慨興衰，欲問沙鷗，正自忘機。

——盧摯〈蟾宮曲·襄陽懷古〉

吳頭楚尾，江山入夢，海鳥忘機。

——喬吉〈滿庭芳·漁父詞〉

何人共飲？鷗鷺是知心。

——喬吉〈滿庭芳·漁父詞〉

四家所寫的鷗鷺稍有不同：汪氏寫的是歸隱的心情，自然樂與鷗鳥訂盟；張氏前例客觀地寫漁樵與鷗鷺相伴的閒適生活，後例則主觀地寫幽居生活中沙鷗伴我的美好情分；盧氏寫人不免對世事興衰產生深沈的感慨，而沙鷗則渾然忘機，比人的境界高；喬氏前例寫吳楚之間，江山壯麗，為古來多少帝王夢中所繫，而海鷗在此翱翔，卻也渾然忘機，不知有何可爭？後例則寫漁父當與何人共飲杯中物？想來也只有知心的鷗鷺可以對飲了，一如李白邀月共飲一般，詩人與漁父同樣是天機純真的人，月可成為詩人的酒友，鷗鷺自然也可成為漁父精神上知心的朋友。

關漢卿雜劇的成就

元代早期大劇作家關漢卿，堪稱元雜劇之祖，因為他是將前代舊劇加以改良而成為完備的元雜劇體的始創者[1]，故元人鍾嗣成《錄鬼簿》編列「前輩已死名公才人有所編傳奇行於世者五十六人」，以關氏為首，而明寧獻王朱權《太和正音譜》也因關氏「初為雜劇之始，故卓以前列」。又關氏平生所創作之雜劇劇本數量之多、品質之高，亦堪稱元人第一[2]，其卓越成就，已贏得戲曲史上不朽的聲名。本文將分四個單元進行探討：首先考辨關氏生平，次則考明其雜劇作品之數量、存佚與劇目，進而大略分析其劇作之題材與風格，最後從各方面總論關氏雜劇的成就。

關漢卿生平考辨

關漢卿雖然是元雜劇的創始人，在中國戲曲發展史上具有關鍵性的地位，其劇作成就極大而聲譽甚高，但他的生平事蹟，既不見於正史的記載❸，連野史或筆記雜著中也找不到完整的紀錄，故無法作詳盡的敘述，由此可見雜劇及其作者之不受史家重視。有關關氏的生平資料，比較具體的文獻紀錄，僅得以下五條：

㈠元鍾嗣成《錄鬼簿》：「關漢卿，大都人，太醫院尹，號已齋叟。」

㈡明蔣一葵《堯山堂外紀．卷八十》：「關漢卿，號已齋叟，大都人。金末為太醫院尹，金亡不仕。好談妖鬼，所著有《鬼童》。」

㈢明成祖敕編《永樂大典》卷四六五三天字韻引《析津志．名宦傳》：「關一齋，字漢卿，燕人。生而倜儻，博學能文，滑稽多智，蘊藉風流，為一時之冠。是時文翰晦盲，不能獨振，淹於辭章者久矣。」

㈣清初邵遠平《元史類稿．文翰門》：「關漢卿，解州人，工樂府，著北曲六十種。」

㈤清乾隆二十年新修《祁州志．紀事門》：「關漢卿，元時祁之任仁村人也。高才博學而艱於遇，因取《會真記》作《西廂》以寄憤；脫稿未完而死，棺中每作哭泣之聲。……此言雖云無稽，然任仁村旁有高基一所，相傳為漢卿故宅。」

此外，明人筆記、曲話中偶有關於他的軼聞瑣事的記載，其他更無完整紀錄可尋，其生卒年代也不能確知。

上述五條資料雖然簡略，但有關他的名字、籍貫及生存時代，各書所記卻有歧異。茲分別辨析如下：

第一，關於名字問題：《錄鬼簿》與《堯山堂外紀》都只說：「關漢卿號已齋叟」，並未說出「漢卿」是名還是字，故王國維《元戲曲家小傳》遂謹慎地說：「關漢卿，不知其為名或字也，號已齋叟，大都人。」依《錄鬼簿》記載其他劇作家名字的習慣，皆先稱字而後稱名，如白仁甫名樸、王實甫名德信、張小山名可久之類，然則「漢卿」似應為字，而名或已不可考。然而《析津志》卻說：「關一齋，字漢卿。」則關氏之名似為「一齋」，盧元駿《關漢卿考述》，即據此以「一齋」為名而姑定關氏名字為：「關一齋，字漢卿，號已齋叟❹。」考《錄鬼簿》寫成於元文宗至順元年（西元一三三〇年），而《析津志》一書為元末熊自得所著，「析津」即今北平，遼時稱析津府，宋徽宗宣和五年（西元一一二三年）改名燕山府，金時改稱大興府，後恢復舊名，元代則稱大都，故《析津志》乃最早的北平志書，其成書年代，何慶華據《嘉慶豐城人物志》及《元史·百官志》所考，當在元順帝至正年間（西元一三四一年以後），可見《錄鬼簿》早成書約十餘年，何以不知「一齋」之名？蓋元人著作中同音字多通用，如當時名妓朱簾秀，或作朱簾綉、珠簾秀、珠簾綉。今「已齋」的「已」字上聲，「一齋」的「一」字雖為入聲，然在《中原音韻》中，係「入聲作上」，故「已」與「一」可算同音。夏伯和《青樓集·珠簾秀傳》及郝經序文，皆稱「關已齋」，何氏因而推論《析津志》纂修者或沿用此稱，因同音而將「已齋」寫成「一齋」，並定為關氏之名❺。此意見亦不無道理，自可備為一說。

第二，關於籍貫問題：上述資料所見有四種異說，即大都、燕、解州、祁州任仁村。《錄鬼簿》所載元劇作家的傳記資料，大多忠實可信，可視為權威，故所說「大都」應無可疑。《堯山堂外紀》亦作大都人，故明臧晉叔《元曲選》在其所作雜劇下，直接署明：「元大都關漢卿撰」。「燕」原是戰國時燕國所在地，故河北一帶後來統稱「燕」，「大都」自然也在範圍之內。元代所謂「大都」，其範圍甚廣，包括現今北平附近各縣。祁州即今河北省安國縣，距北平不過二百餘里，舊稱蒲陰，宋時屬於祁州，元代改隸中書省，凡中書省治下之地，即可稱大都，故祁州當可算在大都範圍之內。因此，大都、燕、祁州三說，原不抵觸，自可並行不悖。至於解州，即今山西西南境的解縣，距北平甚遠，自然不能算在大都範圍內，《元史類編》之說，恐不足信。或因解縣為三國時關羽的故鄉，以關漢卿為解州人，可能是追述「祖籍」的緣故❻，但也可能原籍解州而流寓河北❼。

第三，關於生存年代：《錄鬼簿》僅說關氏曾任太醫院尹❽，並未說明在何朝代，《堯山堂外紀》則說是在金朝末年，並說他金亡後便不再做官，等於肯定他是金朝的遺民❾。又據《金史．卷五十六》及《元史．卷八十八．百官志》，金、元二代皆設有太醫院，則關氏任太醫院尹，究竟在金還是在元？曾引起民國以來學者爭辯，紛紛撰文考證，然大家各執一詞，很難得出定論❿。

關漢卿生存於世的大致年代，譚正璧《中國文學家大辭典》以為：約元定宗初年前後（西元一二四六年左右）在世。劉大杰《中國文學發展史》據關氏曾作散曲〈大德歌〉，而曲牌中「大德」二字原為元成宗年號（西元一二九七～一三〇七年），故以為當卒於大德年間⑪。即南宋滅亡以後，而推定他生於金哀宗正大年間（西元一二二四～一二三一年），年齡約近八十歲。胡適考訂其生卒約在金哀宗正大七年（西元一二三〇年）至元成宗大德四年（西元一三〇〇年）⑫，與劉說相近。民國二三十年代以來學者，多有確指或概定其生卒年代者，胡氏之外，尚有多家，然各人意見紛紜，莫衷一是⑬。大抵關氏確實的生卒年代已無從詳考，故鄭因百先生以為：「關漢卿不是金遺民」之說較為合理可靠，極可能生於金末，長於元初，但不會早到在金朝即已做官⑭。蒙古與南宋聯軍滅金在西元一二三四年，關氏幼年在金朝渡過，青壯年和晚年則生活於元人統治之下。

無論關氏是否為金遺民，漢卿仍是元劇第一作家，鄭因百先生曾列舉數點理由：一則《錄鬼簿》將其編入「前輩已死名公才人」之列，且排為第一；二則明初丹丘先生《太和正音譜》稱其「初為雜劇之始」；三則其散曲、雜劇之詞藻意境皆為元曲早期風格，所用曲牌及聯套，多為中後期作品所不用的舊格式，四則其作品中從未流露金朝遺民的故國之思⑮，則鄭說應當可信⑯。

關氏的生平事蹟，由於流傳的資料甚少，故所知有限，僅能從前人有關的記載或他自己的作品中，獲得一鱗半爪的趣聞軼事而已，如近人吳梅《顧曲麈談》云：

> 漢卿軼事，有至可笑者。嘗見一從嫁媵婢，甚美，百計欲得之，為夫人所阻。關無奈，作

小令一支貽夫人云：「鬢鴉，臉霞，屈殺了將陪嫁；規模全是大人家，不在紅娘下。巧笑迎人，文談回話，真如解語花。若咱想他，倒了蒲桃架。」⑰夫人見之，答以詩云：「聞君偷看美人圖，不似關王大丈夫。金屋若將阿嬌貯，為君唱徹〈醋葫蘆〉。」關見之，太息而已。元人以妒嫉之婦為「蒲桃倒架」，不知何意？洪昉思《長生殿》中，亦有「蒲桃霎時推倒」之語，可考知之。「醋葫蘆」亦曲牌名，故有「唱徹醋葫蘆」之謔也。

由這段趣事，可知他有一位會做詩而善妒的妻子和美慧的婢女，關氏熱情浪漫的性格也由此可見。

他平生交遊廣闊，據《錄鬼簿》的記載，與他過從甚密，而同擅作曲的朋友有楊顯之、梁退之、費君祥、王和卿等人，楊氏尤為莫逆之交。晚年遊杭州時，時與當地名伶珠簾秀往還，曾作南呂〈一枝花〉套曲，題為「贈珠簾秀」⑱。又以同一曲牌作套曲，題為「杭州景」，極力描寫杭州的繁華勝景，稱杭州為「普天下錦繡鄉，寰海內風流地」。形容城中繁盛的景觀說：「滿城中繡幕風簾，一鬨地人煙湊集，百十里街衢整齊，萬餘家樓閣參差。」描寫遊人水上泛舟的閒情說：「更有清溪綠水，畫舡來往閒遊戲。」⑲此後便可能長期卜居杭州。

明人臧晉叔《元曲選．序》說關漢卿「躬踐排場，面傅粉墨，以為我家生活，偶倡優而不辭者」。可見關氏不僅大量創作戲曲，而且也粉墨登場，親自參加演出，是一位長期在戲院歌場生活成長，接受這樣的環境薰陶出來的作家，具有豐富的舞臺經驗，故劇作題材多取材於廣大的現實社會與民間各階層[20]。

他晚年曾作題為「漢卿不伏老」的南呂〈一枝花〉散套，是他對自己一生倜儻風流的性格、多采多姿的浪漫生活的寫照。他首先自供說：

> 攀出牆朵朵花，折臨路枝枝柳，花攀紅蕊嫩，柳折翠條柔，浪子風流。憑著我折柳攀花手，直熬得花殘柳敗休。半生來折柳攀花，一世裏眠花臥柳。

他自己認定是一個風流浪子，寄生在風月花柳場中，成為折柳攀花的能手，與歌伎優伶們生活在一起，消磨著放蕩浪漫的歲月。繼而以〈梁州〉一曲續寫他浪子生活的風月排場說：

> 我是個普天下郎君領袖，蓋世界浪子班頭。願朱顏不改常依舊。巷中消遣，酒內忘憂，分茶攧竹，打馬藏鬮，通五音六律滑熟，甚閒愁到我心頭。伴的是銀箏女，銀臺前，理銀箏，笑倚銀屏。伴的是玉天仙，攜玉手，並玉肩，同登玉樓。伴的是金釵客，歌金縷，捧金樽，滿泛金甌。你道我老也，暫休，占排場風月功名首。更玲瓏，又剔透。我是個錦陣花營都帥頭，曾翫府遊州。

日常生活，不外飲酒分茶，遊戲唱曲，樂享逍遙自在，心中那有閒愁？身邊作伴的是多才多藝又多情的天仙美人，這樣快樂的生活，堪稱已占盡了風月排場的最高功名。〈隔尾〉寫他「不曾落人後」、「怎肯虛度了春秋」的積極生活態度。最後以長長的尾聲，暢敘他性格的堅定、才藝生活的多采多姿說：

我是個蒸不爛、煮不熟、搥不匾、炒不爆、響璫璫一粒銅豌豆。恁子弟每誰教你鑽入他鋤不斷、斫不下、解不開、頓不脫、慢騰騰千層錦套頭。我玩的是梁園月，飲的是東京酒。賞的是洛陽花，攀的是章臺柳。我也會圍棋，會蹴踘，會打圍，會插科，會歌舞，會吹彈，會嚥作，會吟詩，會雙陸。你便是落了我牙，歪了我嘴，瘸了我腿，折了我手，天賜與我這般兒歹症候，尚兀自不肯休。則除是閻王親自喚，神鬼自來勾，三魂歸地府，七魄喪冥幽。天啊！那其間纔不向煙花路兒上走。

寫他耽溺於煙花的固執而風流的個性，真是精彩有趣！其中或許有誇張之處，但應該不會完全出於虛構。由這段自述性的描寫，可見他博學多才，風流蕭灑，流連於青樓妓館，沈迷於聲色歡樂，雖未曾得志於富貴功名，卻能在這樣逍遙自適的生涯中，馳聘其創作才華於當代民間的戲曲藝術而獲得極大的成功。

關漢卿的雜劇作品

關漢卿平生所創作的雜劇作品，數量與名目極為繁多，歷來曲目所著錄、或有關曲學的書籍所記載的情形，往往各有出入，不但數量不盡相同，而且名目也有互異之處。時代較早、最具權威的曲學書籍；元鍾嗣成《錄鬼簿》一書，通行的曹楝亭刊本所載為五十八種，依次列舉如下：

1. 關張雙赴西蜀夢
2. 董解元醉走柳絲亭
3. 丙吉敎子立宣帝
4. 薄太后走馬救周勃
5. 太常公主認先皇
6. 曹太后死哭劉夫人
7. 荒墳梅竹鬼團圓
8. 閨怨佳人拜月庭
9. 風月狀元三負心
10. 沒興風雪瘸馬記

11. 金銀交鈔三告狀
12. 蘇氏進織錦回紋
13. 介休縣敬德降唐
14. 昇仙橋相如題柱
15. 金谷園綠珠墜樓
16. 漢匡衡鑿壁偷光
17. 劉夫人書寫萬花堂
18. 呂蒙正風雪破窰記
19. 晏叔元風月鷓鴣天
20. 錢大尹智寵謝天香
21. 姑蘇臺范蠡進西施
22. 開封府蕭王勘龍衣
23. 杜蕊娘智賞金線池
24. 柳花亭李婉復落娼
25. 望江亭中秋切鱠旦
26. 甲馬營降生趙太祖

27. 賢孝婦風雪雙駕車
28. 雙提屍冤報汴河冤
29. 老女婿金馬玉堂春
30. 宋上皇御斷姻緣簿
31. 崔玉簫擔水澆花旦
32. 晉國公裴度還帶
33. 隋煬帝牽龍舟
34. 風雪狄梁公
35. 屈勘宣華妃
36. 月落江梅怨
37. 煙月舊風塵
38. 管寧割席
39. 白衣相高鳳漂麥
40. 孫康映雪
41. 唐明皇哭香囊
42. 唐太宗哭魏徵

43. 鄧夫人哭存孝
44. 關大王單刀會
45. 溫太真玉鏡臺
46. 武則天肉醉王皇后
47. 翠華妃對玉釵
48. 漢元帝哭昭君
49. 劉夫人救啞子
50. 劉盼盼鬧衡州
51. 呂無雙銅瓦記
52. 風流孔目春衫記
53. 萱草堂玉簪記
54. 錢大尹鬼報緋衣夢
55. 楚雲公主酹江月
56. 魯元公主三噉赦
57. 醉娘子三撇嵌
58. 詐妮子調風月

據明天一閣鈔本《錄鬼簿》所載，無《昇仙橋相如題柱》一種，但多出以下五種，共計六十二種：

包待制三勘蝴蝶夢

秦少游花酒惜春堂

感天動地竇娥冤

狀元堂陳母教子

藏鬮會

馬廉《錄鬼簿新校注》據曹楝亭本、錢曾《也是園書目》、臧晉叔《元曲選》及李玄玉《北詞廣正譜》等書，又增補四種，合為六十六種。所補四種名目如下：

昇仙橋相如題柱

包待制智斬魯齋郎

劉夫人慶賞五侯宴

孟良盜骨

此外，明寧獻王朱權《太和正音譜》，亦為可信的史料，此書所載關氏劇本共五十九種，與曹楝亭本《錄鬼簿》相較，無《相如題柱》及《玉堂春》二種，而多出《蝴蝶夢》、《竇娥冤》、《陳母教子》三種。

清姚燮《今樂考證》、近人王國維《曲錄》、傅惜華《元雜劇考》，對元人雜劇作品，都有詳盡的採列或考證。姚、王二氏總數都是六十三種，與曹本《錄鬼簿》比較，多出《蝴蝶夢》、《竇娥冤》、《陳母教子》、《五侯宴》、《魯齋郎》五種。傅氏所考則多達六十七種，與馬廉新校注本《錄鬼簿》的六十六種相比，多出《崔鶯鶯待月西廂記》一種。

鄭因百先生曾據通行本及明鈔本《錄鬼簿》、《太和正音譜》三種著錄，參以《永樂大典》所列「雜劇目錄」及臧晉叔《元曲選》、李玄玉《北詞廣正譜》等書，編擬《關漢卿雜劇總目》㉑，考定漢卿所作雜劇為六十四種，比天一閣本《錄鬼簿》多出《相如題柱》、《孟良盜骨》兩種，其中全存者只有十四種，殘存三種，亡佚四十七種。鄭氏以為：《包待制智斬魯齋郎》、《劉夫人慶賞五侯宴》、《山神廟裴度還帶》、《尉遲公單鞭奪槊》等四種都是舊本誤題關作，並將《晉國公裴度還帶》列為關氏所作，考據精審，最可信從。

關於關氏創作劇本數量的異說，還有鄭振鐸插圖本《中國文學史》、譚正璧《中國文學家大辭典》都以為六十五種；大陸中國戲劇出版社出版的《關漢卿戲曲集》㉒附錄《關漢卿雜劇全目》，以為關氏共編撰雜劇六十七種，存十五種，三種科白不全，亡佚四十九種；又吳曉鈴亦編《關漢卿雜劇全目》，也是六十七種，全存十八種，殘存三種，亡佚四十六種。以上這些異說，正如元、明以來各書著錄數量與名目之不同，不過各有增損異文而已。

鄭氏所編總目既然最可信從，茲列舉所考全存十四種、殘存三種劇目如下：

1. 閨怨佳人拜月亭
2. 詐妮子調風月
3. 錢大尹智寵謝天香
4. 煙月救風塵
5. 包待制三勘蝴蝶夢
6. 杜蕊娘智賞金線池
7. 感天動地竇娥冤
8. 望江亭中秋切膾旦
9. 錢大尹鬼報緋衣夢
10. 鄧夫人哭存孝
11. 狀元堂陳母教子
12. 關張雙赴西蜀夢
13. 關大王單刀會
14. 溫太真玉鏡堂
15. 唐明皇哭香囊
16. 風流孔目春衫記

17.孟艮盜骨

以上從第一本到第十四本是全存的劇作，其中前十一種是旦本，後三種是末本；從第十五本到第十七本三種是殘存的劇作，似乎全是末本。少數劇名與前引《錄鬼簿》所載稍有不同，如第一種改「拜月庭」作「拜月亭」，第四種改「舊風塵」作「救風塵」，第八種改「切鱠旦」作「切膾旦」，鄭先生皆經考證後加以訂正。

如以鄭氏所考定的關漢卿劇作六十四種為準，古來各書所著錄的元人雜劇，除去重複者不計，共約五百三十餘種，關氏一人所作已占全數的八分之一強，在元雜劇作家中，產量名列第一，比英國著名劇作家莎士比亞的三十多種多出一倍。元劇其他作家的作品，如次多者為高文秀有三十二種，關作數量是高作的兩倍；又次多者為鄭廷玉有二十二種，關氏總數是鄭氏的將近三倍；其餘作者所作劇本總數，都在二十種以下，由以上的比較數字與倍數計算，可見關氏劇作產量成果之豐碩。

根據各家劇目的大致估計，與歷代學者考訂的結果，元雜劇五百三十餘種劇本，現存者約有一百七十種左右，關氏六十四種作品，今存約十七種，各占全數的五分之二左右。又元人雜劇末本多而旦本少，在現存的一百七十餘種劇作中，末本約居十分之七，旦本只有十分之三，而關漢卿現存完整的十四種雜劇中，有十一種是旦本，末本只有三種，與元劇整體作品的比例正好相反，可見關劇的一大特色是：作品多以女性為主題，以描寫女性生活為主。

關漢卿雜劇的題材與風格

關氏所創作的雜劇劇本，由鄭因百先生所考定的現存十四種劇作來觀察，劇中所顯示的寫作題材，範圍十分廣泛。因為他是出身於劇場、生活於民間的劇作家，以曾參加演劇的實際舞臺經驗，加上平日對社會生活的深入體驗，對各種人物的心理、性格、行為與遭遇的留心觀察與瞭解，所以作品大多取材於現實社會，或從民間傳說、歷史事件中擇取故事題材，塑造人物典型，有壯烈的英雄事蹟，有嫵媚的戀愛風情，有受害的婦女形象，有曲折的官場公案，在作者細心刻畫與技巧經營之下，風格也多采多姿。鄭先生有一段總括性的描述，說得十分貼切，他說：

> 漢卿作劇題材之廣泛，根據他現存全劇十四本即可看出。他所寫有慷慨悲歌的英雄氣概如《單刀會》、《西蜀夢》，浪漫蕭灑的名士風情如《玉鏡臺》，有情節曲折的公案劇如《蝴蝶夢》、《緋衣夢》。他尤其善於描寫女性，所寫女性又有多種類型：有教子成名、滿懷喜悅的老太太如陳母，有痛子慘死、聲情淒厲的中年婦人如鄧夫人，有懷春的閨秀如《拜月亭》，有慧黠的丫環如《調風月》，有機智鎮定的命婦如《望江亭》，有貞烈含冤的民女如竇娥，有才妓如謝天香，有俠妓如趙盼兒，有多情而善怒的妓女如杜蕊娘。僅僅十四劇包括

了這樣多的題材，描寫了這樣多的人物，的確是夠廣泛的了。散佚的四五十種，全劇雖不可見，從《錄鬼簿》及《正音譜》所載的名目，也可推測出其內容之「兼收並蓄」。他描寫的技巧更是如「水銀瀉地，無孔不入」。無論甚麼題材，甚麼人物，陽剛、陰柔、風雲、兒女，都寫的逼真生動，盡態極妍[22]。

茲舉幾段關氏劇中的曲文來看，以證實鄭先生所言不虛。如寫三國故事中魯肅設計索取荊州，關羽冒險至東吳單刀赴會，憑機智與膽略化險為夷，平安返回荊州的經過，寫人物氣概極為生動傳神。《單刀會》第四折寫關羽的一段唱詞，用雙調〈新水令〉唱出：

大江東去浪千疊，引著這數十人，駕著這小舟一葉。又不比、九重龍鳳闕，可正是、千丈虎狼穴。大丈夫心烈，我覷這單刀會似賽村社。

從江水滔滔駕輕舟的外在景象，入虎狼之穴而從容應付的內在心理，寫武將的英雄氣概，如見其人。

又如《單刀會》中的另一段曲文，寫關羽乘船來到大江中流，想起當年赤壁鏖兵的慘烈戰況，將軍以雙調〈駐馬聽〉的調子高唱：

水湧山疊，年少周郎何處也？不覺的、灰飛煙滅，可憐黃蓋轉傷嗟。破曹的檣櫓一時絕，鏖兵的江水猶然熱。好教我情慘切！（云：這也不是江水）這是，二十年流不盡的英雄血㉔。

寫大戰中戰鬥的激烈，死傷的慘烈，動人心魄。最後二句，道出英雄心中深沈的感慨，也道出自古戰爭帶給英雄人物的歷史悲情。

寫閨秀聲情的幾本雜劇裡，如《玉鏡臺》寫少女之美，筆觸細膩美妙，唱詞用的是南呂〈一枝花〉調：

藕絲翡翠裙，玉膩蝤蠐頸。妲己空破國，西子枉傾城。天上飛瓊，散下風流病。若是寢正濃，夢乍醒，且休問斜月殘燈，直睡到東窗日影。

描寫其衣著肌膚，顯現其豔麗風韻，並以寢夢燈月，渲染其情態氣氛之美，生動入微。

又如《拜月亭》寫女子王瑞蘭在庭中焚香拜月、祈求與丈夫亂後破鏡重圓的故事，其中兩段描寫相思的愁苦說：

〈正宮．呆古朵〉：這供愁的景物，好依時月，浮著個、錢來大綠巍巍荷葉。荷葉似花子般團圞，陂塘似鏡面般瑩潔。啊幾時教我、腹內無煩惱，心上無縈惹。似這般、青銅對面粧，翠鈿侵鬢貼。

〈正宮．伴讀書〉：你靠欄檻，臨臺榭，我準備名香爇。心事悠悠憑誰說？祇除向、金鼎焚龍麝。與你殷勤參拜遙天月，此意也無別。

滿懷離愁的婦人，感覺眼前景物也似乎獻愁供恨，這是心理描寫。又寫團圞的荷葉，以象徵外在物象的圓滿，反襯自己離別的處境與內心的孤寂；又以粧臺前鏡面的瑩潔，企求心中無煩惱牽惹。悠悠心事，無處訴說，惟有拜月祈禱，情意綿綿。將少婦一縷相思之情，寫得情景交融，絲絲入扣。

又如《竇娥冤》中寫身受冤屈的民婦竇娥呼天搶地、聲淚俱下的情節，以〈正宮．滾繡球〉一調，唱出她內心的不平、人間的不平：

有日月，朝暮懸；有鬼神，掌著生死權。天地也，只合把清濁分辨，可怎生糊突了盜跖顏淵？為善的，受貧窮更命短；造惡的，享富貴又壽延。天地也，做得個怕硬欺軟；卻原來，也這般順水推船。地也、你不分好歹何為地？天也、你錯勘賢愚枉做天。哎！祇落得雨淚漣漣。

這段唱詞，寫出竇娥心中把天地、日月、鬼神對人類命運的主宰權，原來看得非常神聖，如今人間善惡貧富的報應，賢愚好歹的區分，竟然顛倒錯亂，因而埋怨天地，甚至咀咒起天地來，可見其所受冤屈之深，作者將這位有冤無處伸訴的可憐女子的悲苦心情，表現得淋漓盡致，撼人心弦。

又如《救風塵》寫汴梁歌妓宋引章與鄭州人周舍相暱，周欲娶宋，而宋另與秀才安秀實有盟，安託宋友趙盼兒設計救助引章，與周離異，與安結合的故事。劇中唱詞的一段：

〈仙呂．油葫蘆〉：姻緣簿全憑我共你，誰不待、揀個稱意的？他每都、揀來揀去百千回。待嫁一個老實的，又怕盡世兒難成對；待嫁一個聰俊的，又怕半路裏輕拋棄。遮莫[25]向、狗溺處藏，遮莫向、牛屎裏堆，忽地便吃了一個合撲地[26]。那時節、睜著眼怨他誰？

這段唱詞，描寫俠妓口吻，運用方言俚語，寫出其出語之俚俗，個性之爽朗，與前舉各本劇作，在曲文風格上迥然不同，可見關氏戲曲語言的運用，既生動活潑，又多采多姿。

又如《拜月亭》一劇所表現的奇俊而優美的語言藝術，第一折中細膩的描寫：

〈油葫蘆〉：分明是風雨催人辭故國，行一步一歎息，兩行愁淚臉邊垂，一點雨間一行恓惶淚，一陣風對一聲長吁氣。噫！百忙裏一步一撒，嗨！索與他一步一提。這一對繡鞋兒分不得幫和底，稠緊緊黏輭輭帶著淤泥。

作者把緩步於風雨中歎息垂淚的愁苦情境，寫得融情於景，意境淒迷。而且在句法的經營上深具技巧，首句總寫風雨，後文則分寫風雨，以作前後呼應，且故意先雨後風，造成錯綜之美。第二句以下四句，則分寫歎息垂淚，垂淚歎息，次序上也以錯綜相間，並與風雨交疊，因而產生情意纏綿的抒情效果。後文以「一步一撒」、「一步一提」顯示風雨中舉步之艱難，並以繡鞋幫底難分與淤泥粘稠，預先暗示著一種情愛的象徵。

又如《調風月》中描寫婢女的心理，運用一連串的疊字造句，以達到傳神的妙趣，情意真切而生動。

〈拙魯速〉：終身無簸箕星，指雲中雁做羹，時下且口口聲聲，戰戰兢兢，裊裊停停，坐坐行行。有一日孤孤另另，冷冷清清，咽咽哽哽，覷著你個拖漢精。

女詞人李清照的一闋〈聲聲慢〉詞，上片連用十四個疊字分寫動作、氣氛與感情，下片又以

「點點滴滴」四個疊字形容黃昏雨點滴落光景，贏得歷來筆記作者與詞話家大為讚賞㉗。而關氏在此劇曲文中，運用更多的疊字，前後達二十八字之多，有的寫心理，有的寫動態，有的寫感覺，有的寫氣氛，有的寫情傷，因而產生意致連綿的抒情功能、聲調鏗鏘的音響效果。

日人青木正兒《元人雜劇序說》，推崇關漢卿為元劇初期本色派第一家。青木所謂「本色」，指常表現在劇中人物語言上不假雕飾的本然特色。關氏頗善於運用明白通俗、自然而生動的語言，以適應劇中人物的身分，如《救風塵》第一折，趙盼兒的兩段唱詞：

〈勝葫蘆〉：你道這子弟情腸甜似蜜，但娶到他家裏，多無半載周年相棄擲。早努牙突嘴，拳椎腳踢，打的你哭啼啼。

〈么篇〉：恁時節船到江心補漏遲，煩惱怨他誰？事要前思，免勞後悔，我也勸你，有朝一日，準備著搭救你塊望夫石。

「情腸甜似蜜」、「船到江心補漏遲」，一定是當時人口頭流行的俗語，「望夫石」也是流行民間的傳說，這些活生生的俗語和大家熟悉的傳說，作者都運用得自然而貼切，其餘語句都如出自其口，明白、淺易而通俗。這樣的語言，便是關漢卿特有的本色作風。

《拜月亭》劇第三折寫「拜月」情景，曲文堪稱字字本色，而又不失優美動人，與《西廂記》的

「拜月」一折相比，文字雖然不如《西廂》典麗，而自然真切則有過之，這便是本色與文采的區別。除前文所引〈呆古朵〉與〈伴讀書〉兩段唱詞外，如燒香拜月前寫愁悶心情：

〈笑和尚〉：韻悠悠比及把角品絕，碧熒熒投至那燈兒滅，薄設設衾共枕空舒設，冷清清不恁迭，鬧遙遙身枝節，悶懨懨怎捱他如年夜？

待瑞蘭在中庭焚香拜月，祈求著：「教俺兩口兒早得團圓。」不料義妹瑞蓮卻悄悄躲在花下，聽見了她的真心話，撞破了她的祕密，只好這樣唱道：

〈叨叨令〉：原來你深深的花底將身兒遮，搽搽的背後把鞋兒捻，澀澀的輕把我裙兒拽，熅熅的羞得我腮兒熱。直到撞破我也麼哥，直到撞破我也麼哥，我一星星的都索從頭兒說。

這是何等曲折深刻的描敘，後來施君美作《拜月亭》傳奇，有「幽閨拜月」一齣，不但故事本於漢卿，其中佳處也多脫胎於關劇㉘。

關漢卿雜劇還有另一種特殊風格，就是表現在劇本結構上的卓異，如《竇娥冤》一劇，結構自然而巧妙，《救風塵》一劇，結構緻密而靈動，《拜月亭》一劇，以左右相稱的兩線結構推動劇情的發展，但卻以巧妙的手法使情節錯綜，避免趨於單調，劇中兩組才子佳人，經過離亂奇遇後結合，構成劇情的波瀾起伏。

又一般元雜劇的慣例，劇情的最高潮通常安排在第三折，第四折多半是故事的收場，所以臧晉叔《元曲選‧序》說：「一時名士雖馬致遠、喬夢符輩，至第四折往往強弩之末矣。」而關氏《單刀會》一劇，劇中描寫關羽單刀赴東吳之會一節，是全劇最緊張的高潮，卻安排在第四折，就讓故事在高潮中收場，處理手法頗為爽快俐落。他如《救風塵》、《玉鏡臺》等，也採用這種方法，將劇情的最高潮放在第四折，不但突破了一般慣例，而且也贏得更佳的戲劇效果。

關漢卿雜劇成就總論

元人雜劇作品，依其寫作題材或內容重點來分類，大約可以分為歷史劇、社會劇、家庭劇、戀愛劇、風情劇、仕隱劇、道釋劇、神怪劇八類㉙。關漢卿所作的六十四種劇本，除去亡佚的四十七種因內容無法詳考，而三種殘本，也因劇情不完整，只好不計之外，如以現存的十四種完整的劇本來看，其類別約有三種分法，即三分法、四分法與五分法。或分為以下三類㉚：

㈠歷史故事劇：西蜀夢、單刀會、哭存孝。

㈡社會劇：望江亭（即切膾旦）、救風塵、緋衣夢、蝴蝶夢、竇娥冤、陳母教子。

㈢風情劇：拜月亭、謝天香、金線池、玉鏡臺、調風月。

第二種分類，則分為以下四類[31]：

㈠戀愛喜劇：拜月亭、調風月、謝天香、救風塵、金線池、玉鏡臺。

㈡社會公案劇：竇娥冤、蝴蝶夢、緋衣夢。

㈢英雄傳奇：西蜀夢、單刀會。

㈣倫理劇及其他：哭存孝、陳母教子、望江亭。

第三種分類方式，是細分為如下五類：

㈠家庭劇：竇娥冤、哭存孝、陳母教子。

㈡戀愛劇：拜月亭、金線池。

㈢風情劇：調風月、救風塵、謝天香、玉鏡臺、望江亭。

㈣公案劇：蝴蝶夢、緋衣夢。

㈤歷史劇：單刀會、西蜀夢。

以上三種分類互有異同，且各有其可取與見仁見智的地方。第一種分類最為簡明扼要，不分家庭劇、戀愛劇與公案劇，而將之分列於社會劇與風情劇中；第二種分類中的「英雄傳奇」，其實就是歷史劇，「倫理劇」就是家庭劇，類目上綴以「及其他」，便見所分不夠純粹；第三種分類比較精細，所分「公案劇」相當於社會劇，而取義當限於官府審判爭訟事件的公案形式，自然範圍較狹小而固定。第三種分類似乎較為合理，類目也大體符合上引元劇八類所定名稱，只是另列「公案劇」而未分「社會劇」而已。又三種分類法之所以互有詳略，是因為劇本題材與內容，各家衡量重點不同之故。就前述元劇八類類目來看，關氏作品中沒有出現過「隱居樂道」的仕隱劇，以及仙佛靈異之類的道釋劇與神怪劇，可見這些題材都是他所不關心也不擅長的，由此也可見他比較注意當時的現實生活與社會問題。

關氏描寫現實生活中人物、暴露政治社會黑暗、最具代表性的劇作，莫過於《竇娥冤》這一曠世悲劇。他在劇中塑造了一位賦性正直善良、勇於自我犧牲、且具有堅強不屈性格的剛烈女性——竇娥，並以反襯的手法，另外創造了自私自利、怯懦怕事、沒有是非觀念的愚婦——蔡婆，由此產生強烈的對比，來突出竇娥鮮明的形象。

當竇娥含冤莫白，被押赴刑場時，臨刑前對天地鬼神提出義正詞嚴、震撼人心、埋怨天理不公的控訴[32]，又對天發下三大誓願，如果自己確實冤枉，一願鮮血不染塵土，而飛染高懸的素練；二願天降三尺瑞雪，掩蓋屍身；三願楚州大旱三年。結果竟感天動地，她的三個誓願都一一應驗，證明了竇娥之死，乃天下奇冤。

劇力萬鈞的《竇娥冤》一劇，不但營構一個故事有本有源[33]而現實性極濃的天下冤案，強烈地渲染其悲劇氣氛，深刻地描寫人性的醜惡，並藉其他反面人物的刻畫，大大抨擊了當時社會的黑暗，如醫術淺薄、心狠手辣的庸醫——賽盧醫[34]；居心不良、欺善壓軟、強盜兼流氓型的壞蛋

——張老與驢兒父子；視錢如命、貪贓枉法的昏官——楚州太守桃杌等。這些人物的心理和行為，以及整個故事的社會背景，都具有很深的現實意義。

經由前文所述關氏生平概況、作品數量、名目及存佚情形，劇作題材、內容與風格特色，吾人對關漢卿在雜劇創作上的成就，可以作一總結性的歸納，以確認其在中國戲曲史上的貢獻與地位。

關氏在雜劇創作上的第一個成就，當然是他與同時諸家共同努力，改良舊劇，首創元雜劇體制，變敍述體為代言體，以其生存之時代最早㉟，當可譽之為元代戲曲之開山祖，具有奠基與開創的貢獻。元人賈仲明弔關漢卿，作〈凌波仙〉曲說：

璣珠語唾自然流，金玉詞源即便有，玲瓏肺腑天生就。風月情，忒慣熟；姓名香，四大神洲。驅梨園領袖，總編修師首，捻雜劇班頭。

曲中所謂「領袖」、「師首」（或作帥首）、「班頭」，謂關氏乃戲曲家首腦之意。近人張庚、郭漢城《中國戲曲通史》謂賈氏「較公正地肯定了關漢卿在雜劇創作中的地位」㊱。

關氏在雜劇創作上的第二個成就，是他全力從事雜劇創作，一般學者或文學史家都認為有六十七、八種之多，據前文引據的鄭因百先生所考，至少有六十四種，這是最保守的估計，這一豐富的產量紀錄，使他成為元劇作家中作品最多的多產劇作家。前文曾略作比較，元人雜劇作品次多者為高文秀，他創作了三十二種，再次多者為鄭廷玉，創作了二十二種，關漢卿的創作量，比他們多出一兩倍。連後來的傳奇算在內，如李玄玉共作傳奇三十三種，朱素臣作三十種，關氏也超出很多。甚至與世界劇作家相比，也比以多產著稱的英國大劇作家多出一倍。故單就劇作數量來論，關氏已獨占鰲頭，在中國戲曲史上無人能出其右。

關氏在雜劇創作上的第三個成就是他身兼「名家」與「行家」之長，他不但是首創雜劇的劇作名家，也是通曉音律曾實地參與演出的戲曲行家。臧晉叔《元曲選·序》中說：

> 曲家有名家，有行家。名家者出入樂府，文采爛然，在淹通宏博之士皆優為之。行家者隨所粧演，無不摹擬曲盡，宛若身當其處，而幾忘其事之烏有。能使人快者掀髯，憤者扼腕，悲者掩泣，羨者色飛。是惟優孟衣冠，然後可與於此。故稱曲曰上乘，首曰當行。

盧元駿《關漢卿考述》引臧文後說：「依據臧氏論曲的標準來度量關漢卿在雜劇上的地位，我們以一言蔽之，便是『關漢卿以一身兼名家與行家之長』。此種造詣，誠足冠冕曲壇，曠後世而無人能及了。」又總結說：「大凡一篇好的劇本的創作，不僅供個人在案上閱讀，更重要的是舞臺上演出的效果好。所以近人任訥說：『在文字之外，復身任聲容，成為我家生活。可見曲之為藝，果欲盡之，非兼事文、聲、容三端如漢卿者，不足為第一流曲家。」

關氏在雜劇創作上的第四個成就，是他寫作的題材十分廣泛，尤其偏重社會現實的反映，這兩點我在本文第三單元及本單元開頭已先後分別論及。由於漢卿出身於民間劇場的生活背景，使他對當時社會問題廣泛關懷，對民眾生活深入體驗，故作品取材自然傾向於廣大的社會，並從現實生活中發掘問題。

就關氏現存的十四種雜劇劇本的內容而言，如《竇娥冤》一劇，題材寫金、元動亂時代，在社會黑暗與人心險惡的環境下，一個弱女子的堅貞性格、不幸際遇與冤屈而死的經過，是一部社會公案劇，也可視為家庭倫理問題的人間悲劇，極富現實意義與寫實精神。

他如戀愛劇中的《拜月亭》，寫的是兵荒馬亂中青年男女邂逅結合與亂離分散，女子焚香拜月，祈求破鏡重圓，最後以喜劇收場的社會寫實故事。風情劇中的《救風塵》，則寫歌女與秀才婚姻波折的故事，幸賴俠妓趙盼兒智計救助，始得相合，亦為社會眾生相之一。

關氏在雜劇創作上的第五個成就，在善寫多方面的題材之外，也善寫多方面的人物，特別善於描寫女性生活與心理。前文曾引述鄭因百先生的一段話，對這一點已說得很清楚，也很具體。以現存劇本來說，寫大家閨秀的有《拜月亭》，寫小家碧玉的有《竇娥冤》，寫妓女的有《救風塵》、《謝天香》，寫賢妻的有《望江亭》，寫慈母的有《蝴蝶夢》、《陳母教子》。

在他筆下的女性，不但具有多樣的類型，而且都個性分明，形象突顯，如《蝴蝶夢》中勇於自我犧牲的賢母——王母，《陳母教子》中辛勤教子的慈母，都是母性母教的典型；《救風塵》中冷靜練達、設智計以救友的俠妓趙盼兒；《望江亭》中從容不迫、敢作敢為、假扮漁婦、智救丈夫的妻子譚記兒；《竇娥冤》中貞烈不屈、含冤莫伸的苦命女竇娥；《調風月》中美麗活潑、嬌憨任性的婢女燕燕；《緋衣夢》中因助人反害人、徒喚無可奈何的小姐王閨香；《拜月亭》中歷盡悲歡哀樂、亂離之後終能與丈夫結合的王瑞蘭等。各種性情、各種際遇的女子，都寫得無不逼真雋妙，描寫女性之成功，堪與《西廂記》、《還魂記》比美。

關氏在雜劇創作上的第六個成就，是他劇本中的語言藝術，有時優美細膩，深具描寫技巧；有時運用方言俚語，活潑多姿，有時為刻畫女性心理與動作，以一連串疊字來傳達神妙的韻味；有時真樸自然，不假修飾，完全出於本色。這幾點前文都曾引述各劇曲文，作為例證。從戲曲演出的舞臺藝術觀點來看，劇中的唱詞部分固然是劇情發展的主體，其中穿插的賓白部分，也是不可少的成分，有時頗能表現戲劇效果，關漢卿劇作，這方面也有極佳的語言技巧，如葉慶炳先生在《關漢卿》一書中，指出他善於運用口語，舉出《救風塵》中周舍與店小二的一段對話：

周舍：店小二，我著你開著客店，那裏希罕你那房錢養家？有那些漂亮妓女來這客店裏，
　　你便來叫我。
店小二：我知道。只是你腳頭亂，一時那裏尋你去？

周舍：你來妓院裏尋找。
店小二：妓院裏沒有呢？
周舍：到賭場裏尋找。
店小二：賭場裏沒有呢？
周舍：到牢房裏尋找。

二人一問一答，流暢自然，由此可以看出人物的性格行為，也能製造臨場的戲劇效果。

關氏在雜劇創作上的第七個成就，是他的劇本頗善於結構的經營，關目的安排。雜劇一本四折，多少會受中國傳統詩文中起、承、轉、合的結構模式影響，因而劇情的最高潮通常安排在第三折——情節演變的轉折處，以便於第四折作全劇的收尾，但漢卿劇作如《單刀會》、《救風塵》、《玉鏡臺》等，卻不同於一般慣例，將劇情中的最高潮安排在第四折，而故事就在高潮中結束，這種處理手法與結構經營，頗能造成強烈的戲劇效果。

一般戲劇故事中的情節演變，大多採取單線發展的方式，處理起來比較方便，但卻不免流於單調，而關氏劇作中的《拜月亭》一劇，寫烽火亂世中的男女離合故事，卻以兩對才子佳人的聚散，構成雙線推展的錯綜劇情，由此見出劇作者高妙的編劇技巧，使劇情曲折有趣，也頗能增強戲劇性。

關氏在雜劇創作上的第八個成就，是作品所表現的風格之剛柔並呈，多采多姿。在極富陽剛之美的少數劇本中，無論描寫英雄人物的氣概，或英雄內心深度的悲情；描寫戰爭場面的慘烈，或眼中山川的壯偉景觀；都具有高昂的情緒與豪放的氣魄。前引《單刀會》中寫關雲長單刀赴東吳之會，在大江中流憶起當年赤壁大戰的幾段唱詞，真是豪情萬丈，聲震雲霄，造語和氣勢都從東坡〈念奴嬌〉赤壁懷古詞脫胎，而感慨之深切尤有過之。寫男女柔情的劇本占多數，如《玉鏡臺》、《拜月亭》等劇中，描寫女子的體態風韻，或刻畫愛情生活中相思的愁苦，都顯得情意美妙生動，而手法也細膩入微。至於《竇娥冤》中寫善良柔弱的女子竇娥受難的靈魂，不平的悲鳴，堅毅不撓的性格，是非分明的良心，是發自柔弱形體的剛強生命力，大有驚天地而泣鬼神的氣勢，也極具戲劇張力，而風格上又是另一番深刻的展現。

綜合關漢卿在雜劇創作上的豐富成就來評論，他改良舊劇，首創雜劇體制，是元代戲曲的開山祖；終生全力從事創作，產量之多，高居第一；創作之外也能粉墨登場，兼「名家」與「行家」之長；劇作題材頗為廣泛，尤能反映社會現實；人物形象多樣，更善女性描寫；語言藝術豐美，運用自如；結構關目安排，常具技巧性；風格則陽剛陰柔兼備。一人而兼具如上多方面成就，則其在戲曲史上貢獻之不朽與地位之重要，自然值得推崇與肯定。

參考書目

金史　脫脫　臺北藝文印書館據清乾隆武英殿刊本景印

元史　宋濂　臺北藝文印書館據清乾隆武英殿刊本景印

新元史　柯劭忞　臺北藝文印書館據清乾隆武英殿刊本景印

元曲選　臧晉叔　臺北臺灣中華書局　民國七十二年十二月

孤本元明雜劇　趙元度　臺北粹文堂　民國六十三年十二月

鶴林玉露　羅大經　臺北正中書局　民國五十八年十二月

貴耳集　張端義　臺北商務印書館說郛本

錄鬼簿新校注　鍾嗣成撰、賈仲明續、馬廉校注　臺北世界書局　民國五十三年九月

中原音韻　周德清　臺北藝文印書館　民國五十九年九月

太和正音譜　朱權　臺北商務印書館四部叢刊廣編本

螾廬曲談　王季烈　臺北商務印書館　民國六十年七月

曲錄　王國維　臺北藝文印書館據王忠愨公遺書內編本景印

古劇說匯　馮沅君　上海商務印書館　民國三十六年

顧曲塵談 吳梅 臺北 商務印書館 民國五十五年一月
元曲家考略 孫楷第 上海 上海古籍出版社 一九五三年
元雜劇考 傅惜華 臺北 世界書局
元人雜劇序說 青木正兒著、隋樹森譯 臺北 長安出版社 民國七〇年
景午叢編 鄭騫 臺北 臺灣中華書局 民國六十一年一月
錦堂論曲 羅錦堂 臺北 聯經出版公司 民國六十六年三月
關漢卿考述 盧元駿 臺北 自印本 民國五十年九月
關漢卿 葉慶炳 臺北 河洛圖書出版社 民國六十六年三月
關漢卿及其作品 何慶華 臺北 臺大中文研究所碩士論文 民國五十四年二月
關漢卿戲曲集 臺北 宏業書局 民國六十二年五月
關漢卿研究資料 李漢秋、袁有芬編 上海 上海古籍出版社 一九八八年十月
詩詞曲語辭匯釋 張相 臺北 臺灣中華書局 民國六十四年八月
中國戲曲通史 張庚、郭漢城 臺北 丹青圖書公司 民國七十四年十二月
中國文學史 鄭振鐸 臺北 明倫出版社 民國五十八年五月
中國文學發展史 劉大杰 臺北 華正書局 民國六十五年十二月
關漢卿不是金遺民 胡適 天津益世報「讀書周刊」四十期 民國二十五年三月十九日

再談關漢卿的年代　胡適　文學年報第三期　燕京大學國文學會出版

雜記二則　王雪樵　戲曲研究　第八輯

關漢卿行年考　孫楷第　文學遺產第二期

論關漢卿的年代問題　羅忼烈　兩小齋論文集　上海中華書局

注釋：

❶元周德清《中原音韻》：「樂府之盛之備之難，莫如今時。……其備則自關、馬、鄭、白。」近人王國維《元刊雜劇三十種敘錄》：「雜劇之名，見於唐、宋時，至元時雜劇一體，實漢卿創之。」

❷關於關氏劇作數量，各書著錄不一，近人多有考訂，約有六十餘種，產量為元人第一，本文第二單元「關漢卿的雜劇作品」將有詳述。

❸如《元史．列傳》、《新元史．文苑傳》皆不見其名。

❹叟為老者之稱，故「已齋叟」當是晚年之號。已取其已止之意，古書或有作己齋、巳齋者，當是已齋之誤。

❺何說見其《關漢卿及其作品》，民國五十四年臺灣大學中國文學研究所碩士論文。

❻如鄭因百先生《關漢卿的雜劇》一文說：「解縣是三國時關羽故鄉，為元、明以來關氏豔稱之地，關漢卿之被認解州人，也許是追述『祖籍』。」見《景午叢編》上編。又葉慶炳先生《關漢卿》一書也說：「解縣在

今山西省西南部，是三國時關羽的故鄉。元、明以來，由於三國故事在民間盛傳，關羽也就成為家喻戶曉的偶像。說關漢卿是解州人，也許是由於他和關羽同宗而攀上了『祖籍』的原故吧。」

❼近人王雪樵謂關氏祖籍河東，舉關氏劇作《調風月》、《拜月亭》、《單刀會》、《陳母教子》、《五侯宴》中語言為例，證明劇中大量用晉南方言口語，解州正在晉南，亦即河東地。說見〈雜記二則〉一文，載《戲曲研究》第八輯。

❽曹楝亭本及馬廉校注本皆作「太醫院尹」，明鈔《說集》本、天一閣藏明鈔本及孟稱舜《酹江集》本則並作「太醫院戶」。據《金史》、《新元史》中〈百官志〉，金、元二代均設有太醫院，然未有「尹」的職銜。又元代戶籍中有所謂「醫戶」，例屬太醫管領，而關氏作品與其他史料中，都未發現他和醫術有關的任何記載，故二說孰是，仍有待繼續研究，說見盧元駿《關漢卿考述》。

❾他如元邾經《青樓集·序》：「我皇元初并海宇，而金之遺民若杜散人、白蘭谷、關已齋輩，皆不屑仕進，乃嘲弄風月，留連光景。」（按：明藍格抄《說集》本無「而金之遺民」等字，又楊維楨《鐵崖樂府》中載〈元宮詞〉：「開國遺音樂府傳，白翎飛上十三弦。大金優諫關卿在，《伊尹扶湯》進舊編。」據何慶華《關漢卿及其作品》考證，此關卿恐指元世祖在桓州時由金入元之教坊伶人碩德閭，本姓關；又謂碩德閭或為西域人，入元教坊後改漢姓關。

❿如胡適撰〈關漢卿不是金遺民〉，民國二十五年三月十九日刊於《天津益世報·讀書周刊》第四十期；次年五月又撰〈再談關漢卿的年代〉一文，載於《文學年報》第三期，燕京大學國文學會出版；馮沅君曾主張有

兩個關漢卿，故二人年代參差，行事也不相同，一個金末人，一個元人，說見〈古劇四考跋〉，收入《古劇說匯》，上海商務印書館三十六年版；孫楷第撰〈關漢卿行年考〉，原載《文學遺產》第二期，後收入《關漢卿研究論文集》；皆提出熱烈討論。

⑪孫楷第《元曲家考略》戊編同。

⑫說見〈再談關漢卿的年代〉，載《文學年報》第三期，民國二十六年五月，燕京大學國文學會出版。

⑬如羅忼烈〈論關漢卿的年代問題〉一文（載《兩小山齋論文集》），中列舉趙萬里、鄭振鐸、胡適、吳曉鈴、王季思、馮沅君、孫楷第等七家九說（其中鄭、王各有二說），加上劉大杰、孫楷第（亦有二說）、傅大興、何慶華等，異說不下十餘種。其中生卒年定得較早的是趙萬里，他認為生於金衛紹王大安二年（西元一二一〇年）左右，卒於元世祖至元十七年（西元一二八〇年）；定得較晚的是孫楷第第二說，他認為約生於蒙古乃馬真后元年至海迷失后三年（西元一二四一～一二五〇年）之間，卒於元仁宗延祐七年至泰定宗泰定元年（西元一三二〇～一三二四年），說見〈關漢卿行年考〉，載《元曲家考略》續編之一，收入《關漢卿研究論文集》。傅大興《元雜劇考》說與孫氏全同。

⑭說見《景午叢編》上編，〈關漢卿的雜劇〉一文。

⑮如關氏晚年曾到杭州，作南呂〈一枝花〉曲，有句云：「大元朝新附國，亡宋家舊華夷。」似非金遺民口吻。

⑯鄭說亦見⑭所揭書及文。

⑰小令曲牌名「朝天子」，事見明蔣一葵《堯山堂外紀》。

⑱曲文見季滄葦舊藏前後九卷本《陽春白雪》，現存北平圖書館。

⑲曲文見楊朝英《朝野新聲太平樂府．卷八》。

⑳此點與英國大劇作家莎士比亞（William Shakespeare, 1564～1616）相同，且二人相同處甚多，劉大杰《中國文學發展史》有詳細比較，因而關氏乃被文學史家譽之為「中國的莎士比亞」。

㉑此總目初發表於《大陸雜誌》十七卷十期，時為民國四十七年；至六十一年一月，收入《景午叢編》上編。

㉒臺北宏業書局曾於民國六十二年五月翻印出版。

㉓引文見⑭所揭書《關漢卿的雜劇》一文。

㉔曲中文字各本不盡相同，此據《孤本元明雜劇》。

㉕遮莫，不論或不問之意，見張相《詩詞曲語詞匯釋》。

㉖合撲地，元人俗語，俯身撲倒在地之意。

㉗如宋羅大經《鶴林玉露》說：「近時李易安詞云：『尋尋覓覓，冷冷清清，淒淒慘慘戚戚。』起頭連疊七字，以一婦人乃能創意出奇如此！」張端義《貴耳集》說：「此乃公孫大娘舞劍手，本朝非無能詞之士，未曾有一下十四疊字者，用《文選》諸賦格。後疊又云：『梧桐更兼細雨，到黃昏、點點滴滴。』又使疊字，俱無斧鑿痕。」清周濟《介存齋詞選．序論》說：「雙聲疊韻字，要著意布置，有宜雙不宜疊、宜疊不宜雙處，重字則既雙又疊，尤宜斟酌。如李易安之『淒淒慘慘戚戚』，三疊韻，六雙聲，是鍛鍊出來，

非偶然拈得也。」

㉘王季烈《螾廬曲談》引關氏《拜月亭》中佳曲如〈賞花時〉、〈油葫蘆〉、〈倘秀才〉、〈叨叨令〉諸曲文，而後云：「諸如此類，可知《幽閨記》（施君美所作《拜月亭》傳奇，又名《幽閨記》）中之佳句，全自此脫胎。」

㉙分元雜劇為八類，係採用羅錦堂先生的意見，這是他參酌明初寧獻王《太和正音譜》所分的雜劇十二種及當時流行的另一分類法（分為君臣雜劇、閨怨雜劇等八種），重新區分而成。說見羅氏所著《錦堂論曲》中〈元人雜劇之分類〉一文。

㉚見早年臺大中文研究所何慶華的碩士論文《關漢卿及其作品》第三章。

㉛略本鄭振鐸插圖本《中國文學史》第四十六章。

㉜見前文所引竇劇第三折〈滾繡球〉一曲曲文。

㉝竇劇故事原型，源自流傳已久的「東海孝婦」及「五月飛雪」的民間故事，見《漢書・卷七十一・于定國傳》、干寶《搜神記・卷十一》、《太平御覽・卷十四》引《淮南子》。

㉞「盧醫」指古代良醫扁鵲，住在盧（地名），故稱盧醫。此稱「賽盧醫」，是關氏所用的反諷語，他的上場詩曾自我諷刺說：「死的醫不活，活的醫死了。」

㉟前文已論，如《錄鬼簿》列關氏為「前輩已死名公才人」之首；《太和正音譜》謂關氏「初為雜劇之始」。而《中原音韻》謂樂府之備，自關、馬、鄭、白，盧元駿《關漢卿考述》說：「周氏說的『備』，是說備具戲

劇條件的正式戲劇，到了關漢卿等出來才創造成功的，而關漢卿尤為四人中的第一人。」王國維《元刊雜劇三十種敘錄》亦稱：「至元時雜劇一體，實漢卿創之。」

㊱語見所著《中國戲曲通史》第一冊，頁一六二。

附錄·作者詞曲研究年表

民國四十七年（西元一九五八年）

・十一月，發表〈文學上的移情作用〉於《師大青年》，文中全以詩詞為例。

・十二月，發展〈李後主詞的境界〉於《師大文苑》創刊號。

・是時，就讀於臺灣省立師範大學國文系二年級。

民國四十八年（西元一九五九年）

・五月四日，發表「白雲詞」〈一翦梅〉、〈卜算子〉、〈山花子〉三闋於師大《人文學報》。

民國五十一年（西元一九六二年）

・五月二十日，發表「白雲詞」〈如夢令〉、〈長相思〉二闋於師大《人文學報》。

・是時就讀於臺灣省立師範大學國文研究所碩士班一年級。

民國五十三年（西元一九六四年）

・六月，發表碩士論文〈歷代詞話敘錄〉於《臺灣省立師範大學國文研究所集刊》第八號，論文由詩人李漁叔先生指導而成。

・九月，入師範大學國文研究所博士班深造。

民國五十五年（西元一九六六年）

・十月，發表〈詩詞的含蓄美〉於《中央副刊》。

民國五十九年（西元一九七〇年）

・七月十八日，通過教育部論文口試，獲國家文學博士學位。

民國六十二年（西元一九七三年）

・六月，發表〈兩宋詞論述評〉於師大《國文學報》第二期，時任國文系副教授。

・七月，增訂碩士論文〈歷代詞話敘錄〉，由臺灣中華書局出版，成師惕軒賜序。

民國六十三年（西元一九七四年）

・三月，國文系國學研究會「詞學座談會」紀錄〈兩宋的詞〉發表於《學粹》十六卷一期。

・是年升任教授。

民國六十四年（西元一九七五年）

・七月，指導臺灣師範大學國文研究所張筱萍完成碩士論文〈兩宋詞論研究〉。

・十二月，發表〈淺談「相見歡」與「雨霖鈴」的聲情〉於《學粹》十七卷六期。

民國六十五年（西元一九七六年）

- 六月，發表〈論婉約與豪放詞風的形成〉於師大《國文學報》第五期、〈談詩詞的欣賞教學〉於《中等教育》二十三卷三、四期。指導臺灣師範大學國文研究所顏秉直完成碩士論文〈曲話敘錄〉。
- 十月，發表〈詞學研究的途徑與參考書目舉要〉於《學粹》十八卷四、五期。

民國六十六年（西元一九七七年）

- 指導臺灣師範大學國文研究所黃聲儀完成碩士論文〈石湖詞研究及箋注〉。

民國六十七年（西元一九七八年）

- 一月，發表〈溫飛卿詞賞析〉於師大《文風》三十二期。
- 四月，與陳滿銘、陳弘治教授共同指導師大國文系同學編成《詞林韻藻》一書，由臺灣學生書局出版。
- 七月，指導中國文化學院中文研究所周曉蓮完成碩士論文〈碧雞漫志研究〉。

民國六十八年（西元一九七九年）

- 四月，發表〈詞學導讀〉於《國學導讀叢編》，是書康橋圖書公司出版。
- 十月，與黃麗貞、賴橋本教授共同指導師大國文系同學編成《曲海韻珠》一書，由臺灣學生書局出版。

民國六十九年（西元一九八〇年）

•七月，指導中國文化大學中文研究所王玉齡完成碩士論文〈溫庭筠詞研究及校注〉。

•九月，發表〈詞的欣賞〉於《華風》十四期。

•十月十三、十四日，發表〈古今如夢——東坡燕子樓詞評析〉於《中華副刊》「師大文學週」特刊。

•十月十三、十四日，在華岡中國文化大學出席「第二屆中國古典文學會議」，會中發表論文〈詞的對比技巧初探〉，收錄於《古典文學》第二集。

民國七十年（西元一九八一年）

•二月，發表〈談詞的主題表現〉於《慶祝陽新成楚望先生七秩誕辰論文集》，五月，重刊於《華風》十五期。

民國七十一年（西元一九八二年）

•七月，自韓國講學歸來。指導中國文化大學中文研究所朴永珠完成碩士論文〈明代詞論研究〉、高雄師範學院國文研究所高靜文完成碩士論文〈葉夢得之文學研究〉，葉氏亦為詞人，有《石林詞》一卷。

民國七十二年（西元一九八三年）

•六月，指導臺灣師範大學國文研究所李竣植完成碩士論文〈蘇辛豪放詞的形成及其成就研究〉、同所馬寶蓮完成碩士論文〈兩宋詠物詞研究〉。

• 十二月，發表〈中國詩話詞話平議〉於韓國《中語中文學》第四輯。

民國七十三年（西元一九八四年）

• 二月，發表〈李清照詞的抒情藝術〉於《大學雜誌》一七三期。

• 六月，指導中國文化大學中文研究所張苾芳完成碩士論文〈常州詞派寄託說研究〉。

• 十月，發表〈鬥茶、病酒、打馬、賞花——試析清照的生活情趣〉（傅錫壬教授作）講評稿於《中外文學》十三卷五期。

民國七十四年（西元一九八五年）

• 一月，發表〈詞體興起的因素〉於《文藝復興》月刊十九期。

• 七月三十一日，在陽明山中國大飯店「第一屆古典詩學研修會」中主持「中等學校的古典詩詞教學」座談會，即席答覆問題，紀錄以〈中等學校詩詞教學答客問〉為題，九月，發表於《國文天地》第四期。

• 九月，與陳滿銘、陳弘治、黃麗貞、賴橋本教授合編《詞曲選注》，由臺灣學生書局出版。

• 十月，發表〈從小令到長調〉於《幼獅少年》一〇八期，後收入幼獅《大地之愛》一書。

• 十一月，發表〈唐五代詞〉於《中國文學講話》第六輯。

• 十二月，應靜修女中學生訪問，談「中學生如何欣賞古典詩詞」，訪問稿刊於《靜修》一一二期。

民國七十五年（西元一九八六年）

・五月，發表〈歐陽修詞欣賞〉於《文風》四十六期。

・六月，指導東吳大學中文研究所王國昭完成碩士論文〈詞話之批評與功用研究〉。發表〈大小晏〉、〈歐陽修〉於《中國文學講話》第七輯。

・八月，發表〈詩詞教學經驗談〉於《中等教育》三十七卷四期。

・十一月，發表〈逍遙自適的元散曲世界〉於《中國文學講話》第八輯。

民國七十六年（西元一九八七年）

・三月，由臺灣學生書局出版《古典文學散論》一書，書中收錄有關詞曲的論文三篇。

・八月，出任臺灣師範大學國文系主任兼國文研究所所長。

民國七十七年（西元一九八八年）

・一月十四日，發表〈畫龍點睛——由鍊字技巧談「詩眼」與「詞眼」〉於《中華副刊》「古典的魅力」專欄。

・十二月，發表〈如何從事詩詞教學〉於《中等教育》三十九卷六期。

民國七十八年（西元一九八九年）

・六月，指導臺灣師範大學國文研究所姜姈妹完成碩士論文〈湯顯祖邯鄲夢記研究〉。

- 九月，發表〈江南風光與故國情懷——試析李珣「南鄉子」與朱敦儒「相見歡」〉於《國文天地》五卷四期。是月三日，在臺北市圓山大飯店出席「紀念范仲淹一千年國際學術研討會」，會中發表論文〈范仲淹詞析論〉，後收入研討會論文集，七十九年六月出版。

民國七十九年（西元一九九〇年）

- 四月，與黃永武、蔡信發、張夢機、曾永義、沈謙、簡恩定合撰《詩詞曲賞析》三冊，由國立空中大學出版，撰寫其中「宋詞賞析」部分。
- 六月，所撰〈婉約之美與豪放之美——談詞的風格〉一文，收錄於師大中輔會主編之《詩詞曲教學輔導論文集》中，亦刊於省立彰化社會教育館主編之《中國古典文學之欣賞》一書。發表〈元散曲中的陶淵明影像〉於《第二屆國際漢學會議論文集》，中央研究院出版，亦刊於師範大學《國文學報》十九期。
- 九月，為巴師壺天遺著《唐宋詩詞選》寫序，是書於十二月由東大圖書公司出版。
- 十月，當選臺灣師範大學文學院院長。

民國八十年（西元一九九一年）

- 五月，為《國文天地》雜誌設計「歷史上的文學家庭」專題，並發表〈人比黃花瘦幾分——李清照與趙明誠的生活情趣〉於《國文天地》六卷十二期。
- 十月，以〈詞林賞粹〉為題，為地球出版社《唐宋詞精選百首》寫序，是書次年二月出版。

民國八十二年（西元一九九三年）

・四月二十三日，在南港中央研究院「第一屆詞學國際研討會」中發表論文〈歷代詞話的論詞特色〉，後收入研討會論文集，次年十一月出版。

民國八十三年（西元一九九四年）

・一月，發表〈關漢卿雜劇的成就〉於《關漢卿國際學術研討會論文集》，是書由文建會出版，臺大文學院發行。

・五月十四日，在南港中央研究院文哲研究所「詞學主題計畫研討會」中發表〈詞史研究的過去與未來〉，全文摘要發表於九月出版之《中國文哲研究通訊》四卷三期。指導臺灣師範大學國文研究所車美京完成碩士論文〈寧獻王之曲學及其劇作研究〉。

・十二月，指導臺灣師範大學國文研究所黃永姬完成博士論文〈白石道人詞之藝術探微〉。

民國八十四年（西元一九九五年）

・一月，發表〈詞中的移情作用〉於《國文天地》十卷八期。

・三月，發表〈從歷史淵源論元散曲中的漁樵鷗鷺〉於《中國學術年刊》第十六期。

・六月，發表〈詞史研究的過去與未來〉全文於《國文學報》二十四期。指導臺灣師範大學國文研究所徐瑞嬪完成碩士論文〈孔尚任歷史劇作研究〉。

滄海叢刊書目（二）

國學類

先秦諸子繫年	錢　穆 著
朱子學提綱	錢　穆 著
莊子纂箋	錢　穆 著
論語新解	錢　穆 著
周官之成書及其反映的文化與時代新考	金春峯 著
尚書學述（上）、（下）	李振興 著
周易縱橫談	黃慶萱 著
考證與反思——從《周官》到魯迅	陳勝長 著

哲學類

哲學十大問題	鄔昆如 著
哲學淺論	張　康 譯
哲學智慧的尋求	何秀煌 著
哲學的智慧與歷史的聰明	何秀煌 著
文化、哲學與方法	何秀煌 著
人性·記號與文明——語言·邏輯與記號世界	何秀煌 著
邏輯與設基法	劉福增 著
知識·邏輯·科學哲學	林正弘 著
現代藝術哲學	孫　旗 譯
現代美學及其他	趙天儀 著
中國現代化的哲學省思——「傳統」與「現代」理性的結合	成中英 著
不以規矩不能成方圓	劉君燦 著
恕道與大同	張起鈞 著
現代存在思想家	項退結 著
中國思想通俗講話	錢　穆 著
中國哲學史話	吳怡、張起鈞 著
中國百位哲學家	黎建球 著
中國人的路	項退結 著

中國哲學之路	項退結 著
中國人性論	臺大哲學系主編
中國管理哲學	曾仕強 著
孔子學說探微	林義正 著
心學的現代詮釋	姜允明 著
中庸誠的哲學	吳怡 著
中庸形上思想	高柏園 著
儒學的常與變	蔡仁厚 著
智慧的老子	張起鈞 著
老子的哲學	王邦雄 著
當代西方哲學與方法論	臺大哲學系主編
人性尊嚴的存在背景	項退結編訂
理解的命運	殷鼎 著
馬克斯·謝勒三論	阿弗德·休慈原著、江日新 譯
懷海德哲學	楊士毅 著
海德格與胡塞爾現象學	張燦輝 著
洛克悟性哲學	蔡信安 著
伽利略·波柏·科學說明	林正弘 著
儒家與現代中國	韋政通 著
思想的貧困	韋政通 著
近代思想史散論	龔鵬程 著
魏晉清談	唐翼明 著
中國哲學的生命和方法	吳怡 著
孟學的現代意義	王支洪 著
孟學思想史論（卷一）	黃俊傑 著
莊老通辨	錢穆 著
墨家哲學	蔡仁厚 著
柏拉圖三論	程石泉 著
倫理學釋論	陳特 著
儒道論述	吳光 著
新一元論	呂佛庭 著

宗教類

佛教思想發展史論	楊惠南 著
佛教思想的傳承與發展——印順導師九秩華誕祝壽文集	釋恒清主編

佛經成立史	水野弘元著、劉欣如譯
圓滿生命的實現（布施波羅密）	陳柏達 著
薝蔔林・外集	陳慧劍 著
維摩詰經今譯	陳慧劍 譯註
龍樹與中觀哲學	楊惠南 著
公案禪語	吳怡 著
禪學講話	芝峰法師 譯
禪骨詩心集	巴壺天 著
中國禪宗史	關世謙 譯
魏晉南北朝時期的道教	湯一介 著
佛學論著	周中一 著
當代佛教思想展望	楊惠南 著
臺灣佛教文化的新動向	江燦騰 著
釋迦牟尼與原始佛教	于凌波 著
唯識學綱要	于凌波 著
從印度佛教到中國佛教	冉雲華 著
中印佛學泛論 ——傅偉勳教授六十大壽祝壽論文集	藍吉富 主編
禪史與禪思	楊惠南 著

社會科學類

中華文化十二講	錢穆 著
民族與文化	錢穆 著
楚文化研究	文崇一 著
中國古文化	文崇一 著
社會、文化和知識分子	葉啟政 著
儒學傳統與文化創新	黃俊傑 著
歷史轉捩點上的反思	韋政通 著
中國人的價值觀	文崇一 著
奉天承運 ——古代中國的「國家」概念及其正當性基礎	王健文 著
紅樓夢與中國舊家庭	薩孟武 著
社會學與中國研究	蔡文輝 著
比較社會學	蔡文輝 著
我國社會的變遷與發展	朱岑樓 主編
三十年來我國人文及社會科學之回顧與展望	賴澤涵 主編

社會學的滋味	蕭新煌 著
臺灣的國家與社會	徐正光、蕭新煌主編
臺灣的社區權力結構	文崇一 著
臺灣居民的休閒生活	文崇一 著
臺灣的工業化與社會變遷	文崇一 著
臺灣社會的變遷與秩序（政治篇）、（社會文化篇）	文崇一 著
鄉村發展的理論與實際	蔡宏進 著
臺灣的社會發展	席汝楫 著
透視大陸	政治大學新聞研究所主編
寬容之路——政黨政治論集	謝延庚 著
憲法論衡	荊知仁 著
周禮的政治思想	周世輔、周文湘 著
儒家政論衍義	薩孟武 著
制度化的社會邏輯	葉啟政 著
臺灣社會的人文迷思	葉啟政 著
臺灣與美國的社會問題	蔡文輝、蕭新煌主編
自由憲政與民主轉型	周陽山 著
蘇東巨變與兩岸互動	周陽山 著
教育叢談	上官業佑 著
不疑不懼	王洪鈞 著
戰後臺灣的教育與思想	黃俊傑 著
太極拳的科學觀	馬承九編著
兩極化與分寸感——近代中國精英思潮的病態心理分析	劉笑敢 著
唐人書法與文化	王元軍 著
C理論——易經管理哲學	成中英 著

史地類

國史新論	錢穆 著
秦漢史	錢穆 著
秦漢史論稿	邢義田 著
宋史論集	陳學霖 著
宋代科舉	賈志揚 著
中國人的故事	夏雨人 著
明朝酒文化	王春瑜 著

劉伯溫與哪吒城 ——北京建城的傳說	陳學霖 著
歷史圈外	朱 桂 著
歷史的兩個境界	杜維運 著
近代中國變局下的上海	陳三井 著
當代佛門人物	陳慧劍編著
弘一大師傳	陳慧劍 著
杜魚庵學佛荒史	陳慧劍 著
蘇曼殊大師新傳	劉心皇 著
近代中國人物漫譚	王覺源 著
近代中國人物漫譚續集	王覺源 著
魯迅這個人	劉心皇 著
沈從文傳	凌 宇 著
三十年代作家論	姜 穆 著
三十年代作家論續集	姜 穆 著
當代臺灣作家論	何 欣 著
史學圈裏四十年	李雲漢 著
師友風義	鄭彥棻 著
見賢集	鄭彥棻 著
思齊集	鄭彥棻 著
懷聖集	鄭彥棻 著
憶夢錄	呂佛庭 著
古傑英風 ——歷史傳記文學集	萬登學 著
走向世界的挫折 ——郭嵩燾與道咸同光時代	汪榮祖 著
周世輔回憶錄	周世輔 著
三生有幸	吳相湘 著
孤兒心影錄	張國柱 著
我這半生	毛振翔 著
我是依然苦鬬人	毛振翔 著
八十憶雙親、師友雜憶（合刊）	錢 穆 著
烏啼鳳鳴有餘聲	陶百川 著

語文類

標點符號研究	楊 遠編著

訓詁通論	吳孟復 著
翻譯偶語	黃文範 著
翻譯新語	黃文範 著
翻譯散論	張振玉 著
中文排列方式析論	司琦 著
杜詩品評	楊慧傑 著
詩中的李白	楊慧傑 著
寒山子研究	陳慧劍 著
司空圖新論	王潤華 著
詩情與幽境 ——唐代文人的園林生活	侯迺慧 著
歐陽修詩本義研究	裴普賢 著
品詩吟詩	邱燮友 著
談詩錄	方祖燊 著
情趣詩話	楊光治 著
歌鼓湘靈 ——楚詩詞藝術欣賞	李元洛 著
中國文學鑑賞舉隅	黃慶萱、許家鸞 著
中國文學縱橫論	黃維樑 著
漢賦史論	簡宗梧 著
古典今論	唐翼明 著
亭林詩考索	潘重規 著
浮士德研究	李辰冬 著
十八世紀英國文學 ——諷刺詩與小說	宋美瑾 著
蘇忍尼辛選集	劉安雲 譯
文學欣賞的靈魂	劉述先 著
小說創作論	羅盤 著
小說結構	方祖燊 著
借鏡與類比	何冠驥 著
情愛與文學	周伯乃 著
鏡花水月	陳國球 著
文學因緣	鄭樹森 著
解構批評論集	廖炳惠 著
細讀現代小說	張素貞 著
續讀現代小說	張素貞 著

現代詩學	蕭　蕭　著
詩美學	李元洛　著
詩人之燈 ——詩的欣賞與評論	羅　青　著
詩學析論	張春榮　著
修辭散步	張春榮　著
修辭行旅	張春榮　著
橫看成嶺側成峯	文曉村　著
大陸文藝新探	周玉山　著
大陸文藝論衡	周玉山　著
大陸當代文學掃描	葉穉英　著
走出傷痕 ——大陸新時期小說探論	張子樟　著
大陸新時期小說論	張　放　著
大陸新時期文學（1976－1989） ——理論與批評	唐翼明　著
兒童文學	葉詠琍　著
兒童成長與文學	葉詠琍　著
累廬聲氣集	姜超嶽　著
林下生涯	姜超嶽　著
青　春	葉蟬貞　著
牧場的情思	張媛媛　著
萍踪憶語	賴景瑚　著
現實的探索	陳銘磻　編
一縷新綠	柴　扉　著
金排附	鍾延豪　著
放　鷹	吳錦發　著
黃巢殺人八百萬	宋澤萊　著
泥土的香味	彭瑞金　著
燈下燈	蕭　蕭　著
陽關千唱	陳　煌　著
種　籽	向　陽　著
無緣廟	陳艷秋　著
鄉　事	林清玄　著
余忠雄的春天	鍾鐵民　著
吳煦斌小說集	吳煦斌　著

卡薩爾斯之琴	葉石濤 著
青囊夜燈	許振江 著
我永遠年輕	唐文標 著
思想起	陌上塵 著
心酸記	李喬 著
孤獨園	林蒼鬱 著
離　訣	林蒼鬱 著
托塔少年	林文欽 編
北美情逅	卜貴美 著
日本歷史之旅	李希聖 著
孤寂中的廻響	洛夫 著
火天使	趙衛民 著
無塵的鏡子	張默 著
關心茶——中國哲學的心	吳怡 著
放眼天下	陳新雄 著
生活健康	卜鍾元 著
文化的春天	王保雲 著
思光詩選	勞思光 著
靜思手札	黑野 著
狡兔歲月	黃和英 著
老樹春深更著花	畢璞 著
列寧格勒十日記	潘重規 著
文學與歷史——胡秋原選集第一卷	胡秋原 著
晚學齋文集	黃錦鋐 著
天山明月集	童山 著
古代文學精華	郭丹 著
山水的約定	葉維廉 著
明天的太陽	許文廷 著
在天願作比翼鳥——歷代文人愛情詩詞曲三百首	李元洛 輯注
千葉紅芙蓉——歷代民間愛情詩詞曲三百首	李元洛 輯注
鳴酬叢編	李飛鵬 編纂